金陵小巷人物志

谷以成 著

江苏凤凰文艺出版社
JIANGSU PHOENIX LITERATURE AND
ART PUBLISHING

巷	板	琵
胴	巷	琶
脂	舩	巷
巷	高	船

巷	马	乌
钓	巷	衣
鱼	剪	巷
巷	子	饮

巷	婆	师
转	巷	巷
龙	篷	石
巷	桶	婆

金沙井巷 三七八巷 甘露巷

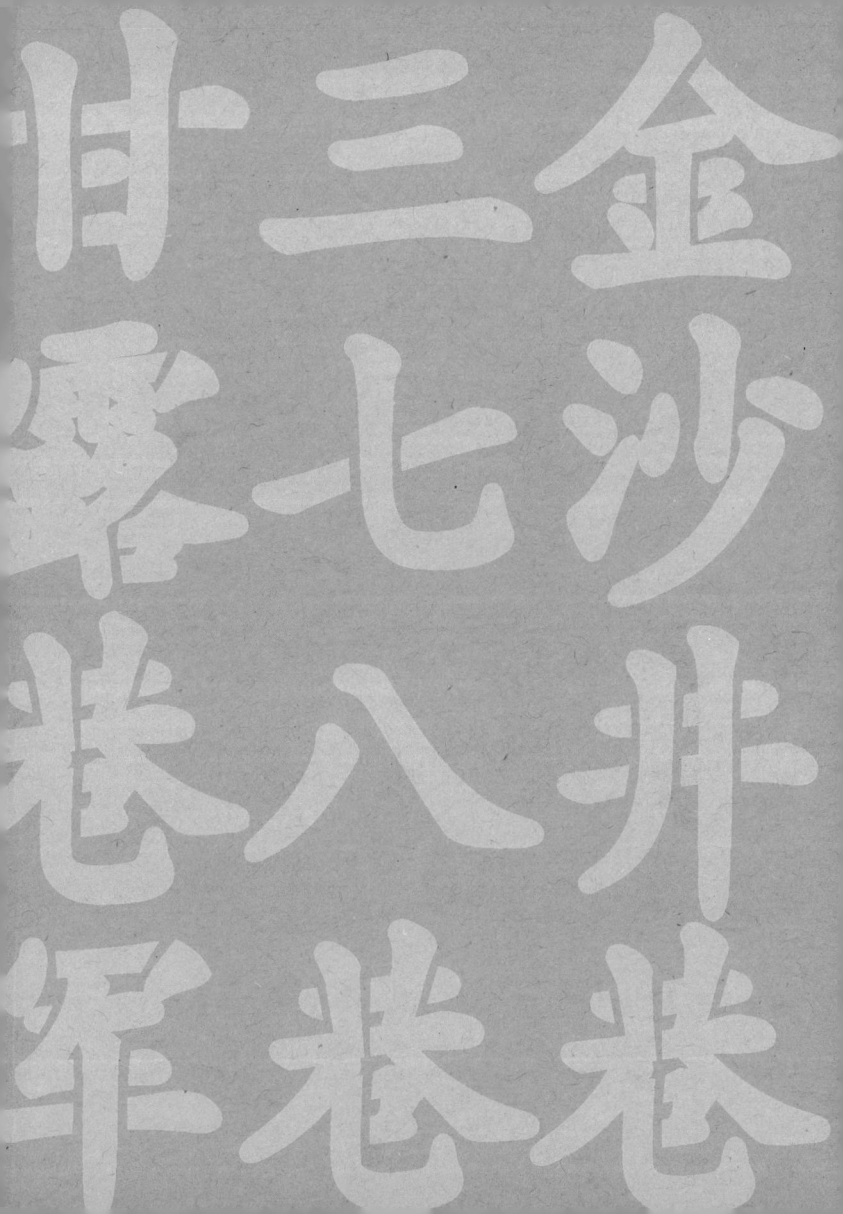

巷 磋 巷
牵 了 辉
牛 巷 巷
巷 仓 仓
巷 突 巷

敫	磊	小
巷	功	纱
驴	巷	帽
子	教	巷

巷归巷
千辛巷
板巷尋
巷大巷
科
巷

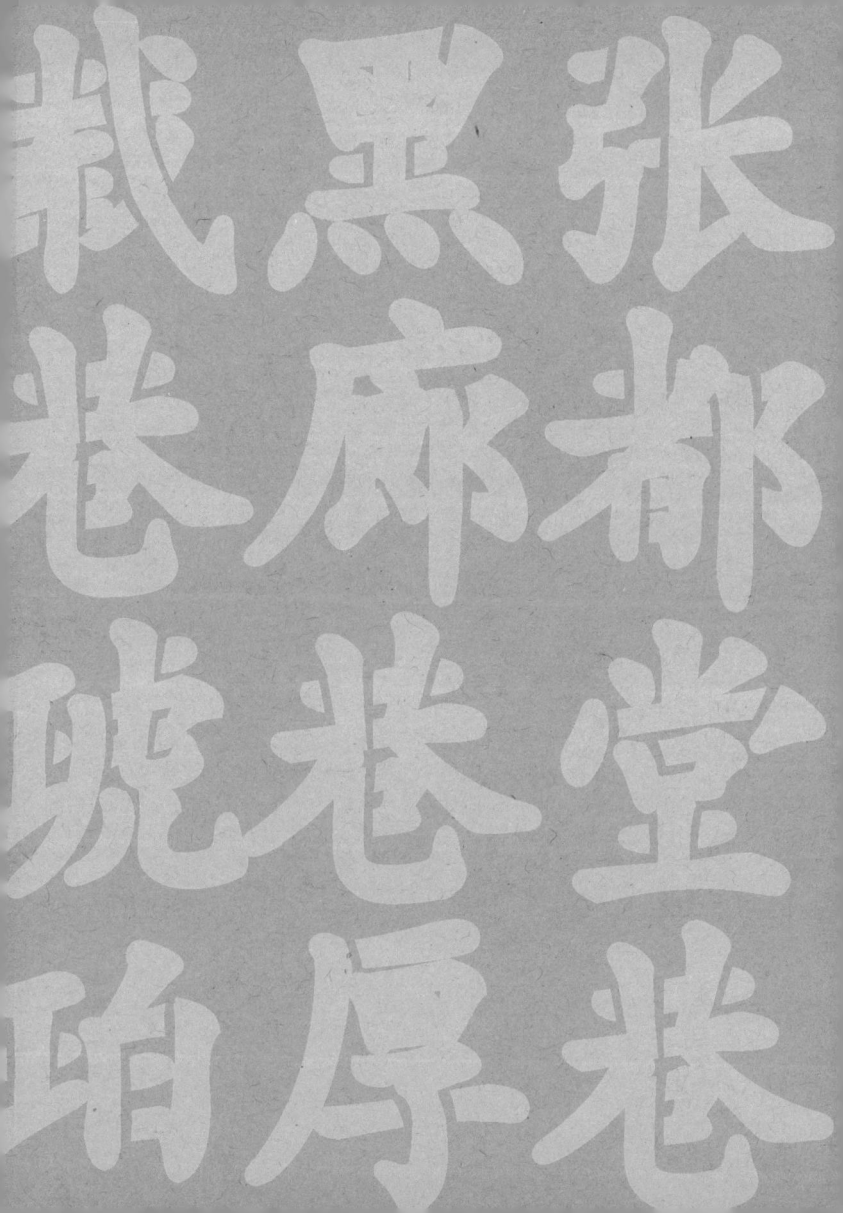

栽	黑	张
巷	席	都
琥	巷	堂
珀	厚	巷

巷	瓦	刃
八	巷	塘
糸	太	巷
巷	平	火

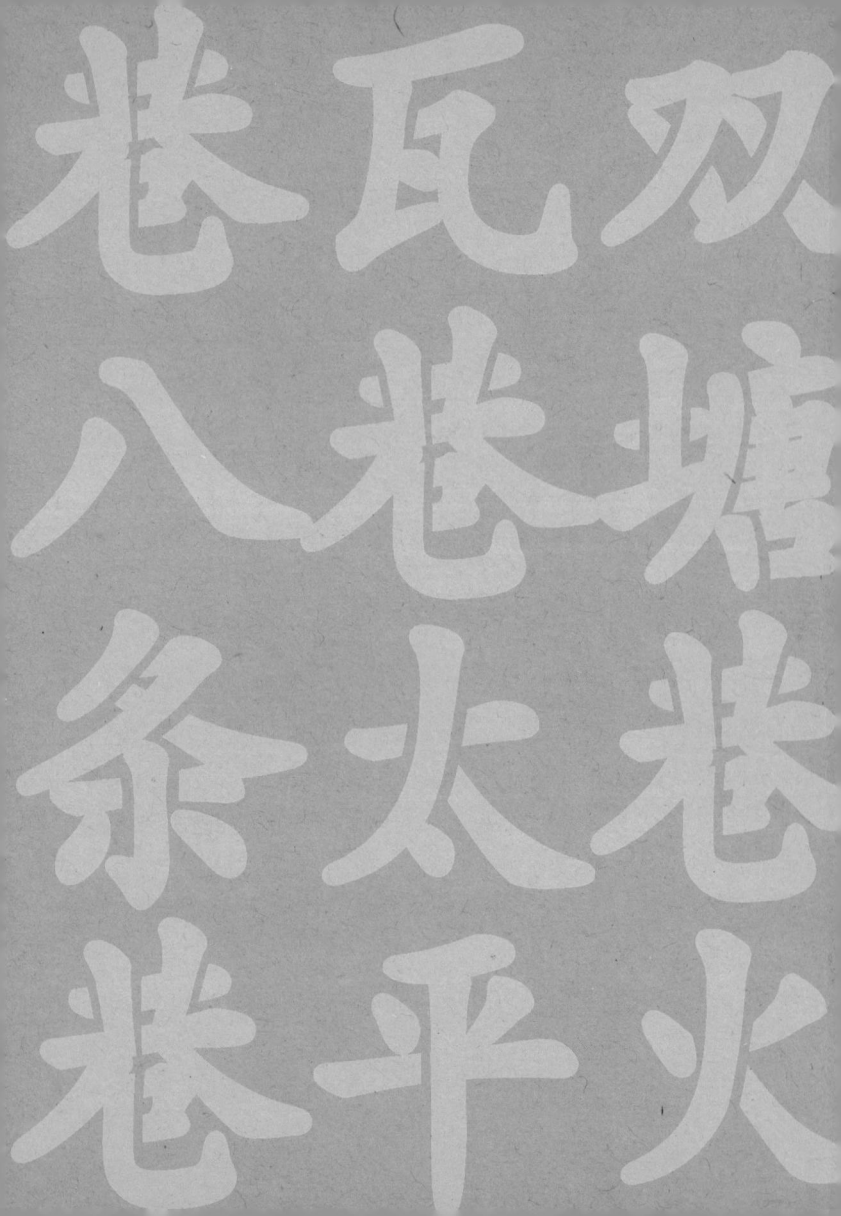

| 管巷篆巷 | 罗府巷铁 | 巷天妃巷 |

都閌金
巷老鑾
三巷巷
茅曾程

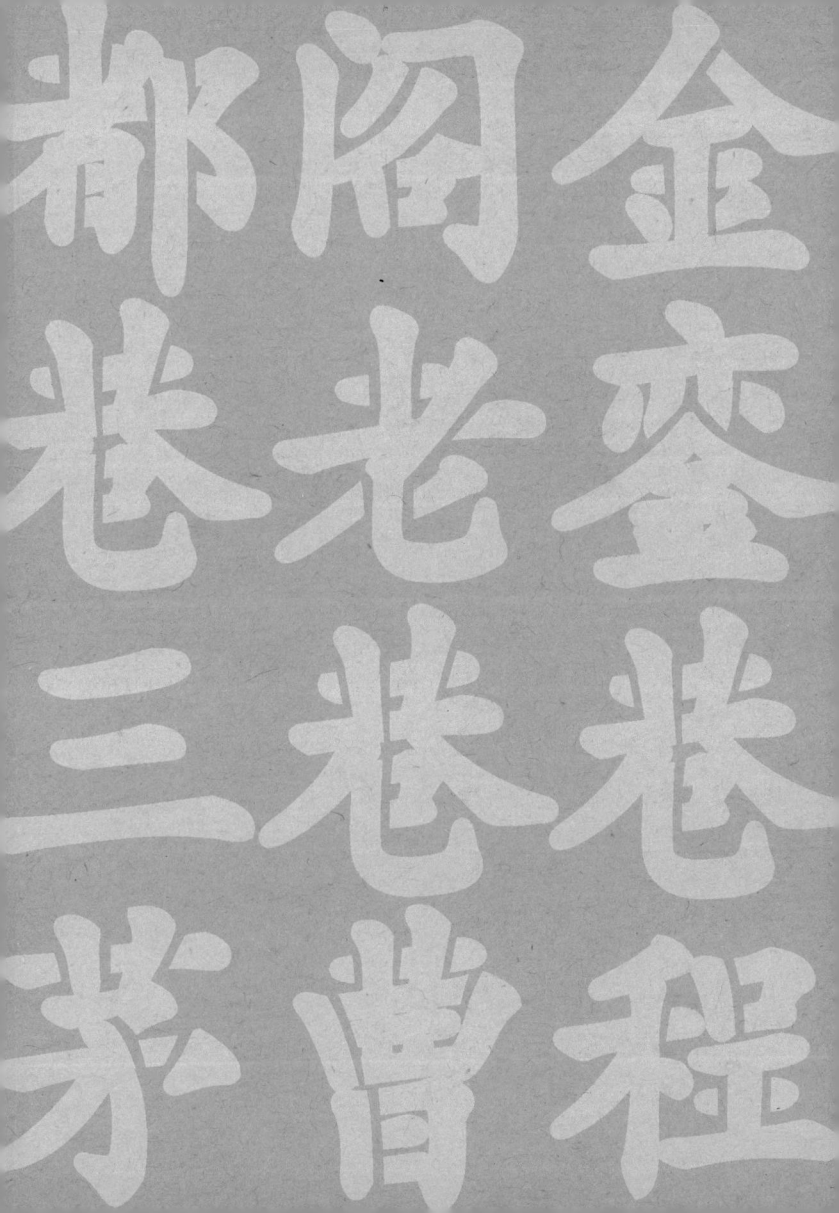

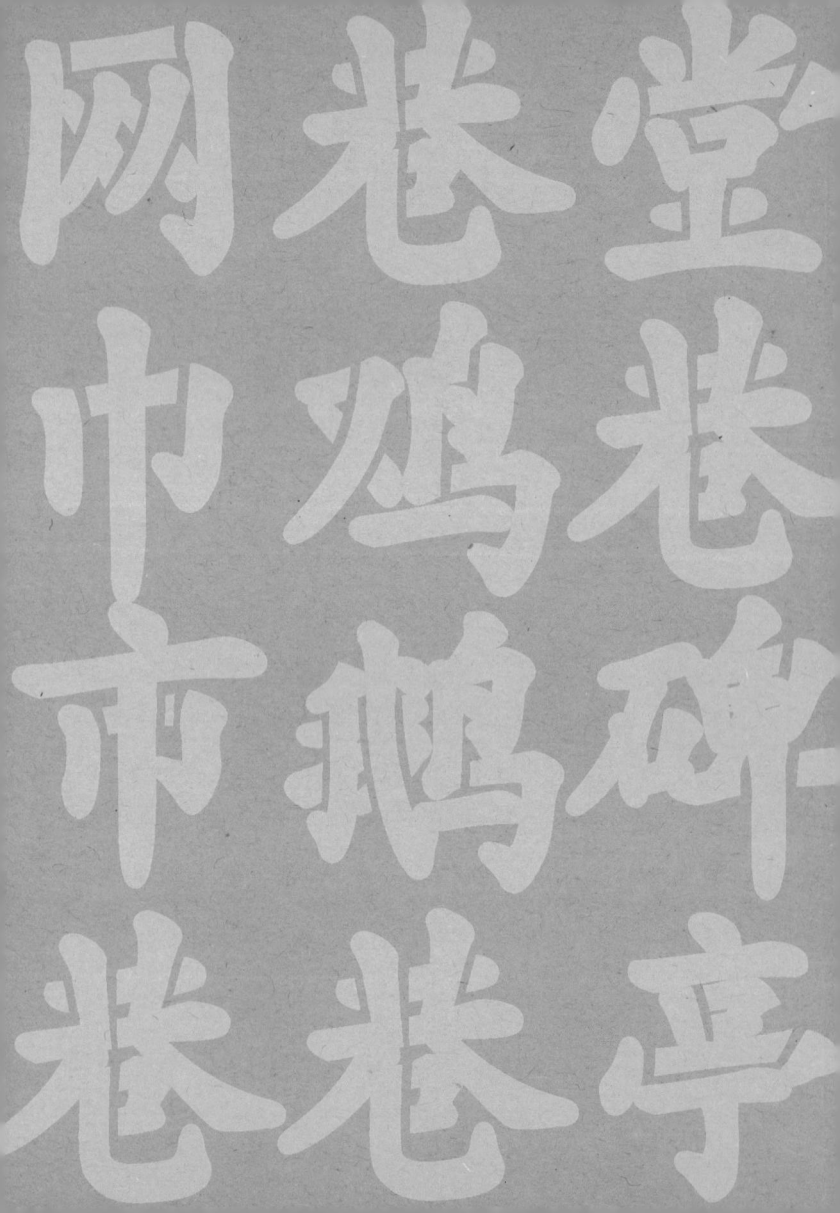

网	巷	堂
巾	�	巷
市	鹅	碑
巷	巷	亭

抄纸巷　杨将军巷　陶李巷
　　　　　　　　祠巷

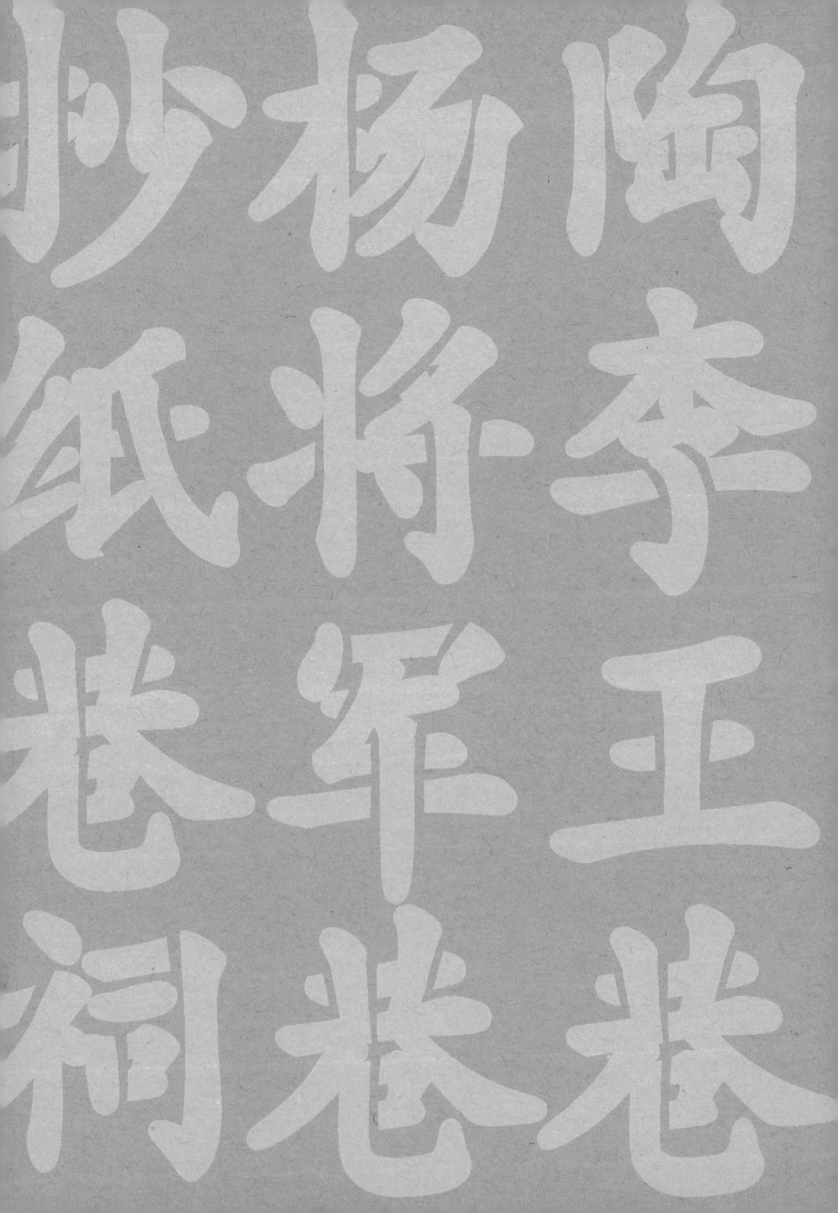

序

我一般是不大喜欢给别人写序的，读者现在也精明得很，知道"不看广告看疗效"更为靠谱，因此，说得再天花乱坠，也未必就能鼓吹出一本畅销书来。

但，谷以成出书，我倒是很乐意说几句。

谷以成这个人很有趣。

他经历丰富：幼时生活在农村，以后干过工人，当过教师，做过检察官，读书至硕士；他兴趣广泛：写作、旅游、摄影、捡拾些碎瓷破瓦鹅卵石、DIY一些居饰小玩意儿；他喜欢表达：给报纸杂志开专栏，曾经给一本杂志连续写了上百篇评论，也整过两本出版物，还活跃于荧屏，在江苏卫视的《迷情追击/探案俱乐部》里做嘉宾"波罗探长"，分析点评热点案件，后来干脆又蹿到台上，抢过话筒做了主持人，一时间成了家喻户晓的明星；他性格豪爽幽默：大碗喝酒，大块吃肉，大步走路，大声说话，痛快淋漓，不避粗俗，有他在场，笑点便很多，气氛便轻松欢快……

如果，把这些都叠加在一个地方官员的身上，就显得更有趣了。我和我的小说关注政坛多年，翻来找去，官场中人，如这般好玩有趣的实在不多。

谷以成的这本《金陵小巷人物志》也很有意思。

第一，是他的平民情结与悲悯情怀。修锁的、补鞋的、小区保安、收废品的、餐馆小老板等等，书里的这些街头巷尾引车卖浆之流，他都很熟，有的还成了朋友。聊聊天，下下棋，夏天的时候也会和那些赤膊短打的街坊在路边烧烤摊吹上两瓶啤酒，自自然然，随随便便，不是那种故意放下身段，作秀造势，假装亲热。这就是他的秉性，几十年如一日地保持着一种儿童般纯真的目光和情感，去参与去感受去聆听去交往去记录。于是，便有了笔下的那些栩栩如生的小人物。

第二，是小巷人物的生动活跃。那些平常与我们擦肩而过甚至熟视无睹的市井人物，一个个忽地就跃然纸上，走到面前。这些人在城市的夹缝中,靠一己之力一技之长,顽强艰辛地活着,却也并不唧唧歪歪苦大仇深,而是苦中作乐笑中带泪,自有自己的智慧与情趣。剃头师傅倚重手艺的自信摆谱,鱼贩子展示切生鱼片绝技时的如鱼得水,餐馆小老板在老家盖房子和培养儿子读大学切近而高远的愿景,面条店老板知足常乐的惬意自在,收废品大婶风里雨里都随身带着的一双儿女的照片。这些,都使得他们庸常的生活增加了前行的动力与生动的色彩。

第三,是他写出了南京人的性格特征。《金陵小巷人物志》里的贩夫走卒三教九流,鲜有慷慨激昂叱咤风云的,他们以自己的方式生存活人,看似踱步缓行,不慌不忙,但也一步一个脚印,踏踏实实,大抵跟得上大时代的步伐。都说南京人是大萝卜,南京的萝卜是一种别地不如的特产,硕大实心、甘甜微辣。当然,甜却甜不过苹果,辣又辣不过辣椒,大概是指南京人的敦厚朴实,迟缓中庸吧。《正德江宁志》里说:"(金陵)人物敦重质厚,罕儇巧浮伪。"相比于北方人的大气豪爽和南方人的精明雅致，南京人则更多的是自由散漫、不紧不慢、自得悠闲，但也并不是拖泥带水、深浅不知，表现出的是我行我素、自自然然、清清爽爽。南京大萝卜的性格在某种意义上来说，是六朝人物精神在民间的残留，也就是所谓"菜佣酒保，都有六朝烟水气"，也是老祖宗留下来的。

第四，是语言的朴素平直。这一点尤其可贵。《金陵小巷人物志》里没有多少华丽漂亮的铺陈和佶屈聱牙的辞藻，大多是小巷里的日常口语，还有许多鲜活生动的俚语俗话，这与所描绘的人物身份特征十分地贴切符合。现在，为追求所谓的时代感，许多人写作的时候公开使用"淘宝体"之类的热词网语，自以为新潮，其实是活脱脱地污染了白话文汉语，弄得不说人话了。因此，我更愿意读谷以成这样富有生活韵味的文字。

第五，也是最紧要的，这些人物的故事全是真的。我从这些小人物近三十年的喜怒哀乐、悲欢离合中，看到了我们这个复杂动荡的大时代的面容。究根寻底，这些人物的性格、悲欢、命运，无不与时代的动荡变迁相联，无不与中国这三十年发生的非常复杂的变化相联。读着这些可爱的小人物的故事，我总忍不住想问：后来呢？后来呢？因为谷以成的这本小书里的人物是真的，是活生生存在着的。从这个意义上来说，这样的文字，用这种方式对这个时代的南京人所作的记录，比虚构的文字，更有力量。

我想，你会喜欢谷以成这个人的，也会喜欢他的这本《金陵小巷人物志》的。

是为序。

2012年秋于南京

开头的话

"江南佳丽地,金陵帝王州。"一直以来,对十朝都会的南京,人们的目光所聚,要么是温婉,要么是宏大。

其实,还有平凡。
在街头,在巷尾。

这些人,没有瑰丽斑斓,没有惊天动地,也许一辈子都不会被人们所关注。这个城市的所有人,都很忙。

但是,我们天天都会遇见他们,接触他们。甚至,一天都离不开他们。

他们自有他们的生活,平静而庸常,缓慢而自在。

在繁华与喧闹、焦虑与无奈之下,作为城市的另一面,让我们感觉更加真实,更加亲切。

于是,我把看来的,听来的,有关他们的故事,说给你们听。便有了这本《金陵小巷人物志》。当然,在北京,在上海,在西安,也都会看到他们的身影。

因为故事的平凡,所以我的讲述也是朴素平直,基本上就是白描,精美的插图,弥补了我表达上的一些不足。

与我一起关注他们的,还有凤凰出版集团和副总编郭济访先生、责任编辑王卓女士、画家王烈先生,以及我的朋友郭鸢先生、殷方女士。

除此,著名作家周梅森先生,给了我极大的鼓励,并且,亲自为小书写序,感人至深。

鞠躬,致谢。

以上,是第一版时说的话。

《金陵小巷人物志》出版之后,多得读者惠赏,方家评述,报章转载。并荣获紫金山文学奖。

三年后,承蒙凤凰文艺出版社社长黄小初先生和总编汪修荣先生厚爱,启动再版,实乃幸事。

这次再版,除个别字句略作改动之外,又增加了一些篇目。

责任编辑赵阳女士和设计师周伟伟先生,精心编辑装帧,为再版增色添彩。值得一提的是,他们两位也是我另一本书《请喝茶》的合作者。这就是缘分。

谢谢你们!

读者朋友,请继续关注啊!

目录

002	神厨
011	打折
018	大补
026	面道
036	大师
047	姐妹
059	我家
069	卖报歌
077	后裔
086	酒鬼
093	二万
100	劫数
108	坤哥
118	性灵
127	留影
136	甩子张一鸣
146	买车记
155	年成

162	尚武
172	夜色
181	一天
189	面人刘
199	王所长
207	捡到一枚戒指
215	项链
223	致爱丽丝
232	舒服
244	寻找
253	马路天使
262	毛弟和小拉登
274	"我是警察!"
283	"邪头"于长勇轶事
292	大金失踪之谜
299	镖哥
307	凤姐
318	旧的不去,新的不来

328	刻字
339	私房钱
348	魏大妈的幸福生活
357	诸葛亮
365	小白菜
376	重案六组
384	顶上功夫
391	计划
403	计算
409	木匠太爷爷
415	亲家母，你坐下
421	慰藉
427	吱吱喳喳

人
生

小巷

神厨

赵本山在小品里形容范伟说:"脑袋大脖子粗,不是老板就是伙夫。"如果说要在生活里寻找原型的话,吴宁生绝对是个标本。虽然名字是南京城里随便扒扒就能找出几十个的大路货,但人长得却很有特点。如果要穿件黄绿相间的T恤,那整个人就是一只新鲜的德国汉堡。这是典型的伙夫的形体特征。

吴宁生就是个伙夫。他的名片上也印了许多近义词:厨师、厨师长、烹饪师、厨艺设计师、烹饪艺术总监。

人不可貌相,海水不可斗量。百步之内有芳草,偏街陋巷也藏龙卧虎。吴宁生在城南评事街一带可不是个一般的人物。单看他那衣着,上下通亮,不是耐克,就是阿迪达斯,有人红眼说那是假的,他笑笑,也不辩白。脖子上一条粗链子足有半斤重,阳光下泛着金光,看了直晃眼。手上拿着新款的手机,有电话没电话,都把耳麦插着。谁要是跟他讲话,他会"啊,啊"半天,然后拿下耳麦,才算恍然听见。他因为作息时间跟大多数人不一样,所以街坊邻居见他不多,这反而增添了他的神秘。但只要见着他,不管多少人在场,就像K厅的麦霸总占着话筒一样,话题总由他扯着走。当然,大家也都喜欢听他吹牛听他闲侃,侃得海天湖地,听得有滋有味。什么喜宴上伴郎醉了吃新娘的豆腐啦,大款酒桌上斗富烧钱连眼都不眨啦,六世同堂一大家子一百四十口人为一百零四岁老人祝寿啦。也是,在大饭店里当厨子,什么样的人物没见过,什么样的故事没听过。一条巷子里,像他这样四十几岁的,下岗失业的一大半,天天跟农民工抢饭吃,唯独他的日子过得滋润。荒年饿不死手艺人;一招鲜,吃遍天。生活不断地证明着,他家的祖训是颠扑不破的真理。

吴宁生到这个世界上,好像注定要跟吃打交道。他父亲吴道平,当年是六朝春的当家大厨,他自小就跟在父亲后面,什么山珍海味、大烹小炒都尝过,渐渐还真尝出点味来。尝了父亲做的菜,他会认真地咂味,"不行,欠火!""唔,醋放少了!""今天你好像心情不好,下料时出手太重!"还都说到点子上了。父亲觉着

*　004

他是块料，就托人把他送到扬州烹饪学校正经学习。因为有着在父亲后面跟班的经历，在扬州学习的三年里，他如鱼得水，门门优秀。毕业实际操作考试那次，最是出彩。头天晚上，其他同学都在背菜谱，煎、炸、炖、炒，京、川、粤、扬，叽里咕噜一大串，只有他抱着一本小说看得入神。其实，他也在琢磨究竟会考什么，他仔细地研究分析，考炒菜不大可能，因为要为这么多学生备料太麻烦。所以，说不定会考做汤。因此，他悄悄地把做汤的东西复习了一遍，然后看完小说睡觉。第二天，果不其然，每人发了一锅骨头汤，荤荤的，油花闪耀。考题要求大家把汤重新烧制一遍，但要变浑汤为清汤。一班同学都傻了眼，只有他是胸有成竹。他记得老师讲过的，下什么料去油，下什么料沉腻。半个时辰下来，他端出了一锅清汤，上面放了根碧绿的葱叶，让人想起"一苇渡江"的意境。老师又尝了一口，透鲜！当场就给了他一个满分。

毕业以后，先是进了国营饭店，然后是合资，再后来又是改制，颠过来，倒过去。吴宁生烦不了这些，

"民以食为天"，改到什么时候，人总是要吃饭的，他靠的是手艺。

说到手艺，吴宁生的手艺很是特别。用文化人的说法，那叫以人为本，融会贯通。就是说他不恪守规矩，看什么人炒什么菜，不死记菜谱。官场应酬，讲的是身份，要名贵；婚典喜庆，讲的是场面，要好看；过周祝寿，讲的是亲情，要实惠。而且，人和人也不一样，年轻人解馋煞渴，口要重；中年人品滋咂味，重搭配；老年人清心寡欲，宜清淡。再细分，还有许多道道呢。总之，吴宁生炒同一道菜，这回和上回会大不一样。而且，他没有门派之见，虽然学的是淮扬菜，但四大派八大系他也都一一揣摩，兼收并蓄。他还特别喜欢剑走偏锋，琢磨些特别的菜肴。比如他创制的一道"雪里红"。初看菜名，以为是雪菜，其实不然。他用面包屑铺底，磕两个蛋清打成泡沫再铺在上面。然后，在中间放两粒樱桃。蛋清泡沫纯如白雪，再点缀两粒火红的樱桃，视觉冲击特别强烈。大菜过后，再吃"雪里红"，既赏心悦目，又清淡爽滑。

神厨图

忽一日，有朋友撺掇他，说像你这样的手艺，天天给别人打工，可惜了！你要自己开家饭店，肯定火！

他想了三天，不顾父亲的反对，从饭店辞工回家，连积蓄带借款花了三十万自己开了一家饭店。朋友给他的饭店起名叫"神厨"，他挺满意。饭店装潢古色古香，他又专门烧了一桌拿手的菜，请住在钓鱼台的一位老书法家给题了匾，褐底金字，系上红绸，煞是好看。

吴宁生的名片上有了和他们饭店老总平起平坐的头衔：总经理。

听说吴宁生开了个饭店，朋友和熟悉的客人都来捧场，天天客满，一个晚上至少翻两次台。吴宁生有点后悔怎么不早点开这个饭店。但是，他也忙得够呛。每天一早起来，忙着开单子叫伙计买菜。接着，张罗着联络客人，敲定业务。然后，从下半晌开始一直到半夜，除了中途出来敬酒，基本上就没离开灶头。一天下来，浑身像散了架子一样。但到了夜里,清点营业款时的那份欣喜,也就冲淡了一身的疲倦。

这样忙了三个月,他吃不消了。没办法,他又请了一个厨子。还把小姨子也找了来,帮他管理前台。忙归忙,他还是雄心勃勃地想把旁边的水果店盘下来,准备进一步扩展事业。

谁料想,就在他的事业如日中天的时节,身体一向很好的他突然生了一场病。本来只是染了风寒,以为挺几天就过去了,谁知竟然到了住院的地步。等他住了半个月的院再出来时,饭店差点关了门。小姨子为厨师带亲戚吃白食吵了架;闹了一回食物中毒,被防疫站罚了款;最重要的是客人都抱怨菜肴没有以前好了,不大愿意来了。渐渐地,客人越来越少。吴宁生着手进行整顿,把厨子也给辞了,自己亲自上阵掌勺,但已无力回天。每天,锅不动,瓢不响,光水电房租加工人工资就大几百块,先前赚的一点钱在慢慢地往里贴。

一天,他见饭店门可罗雀,就早早地关了门。自己炒了两个菜,喝起闷酒来。恰巧,钓鱼台的那个书法家路过,他就请了一道喝酒。酒过三巡,他向书法家倾诉郁闷,请他指点指点。书法家也不接话,半斤酒下肚,才吩咐伙计买了纸笔来,给吴宁生写了一幅字:一心一意。临走时,又指指门头上的牌匾,说你再琢磨琢磨,然后飘然而去。

吴宁生看看字,又看看牌匾,里里外外跑了五六次。终于,一拍脑门,把剩下的酒咕咚咚全喝了。

第二天,他又专门请了书法家,说是要答谢他老人家。书法家问他,你想通了?他说,想通了。书法家问,怎么想通了?他说,您的字说的是做事,一心不能二用;您的匾说的是我,再神,也就是个厨子。书法家和他杯子一碰,干了。

吴宁生关了自己的饭店,又回到别人的饭店,掌起他得心应手的锅勺。慢慢地还了债,日子又开始滋润起来。 * 010

打折

连同这个农贸市场在内,城南的这一片都要拆迁了。墙上刷着一米见方的"拆"字,颜色鲜红,跟黄鳝血似的。老丁打下面走过的时候,有说不出的郁闷。

在这个农贸市场摆水产摊子,已经十几年了。十几年的起早贪黑,风来雨去,好不容易把这一片的人头都摸熟了。许多单位和餐馆都是他固定的老客户,连附近医院的医生都帮着他介绍生意,跟病人说他这里的乌鱼是农村塘里自然生长的,不喂助长剂,手术后熬汤吃了,对恢复元气特别管用。当然,他逢年过节也会给医生送点鱼去表示表示。搬到新地方以后,怕是再难做到这些生意了。

高中一毕业,老丁就跟在父亲后面学习做生意了。没几年,就接了父亲的班,而且越干越红火。刚开始才两三米的小档,现在已经把市场顶头的八十多平方米的场子全吃下来了。原来他只知道单纯地卖鱼卖虾,后来发展到加工鱼片、虾仁、鱼丸和其他半成品,还把有些鱼的鱼唇、鱼鳞、鱼尾、鱼鳔、鱼头、鱼子分开了卖,这样可以卖出高于一条鱼许多倍的价钱。货源也不再仅从惠民桥市场批发，江宁、六合甚至洪泽、安徽都有他的供货点。

老丁平时行走坐卧、言谈举止，手脚嘴舌都显得有点笨拙。但是，只要一接触鱼，立马就如鱼得水，灵活洒脱。老丁的属相应该在十二生肖之外，属鱼。老丁对鱼虾的研究到了炉火纯青的地步，心得体会也渐渐形成了许多经验甚至绝技。他能够不用拿、不用掂，光是看一看在水里游的鱼，就能准确地报出重量，误差绝对在五钱以内。由于光线折射的影响，水里的鱼看起来比实际的会大一些，更何况是游动着的鱼，判断分量是有难度的，但老丁基本上没有看走眼过。他表演切鱼片更是摊位上的一道风景。大青鱼切成片做酸菜鱼是最好的了，但要会切。只见他一手用半干不湿的毛巾把鱼头包紧按住，一手持刀，从鱼鳃下切入，刀锋就在鱼的身体里快速地游走，又从鱼尾处悄然无声地滑出。接着，将鱼翻过身来，如法炮制。两刀下来，鱼却完整如初，眼嘴还在动弹。抓住鱼头轻轻地那么一抖，便骨肉分离了，鱼骨架如标本一般地齐整清爽。然后,刀影恍惚之间,案板上已经如多米诺骨牌一般排列着厚薄都在半公分左右的生鱼片了。

但老丁的聪明有时也用得不大地道。比如说吧,一条死鱼,一般都是刚死不久的鱼,到了老丁的手里,就能活蹦乱跳,起死回生的秘密全在他手上的功夫。不过,至今也没人知晓这个秘诀。这是在掌握了鱼的生理结构的基础上,经过无数次反复实践方可练就的本领。先拿拇指和食指扣住鱼鳃,把鱼嘴挤开,鱼一张嘴巴,就显得活了;中指和无名指在底下不经意地掂动鱼身,鱼就动起来了。另一只手再做一些帮助掩护以营造气氛,这样看上去俨然一条鲜活的鱼了。趁顾客眼花缭乱之际,飞快地装进黑塑料袋里。多数人买了,也不会在意;有人在意了,也懒得来找他理论;真有计较的来了,他也不慌,反过来却数落对方。"你这位大妈,这不是抬杠吗?鱼离开了水,哪有不死的道理?从城南到城北,你见过吗?"弄得那位一时语塞,悻悻然回不出话来。老丁掏出一张盖有他私章的卡片,悄悄地塞给对方,说你是老主顾,来回跑

打折疯

一趟也蛮辛苦的,下次来买鱼的时候我给你打折。那位接了优惠卡,眉开眼笑地走了。

老丁不地道的小计谋还很多。像把冰冻虾子混在鲜虾里卖啊;用障眼法拿死鱼换活鱼啊;在电子秤底下,系一根很细的尼龙线,称鱼的时候拽着打斤两啊;在宰杀黄鳝的木盆底边钻个洞,每次都有几条黄鳝钻出来,游进他特制的回收袋里啊。当然,这都是过去的事了。老丁现在不靠这些雕虫小技赚钱了,靠的是货色,靠的是信誉,靠的是路子,靠的是规模。

不过,有时候,想起从前,他也会觉得心里有点虚。

离拆迁还有最后两天了,老丁下决心做了个决定:打折。他挂出了小黑板,上面写着:"拆迁亏本生意,全场鱼虾一律三折起。"后来,又把"起"字给划掉了。但是,很出乎老丁意料的是,并没有出现他所期待的火爆场面,许多人本来是想买鱼的,到了跟前,看看小黑

* 016

板,一脸疑惑地走了。

可能是要下雨了,气压很低。老丁觉着,今天的鱼腥味好像特别重。

火补

杨昆仑真是枉费了一个伟岸磅礴的好名字。

昆仑，不管是看，还是听，都是那么有力量，有气势。但看杨昆仑的人样儿，就觉着委屈这好词儿了。杨昆仑也许就是前世的一只螳螂托生的，一米七六的个子，一百一十斤还不到，看上去像竹竿上挑件衣服，风吹过，便摇摇晃晃的。自小就是个病秧子，先是哮喘，后来又染上了肝炎。虽然都治好了，但究竟还是伤了元气。面色蜡黄，腰又有点佝偻，说话上气不接下气的，像是瘪了气的自行车。

生病，不仅影响了他的身体，也影响了杨昆仑的性格。上中学的时候，同学都称他叫"老肝"，因为嫌他的肝炎会传染，就不大喜欢跟他在一起玩。

他经常是形单影只，自己跟风跟雨跟蚂蚁跟墙壁讲悄悄话。所以，一直以来他就习惯了孤单。进了工厂，考虑他干不了什么重活，领导照顾他，让他做的是人人羡慕的仓库保管员工作，收收发发，拿拿递递，不脏不累不用加班。活虽然轻松，但天天都待在昏暗又少人说话的库房里，一待就是二十年，本来就很孤僻的他，更给待闷掉了。要是没人领东西，他一整天都不会说上一句话。下班回家，跟老婆也没什么话，该吃就吃，该睡就睡。"三棍子打不出个闷屁！"开始，老婆还数落他，时间一久，也跟着习惯了。当他从工厂提前病退时，才发现保管员这个活儿并没有什么技术，社会也不需要保管员。杨昆仑真正有技术的，是吃药。从小时候起，就跟瓶瓶罐罐、叶叶草草的打交道，吃下去的中药、西药、补品加起来大概有一卡车。怎么熬、怎么煮、饭前服、饭后吃，他对这里面的名堂关节知道的可不少，久病成医嘛。婚前，他学习这些技术跟各种疾病作斗争。婚后，又加了一条，跟自己作斗争。因为，有一件事他总是提不起劲来。老婆很贤惠，从不埋怨他什么。但看见她好几回直愣愣地盯着人家的孩子发呆，在家里还偷偷地抹泪，杨昆仑心里也酸酸的。

他便找来了《本草纲目》，看那里面关于大补的介绍。都说鹿血是大补的东西，过去皇帝都靠喝那玩意儿才能对付三宫六院七十二嫔妃。但那玩意儿，杨昆仑是喝不起的。再说，现在保护野生动物，想喝也喝不到。他又翻书，结果看到了一条："鳝鱼，性味甘、温、无毒，入肝、脾、肾三经，能补虚劳，强筋骨，祛风湿。"又在另外一本书上看到有"鳝鱼血助阳"的介绍，而且说是最好直接生喝才有功效。他到菜场里观察过两回，看鳝鱼在水里会把头奋力昂起，伸出水面，那样子还真有点象形的意思。

杨昆仑特地买了两斤鳝鱼，在家练习喝鳝鱼的血，喝完血的鳝鱼就烧了吃。开始时，还有点恶心，但为了那个隐隐约约的目标，他还是闭着眼往下咽，慢慢地也就习惯了。可也不能天天吃鳝鱼啊！于是他就找到菜场的鱼贩，说要买鳝鱼血。小贩先没理他，以为是说着玩的。待又听到这话，才拿惊诧的目光打量他一番，问他买这玩意干么事啊？他说喝啊！小贩问他：想怎么买啊？他说：鳝鱼多少钱一斤血就多少钱一斤。小贩便要把盆里杀鳝鱼留下的血连带骨头都卖给他。他说：这不行，我要就着活鱼喝新鲜的。你先逮个十条，称一下；等我喝过了，你再过个称，差多少，我给你多少钱。小贩怕出了血的鳝鱼死了卖不掉，不干。杨昆仑就跟顾客商量，有顾客从没听说过生喝鳝鱼血的事，正好拿他看新鲜，就同意了，也不跟他算钱；有的顾客则觉得他怪异，或者嫌他口水恶心，便不肯，他也就作罢。

杨昆仑喝鳝鱼血是有技巧的。鳝鱼身体黏滑，动作敏捷，不容易抓获，即使抓住了，也握不住。他悄悄地向鱼贩学习，基本掌握了要领。一是出手要快，顺着鳝鱼游动的方向从背后迅速下手；二是目标要准，要一把掐住鳝鱼的颈部，不能用手握，而是要用大拇指和食指掐。掐住之后，不要被鳝鱼乱扭的样子吓住，要果断地对准鳝鱼的颈部，用门牙使劲一磕，立马，就会有一股热乎乎的略带腥味的液体射进口腔。这就够了，不用再吸。再吸，血不但混杂不纯了，也没有劲道。连着十几条喝下来，至少有小半碗的鳝鱼血，杨昆仑会觉得神清气爽。那种腥

大补图

气带给他一种刺激，激发起身体里某种原始的欲望性的东西。完成这一连串的动作，他只需右手一伸就能搞定。这时，他就会用左手从裤兜里掏出香烟和火机，抖一下烟盒，窜出一支烟来，用带血的嘴唇夹住烟，左手再潇洒地点着烟，惬意地抽起来。抽完烟，才去洗了手，心满意足地走了。

他也有失手的时候。一次，前面的动作完成得都很好，在咬鳝鱼的时候居然被鳝鱼倒咬了一口，到医院打了破伤风才算放心。在众人的哄笑中他很有点郁闷，但让他更郁闷的是，听说现在养殖户为了刺激鳝鱼快速生长，竟然用避孕药喂养。那自己不也无形当中吃了那种药了么？这不等于是白费工夫，而且雪上加霜嘛！一次洗澡，不知是搓澡搓的还是怎么的，他发觉自己的乳头有点红，还微微发胀，又联想到这一层，吓得他再也不敢喝鳝鱼血了。

病退之后，杨昆仑懒懒散散地在家窝了大半年。老婆说了他好几回，不要干些喝鳝鱼血之类二五郎当不着四六的事，得学点手艺才行。他便去考了个驾照。老婆回娘家去化了点缘来，加上箱底的存款，再借点钱，买了一辆小长安，让他跑起了货的。

跑了货的之后，杨昆仑整个人都慢慢开始改变了。动得多了，身体也渐渐好起来了，眼神亮了许多。过去吃起饭来跟猫吃食似的，现在中午在路边吃快餐，他要吃一荤三素两盒饭。跟南来北往的人打交道多了，他的话也多了起来，有点能说会道了。人家拉不到的生意，他能三刨子两斧头地给侃下来。半年不到，就把先前借的钱给还了。

一天，老婆羞羞涩涩地递给他一张化验单，告诉他说有了。

他反复地看了化验单，还把背面也看了一遍，欣喜若狂地抱起老婆亲了一通。又问说这难道是鳝鱼血的功效？

老婆便嗔笑说："讨厌！"

面
道

在六合的地面上开个面馆，不稀奇。这里的人喜好吃面，大餐小聚早点夜宵动土上梁红白喜事，面是必不可少的。大街小巷三镇四乡的，足有上千家。但要是说开得长久开得有名开得头头是道的，只能是千里挑一的那几家了，那是要有点底气招数的。像南门的腰肚面，马鞍的小肠面，清真街老徐家的牛肉面，是比较有名的。还有几家杂烩面盖浇面什么的，也勉强能上个排行榜。这当中，老徐家的牛肉面馆首屈一指。

老徐家的牛肉面按字面拆开来说，有两处拿人：牛肉、面。

第一是牛肉。卤得好，用的是自家的老卤。如今卤牛肉好像很简单，有现成的调味包，往锅里一撒就是。这种偷懒的办法，当然也能卤出牛肉，但绝不可能是上品卤牛肉。几十年里，老徐依然按照他父亲传下来的配方与程式，一步不错一分不差地纯手工制作卤汤。各种配料多长多宽多碎多湿，相当严格。香料中八角、草果、桂皮、陈皮、丁香、小茴香、香叶、花椒和豆蔻自然是少不了的，但还有几味是别家没用的,甚至有一味如绿豆般大小的草籽连老徐都不知道叫什么,他只知道秋天在后山上能采到。调味料里,有姜、葱、大蒜、老抽、高粱酒、冰糖,还有就是高汤。然后就是一煮二卤三料四火五闷,个中细节,不足与外人道也。每天,他都是四点钟准时开炉卤肉,旁边是不得有他人在场的,包括家人。每次卤完牛肉的卤子,须再次烧开,放凉后倒入瓮中,放入冰柜,再卤再用,永葆原味。这样的老卤卤出来的牛肉,入滋入味。

第二是面。下得好,有劲道。六合人早晨吃面时,会喝上二两小酒,谓之"以酒拖面"。因此,吃面的时间比较长。但老徐家的面,你就是吃上一个时辰,也不带糊汤结板的,挑起来吸进去还是根根分明。下面条在一般人看来,不就是锅开了面下去捞上来么,其实这当中的千差万别可大了。所以,老徐花了高薪请了个下面师傅,当然,还让他投了点钱做个小股东。怎样用汤怎样用火怎样下面捞面,那是很有讲究的。面味靠汤,这是条颠扑不破的真理,但也是各有各的高招。

老徐家的面汤，看起来都一样是筒子骨熬出来的，但是其中十几味的配料却是没人能看出来的，就一个字：鲜。那是靠味精汤料兑出来的汤所不能比的。同时，想使下的面条不粘连、不硬心、不糊汤、清清爽爽根根有嚼劲，关键是宽汤猛火，要等锅中水大开时下面，并用二尺长的筷子迅速将刚下的面条轻轻向上挑几下，以防黏结。然后用旺火煮开，否则水温不够，面条表面的面糊不易形成一层黏膜，会溶化在水里，面汤变混浊。锅开两次，点两次凉水，即可出锅。丢面、挑面、汲水、起面、浇头、洒葱，行云流水，一气呵成，煮面师傅的整个下面过程如玩提线木偶，提拉摇晃、起承转合间便唱成一出好戏，筷子在锅边一敲，戛然收声。

这样下出来的面，加上卤牛肉，绝对是越吃越有味。

老徐的面馆，没有门头没有店招，店堂也就是在自家的两间堂屋里摆了大大小小方方圆圆四五张桌子，凳子也是圆的方的长条的杂陈不一。人多了，就在门前的巷子里支两张折叠桌。锅灶就在隔壁搭起来的披子里，所以，下面时，热气就会随着锅盖掀揭一阵一阵往店堂里涌，气氛很浓的样子。别看老徐店面不怎么样，还就是人气旺，除了街坊邻居，还有许多人大老远地跑来吃这一碗面，巷子不远的大路上经常是小汽车一排一排的。不用吆喝，一个上午卖出两三百碗面不当回事，跟玩儿似的。

老徐经常是拿张凳子，坐在一边，叼着烟喝着茶，笑眯眯地看着顾客吃面的形态，或唏嘘呼哧风卷残云，或细嚼慢咽咂味再三，他也跟着体验那种已经超出温饱的惬意快乐。其间，心头升腾起的成就感像氤氲的面汤热气，愈闻愈香。间或，跟熟客聊几句。这条街上，住的多是回民，主要是马和达两大姓。马家多讲回民支队马本斋，达家常提老牌明星达式常，一武一文，都是自家骄傲。老徐说，你达家马家还不是到我徐家吃面？许多退休的老人，几乎和老徐家的面条相伴一生了。有人就感叹：这辈子累死累活挣几个小钱，全撂你面锅里了。老徐则翻翻眼皮说，不是我面条喂你，你还活不到这把年纪呢！再

* 030

面道爇

说，晚上打麻将还不是又被你们赢回去了？我不过是个过路财神。一拨人便少不得吵骂几句。

面馆其实也就是个小世界。工农学商，贩夫走卒，谈天说地，道古论今。讲到开怀时，以筷击碗，哼句小曲；说至激愤处，拍桌打板，面汤四溅。遇到面红耳赤剑拔弩张的场景，老徐就会出来调停圆场，说吃面，吃面！也会说，现在不错啦，人要知足啊。知根知底者晓得，当初徐记面馆是多大的买卖啊，光门板跺起来就有一人多高，后来给公私合营了。老徐常挂在嘴边上的话就是：我现在是知足了，拿着退休工资，开个小面馆，养养雀子，打打麻将，一一当当的，到哪里去找啊！

老徐每天一一当当的生活基本上是固定的。早晨四点钟准时爬起来卤牛肉。然后，打一通他自创的野路子拳脚，再将他养的七八只鸟溜达服侍一遍，跟八哥有一搭没一搭地说着话，那八哥一口六合口音地模仿了许多人话，比如，早啊！马老四来啦？收废品的来喽！挨老婆打了吧？遛鸟的工夫，就已经陆陆续续地上客了，他便坐下来看食客吃面，没事聊聊天。小中午的时候收摊打烊，吃过中饭睡个午觉，下午念段古兰经，偶尔还会哼段京剧。晚上，便和老街坊打打小麻将，三十五十进园子的玩法，几条腿之间初一输了十五又赢回来，从这个口袋到那个口袋地倒腾，自得其乐。这一天就算过去了。

常有人会问些让老徐觉得有点怪怪的问题。比如有人问，你的面怎么做得这么好吃呢？问这话自然是想套出点秘笈来。他会摸摸年少学徒时练揉面练得有点外撇的手掌说，面是死的，人是活的，看你怎么揉了。别人就觉得有点神神叨叨的，不知所以。又有人问，你怎么不把生意做大呢？他就反问，什么叫大呢？

一天，店里来了两个客人，看衣着打扮，就知道不是本地人。两人点了四碗面，分别是红烧的、干切的、雪菜牛肉丝的和牛杂的，但都只吃了半碗。这最让老徐反感了，吃面不吃干净，对不起下面的人更对不起种麦的人。那两人推了碗,又店里店外地看来看去,议论着什么。第二天,两人又来了,点面时,老徐提醒说,按量点吧。两人就有点奇怪,多做生意还不好?你是不是老板啊?老徐说这里没有老板,有什么事可以跟我说。两人递了名片自我介绍说,一个是餐饮公司的,一个是策划公司的,说要来与老徐合作,将来让老徐做公司副董事长。然后,两人手舞足蹈边比划边解说,未来五年可以开到五家连锁,八年就可以上市,称霸面条市场。还说要对老徐的店面进行改造,取名叫"春风满面",店门口要挂一副对联:清风徐来,八面俱到。两人说店名和对子我们想了一个星期才想出来的,相当有创意,还准备申请注册商标和知识产权。老徐听着听着就打起了瞌睡,过了一会儿,那两位推醒老徐,问他怎么个想法。老徐目光迷离,问要拆房子?两人说不是,是要开面馆开一个规模很大的面馆。老徐说你们要开面馆跟我有什么关系?两人说要用你的技术你的名气啊。老徐说这事儿要跟我爸商量了才行。两人就问老人家现在在哪?我们去找。老徐指指远处的山头说在那儿。两人面面相觑,悻悻地走了。

老徐喝了口茶,清清嗓子,哼唱起来:我站在城楼观山景……

火师

胡仕余这次从南方回来，整个模样都变了，小区四邻都认不出了。首先是蓄了须，还是络腮胡子，下巴上足有一拃长，在谢顶的映衬下，更显突出。他有事没事会用细长的手指捋捻一番，做这个动作的时候，小指头是跷着的，透着精心、悠然与雅致。然后就是衣着打扮，一身藏青对襟唐装，印着金色的祥云图案，行走之际，烟云缥缈，似神欲仙。脚蹬一双小圆口黑布鞋，是北京步云轩的，面平底软，一双棉布白袜，黑白相配，素雅轻盈。鼻梁上宽厚的眼镜已经换成了金丝边的了，倒也与他瘦削清癯的脸型相适应。说到清瘦，胡仕余基本上算是个衣服架子，走起路来，像风把一件晾着的衣服吹得到处跑，悄无声息的。这边的几人正说话呢，冷不丁地他上来插了一句，会吓人一跳——咦？怎么边上什么时候站着个人啊！为此，老婆经常会骂他——你就不能吱一声啊？整天鬼鬼祟祟的，跟鬼一样！

老婆骂胡仕余，在小区里是出了名的。这个老小区，实际上只有四五栋宿舍，以前都是一个厂的，谁家的桌子板凳几条腿，都知道个八九。早先，这个国营老厂，还做军品，效益在全市也是数一数二的。因此，当时还是中学历史老师的胡仕余虽然晓得些三皇五帝的典故，但那些只在茶余饭后做些谈资的东西，并不能抵饱解渴。在家属区里，比的是力道，是技术，是能耐，胡仕余哪能比这个啊。于是，他的地位就连他那个做仓库保管员的老婆都不如了。因此，在家属区他的形象就是佝着腰，眼皮向下，沿墙根走路。老婆骂他主要还不在这个，而是恨他整天抱着本破线装书，摇头晃脑之乎者也，扫把倒了都不扶。老婆的经典骂词儿是：你能不能放个响屁给我听听！

形象如此的胡仕余，其实内心根本看不起厂里的人，在他眼里，大部分人不过是四肢发达头脑简单，个别懂点技术晓得格物致知的，也多半是钻牛角尖之类，不足为敬。看历史上，无论是庙堂之上还是草莽之间，有多少能人隐士，那才叫高人呢。饱读史书的他，在先贤的激励之下，其实内心是很强大的。

* **038**

这种内心的强大，促使他放了个响屁给老婆和家属区的人听听。某一天，他高吟"仰天大笑出门去，我辈岂是蓬蒿人"，毅然决然地告别三尺讲台，奋勇投身商海，中流击水，浪遏飞舟。老婆并未对他丢了铁饭碗而惋惜，也未对他的只身南下而担忧，倒是对他石破天惊的壮举很是赞赏，说男人就该这样！特地置了几样小菜，陪他喝到上半宿。两人都喝到了位，最后，他把酒杯一掼，表了表不混出个人样不回来见她的决心，颇有点风萧萧兮易水寒的意思。老婆对他已经"闭关锁国"许久了，那天却隆重地全面开放，陪他晕晕乎乎地度过了下半宿。

以后的几年里，胡仕余在深圳珠海石狮南宁跑了一气。偶尔回来，也是冒个泡就走了，也不知道倒腾什么，反正做的都是总经理。老婆在四邻里也很自豪的样子，好像老公赚了大钱她就是富婆了。其实，她是表面风光内心苦怨，胡仕余总共就给家里汇了三四回钱，一回也就是三千两千的，女儿考上大学，他都没拿钱。至此，老婆算是看透了，其实他就是属猪大肠的，天生就扶不直。

只要他自管自饱,也就不再指望他什么了。

此番回来,却说在普陀山入了佛,名片上变成了什么周易研究会的副会长,名字后面还加了个括弧,叫云光居士,讲话也神神叨叨的。老婆问他,你做和尚了?那我不成活守寡了么?他笑言你妇道人家懂什么?大师算我三年内大转运,往后有你吃香喝辣的。说着,从裤腰里摸出个石头,给老婆看,老婆看了一眼也就是个鹅卵石,公园里铺着的多呢。他很神秘地给老婆看图说话,说你看这个图案不是一把壶么?壶上面有一轮红日,就是说照着老胡了,要时来运转了。老婆不屑,说,日,你日谁啊?你省省吧。

胡仕余不再做总经理,而是盘下了路边的一个旧书报亭,卖些杂志报纸,最主要的是周易八卦之类的书籍。门头上挂了个牌匾,上写"归去来兮轩"五字。当然,卖书报也就是个由头,他主要做的是周易的实战运用。开始,没有什么生意,后来,不知怎么,就在暗地里传开了,说什么胡大师能瞻前顾后,掐算运程。渐渐地,就有

大师图

不少人光顾，老婆也收了些银子。

一天，老婆很好奇地问他，人家怎么就肯掏钱买你胡说八道呢？他眯着眼说天机不可泄露。老婆就拿酒和开放哄他，朦朦胧胧中他就很得意地说出秘笈来。比如，来问孩子高考的，他就在黄纸上写个"山"字；来求生子的，他就写个"回"字。到后来，不管成与没成，都说他是高人。当然，成了的，必然是封一份厚礼奉上。有人想考他，算父母是否健在，他接了八字，说了句"父在母先亡"，那人佩服得五体投地。老婆问他怎么知道人家父亲已经不在的啊？他笑老婆脑子不够用，说在与不在不都一样么？我根本不用知道。老婆被他弄得一愣一愣的。

就着酒兴，他还告诉老婆，我做的几单子业务，说出来他们佩服得眼珠子都掉下来了。比如说一个老板开个公司，七死八活撑了三四年，始终不见兴旺，便大钱请了他。他去一看，公司地处市郊，山清水秀，闹中取静，应该说位置很好。他却摇摇头说，这怎么能兴旺呢？我不给你点破，你永远也兴旺不起来。老板问其故，他笑而不答。老板忙又在先前的酬金上加了一万，他吩咐老板拿纸笔来，写了一个"闲"字。老婆给他胡吹得云里雾里，很敬畏地问他，什么意思啊？却被他呵斥，你不要乱插嘴！老婆赶紧噤了声，两眼睁得圆圆地等候下文。他说，老板问了和你同样的问题。他当时却只管收钱走人。临了，指指公司大门，又指指门前院子里的一棵大树，一摇三晃地走了。老板与团队研究了半天，终于悟出："门"里有"木"为"闲"，做生意哪能"闲"呢？后来，移了大树，公司居然起死回生蒸蒸日上，还成功上了市。胡仕余从他一堆周易书籍中翻出一张照片，说这是公司上市时，他应邀出席开锣的情景。老婆看有个人在敲锣，很多人都围着鼓掌，老公说站在某处的就是他，但老婆只看到一个模糊的背影，怎么看也不像，因为她对老公的间架结构太熟悉了，她没有明说。但是，不知怎么的，她对胡仕余竟然有点崇敬的意思了。

老婆有个好姐妹说要到浦口老山买房子，但

吃不准地势好不好，便跟她说了心思。她竟脱口而出：找我们家老胡看看，保你门旺人旺。后来，胡仕余看在老婆的面子上，在一般不大出场的情况下很勉强又很自得地去看了看，谁也不理自顾自地说了一番话，老婆只听见什么"一空三闭是豪家，三空一闭乱如麻；若通闭里求空法，立地珍珠满鹿车"。最后说那处宅子风水好，是真正的"前有照，后有靠，两边有合抱"，好姐妹立马交了定金。不久，宅子每平方米价格涨了三千块，那人老公升了副处长。好姐妹包了两千块红包千恩万谢，老婆推脱一番收下之后，对胡仕余不再将信将疑了。

但是，胡仕余对老婆却是将信将疑了。一天，他趁着酒劲，把酒杯一摔，青筋冒冒地审问老婆：我不在家的时候，有没有男人到家里来？老婆很奇怪，说有啊，你爸我爸你弟弟你侄儿多呢！他又灌了两口酒，说你少跟我栀子花茉莉花地绕，王一民来过没有？老婆说来过啊。胡仕余问你们都干了啥？老婆这才弄明白啥意思，说干啥了？换灯泡修水管子，女儿生病往医院里送，这些都应该你干的事儿,你在哪了?啊?你红口白牙编派我?是不是听什么人放屁啦?说着,就把桌子给掀了。又拿了一个酒杯摔成了碎瓷片,说要不要死给你看才说得清楚?胡仕余不知是喝多了还是怎么的身子一歪就跪下了,说老婆我不相信。老婆就把他拎起来坐到沙发上,说你不相信我?他连忙说,我是不相信他们说的,我相信你。老婆说,我看你猫尿灌多了!

胡仕余为讨好老婆,买了礼品主动到王一民家答谢,老婆和王一民都很是感动。胡仕余还当着老婆的面,与小他两岁的王一民喝了拜把子酒,认了兄弟。

一次,王一民清明去给母亲上坟,胡仕余主动前往,说给老人家看看风水。到了江宁的一处山上,胡仕余一脸正色地说,本来这个地方风水很好,但现在前面修了高速,把脉象给破坏了。建议王一民赶快迁坟,不然就不好说了。王一民既惶恐又感激,想想也罢,把母亲的坟迁回山东老家与父亲合葬,也算是件两全的事。胡仕余又

* 045

主动帮忙,说这里的坟地因风水破了的原因,恐怕不好处理,交给我好了。

王一民说当初只花了两千块买的,能拿回本钱就不错了。胡仕余不久就把事情给办好了,给了王一民三千块钱,王一民再三再四地感谢,还请他喝了顿酒。当然,王一民不知道这个墓地其实卖了两万块钱,胡仕余老婆也不知道。

姐妹

手术前,李小把术后的护工先找好了,陈子明不在,自己做了手术还不就跟个死猪似的,得找个细心的人照顾,恢复得才能又快又好,公司的事儿自己的事儿一大堆呢。但她得先过过目,护工大多来自郊区,粗声大气笨手笨脚的多,你自己把自己当成个金枝玉叶,到护工手里指不定就是块案板上的肉呢。

不过,当护工头儿把吴翠玲领到李小的面前时,她一时还真有点对不上号。吴翠玲看上去四十几岁,白白净净的,像是城里人,特别是一双手,细腻而饱满,脸上总是笑盈盈的样子。一问,原来是一直在六合的镇办企业做会计,厂子关了,正好儿子考到南京的高中,便跟着到南京来,一边照顾儿子,一边打点工补贴家用,听说做护工挣钱多一点,就托同乡给介绍到这家医院来了。护工头儿讨好地说,李总,我可是把最能干的安排给你了,上次财政部的一个女副司长在这儿做手术,也是住这个高干病房,就是她做的护理,首长临走时还专门给我送了份感谢信表扬她呢,说她是细心周到胜似亲人,你听听这话,还不放心么？李小心想你可真会说话，做护理，听起来跟做美容似的。李小说不用你介绍了，你去忙吧，我自己跟她聊聊。

李小就仔细地问了许多，比如三代以下有无传染病啊，睡觉打不打呼噜啊，有没有陪护经验啊，甚至连给李小做护工的这十几天里会不会来例假啊，都问得很细。末了，又交代了许多，诸如毛巾要备几条，洗碗筷要戴手套，何种食物是忌口的等等。吴翠玲说我都记住了，肯定会做好的，我可会服侍人啦，前年夏天我婆婆出车祸住了三个月院，都是我一个人给她端端倒倒洗洗抹抹还有翻身按摩的，大热的天，不要说疖子疮啊什么的，就连一个红点点都没生过。李小对吴翠玲把护理回归到服侍的说法，觉得还算实在，但对她用服侍出车祸的婆婆的例子来表决心感到有点不快。又问，你怎么经常不用正眼看人啊？吴翠玲一听，有点窘了，说李总看得真细啊，我没有不尊敬你的意思啊，做会计的时候，一般是左手翻账册翻凭证，右手打算盘按计算器还要夹着支笔一会儿记几笔，

* 049

眼睛呢，就要跟着动，还要抽空瞄着办公室里里外外，一点都不能出差错的，习惯了吧。李小说，你要看我就大大方方地看，不要用余光。

吴翠玲便拉直视线大大方方地看李小。李小还真是个美人坯子，身材匀称，该凸的凸，该凹的凹，稍微有些发福，但也发得很匀称，脸是红里透白，细皮嫩肉。床头卡还没挂上，不知道实际年龄有多大，估计比自己要小很多。关键是李小的气质，吴翠玲想了半天也没想出应该用什么词来形容，反正就是电视剧里那种既漂亮又能干大事的女人。

当吴翠玲看到还在半昏迷状态中被送回病房的李小时，还是吃了一惊，大概是卸了妆再加上手术失血的缘故，苍白的脸透着痛苦，一下子好像老了好几岁。插满了各种管子的裸体，像一块瘫软的面团，松松垮垮，没有起伏，不再蓬勃。吴翠玲不禁心生怜意。心想，这人啊其实也假得很，再风光再有本事，到这个时候也没多大意

* 050

思了，还不如没病没灾平平安安的，就算粗茶淡饭，辛苦劳累，也是幸福了。这样，倒觉着自己很满足。

麻药的劲儿完全过去以后，李小的意识和感觉开始恢复，她觉得有什么在脸上轻轻地滑过，暖暖的，非常舒服。睁开眼才发现是吴翠玲在用温水毛巾给她擦脸。她心底里莫名的委屈一下子涌了上来，泪水差点从眼睛里冲出。吴翠玲问她是不是想喝水啊？没等她回答，就拿起棉签蘸着水，在她干巴的嘴唇上来回滋润着，说手术后不能立即喝水，要先忍着，到通气了也就是放屁了，才行。你记得啊，要是放屁了，你说一声啊！李小费力地做了个笑容。

前三天，输液输氧和各种体征监测之后，慢慢地，身体上的管子开始减少，李小的脸色也开始红润起来，能和吴翠玲聊聊天了。这天下午，李小迷糊了一会儿，护士换水时醒了。护士一走，吴翠玲就抑制不住兴奋地说，李总，你刚才睡觉的时候放了一个屁！李小有点脸红，瞥了一下门口，还好护士不在。吴翠玲还怕她不信，又说

* 051

真的真的，我还掀开被子闻了闻，一股臭味！怪道响屁不臭臭屁不响呢。李小被她逗笑了，牵得伤口疼。吴翠玲说李总你还是笑起来好看。又说这下好啦，通了气就能吃饭了，能吃饭恢复起来就快了。

开刀伤了元气就必须吃点补的东西。于是，鸡蛋鲫鱼牛肉乌鱼汤鸽子汤老母鸡汤，小食堂变着花样给李小送来，但没两天，她就腻了，就是有些素菜，也是那种食堂味儿，油得很，弄得她跟吃药似的，吃饭倒成了负担。吴翠玲说，要么我给你炒两样清淡的小菜，让你搭搭筷子，我租的房子就在医院旁边。不过，我这可是违反工作纪律的哦。以后，吴翠玲就利用李小挂水睡觉的工夫，偷偷溜出去，炒个把小菜再赶回来，也没什么大菜，尽是些芦蒿菜苔马兰头菊花脑，还有素鸡千张干子豆腐皮之类，但李小吃得津津有味赞不绝口，直夸吴翠玲手艺好。有天，吃到高兴处，李小说你不如到我公司里去，专门给我炒菜，怎么样？吴翠玲说谢谢李总抬举，偶尔做一回两回你吃个新鲜还行，真正上台面可不行。

姐妹图

一个多星期下来,吴翠玲有点奇怪,别人住院,总会有人来探望,李小这里好像没人来。这样想的时候,还真有人来看她了。来的也是个标致的女人,一进门就嚷嚷,亲爱的,你受苦啦!上来就拥抱李小,李小问被她唤作娜娜的女子,你是怎么知道我在这里的?娜娜得意地说,问公司都说李总休假了,可休假总不会把手机关了啊。娜娜说着把手上的一大把玫瑰和一只装着花插的拎袋交给吴翠玲,说是护工吧?放一半水就行了啊。然后回过头对李小接着说,你是谁啊?我们集团的重要客户,更是我的好朋友啊。我是谁啊?大集团的公关总监啊,根据我作为你的闺蜜平时所掌握的信息,还有你们公司前段时间集中体检的安排,这么一分析,就八九不离十了。李总住院当然是天宇第一号秘密了,不管是对公司还是对个人,这个你放心,绝对没有第二个人知道!李小说,还是你关心我,你说陈子明还是人么,给我办了住院手续就跑了,说是中国香港有个大单子,什么业务难道比老婆重要?娜娜就笑她,他一大老爷们儿在这妇科乱窜算怎么回事啊?又说我就喜欢子明这样的男人,帅气、有风度、有

* 054

事业心。李小说,打住打住,还子明呢,我都起鸡皮疙瘩了,你这人怎么吃着碗里的还看着锅里的啊?娜娜说,什么锅呀?好男人焖烧锅啊?两人就吃吃直笑。娜娜从包里拿出个包装精美的小盒子,说光顾说笑了,差点儿忘了正事儿。小盒子打开是个迷你的蛋糕,娜娜插了一根蜡烛,用打火机点了,说祝你生日快乐!一支蜡烛代表一百零一岁,来,许个愿吧!李小眼泪都快下来了,说到底是我的好姐妹。赶紧闭起眼许了个愿。两人吃着蛋糕又说了一会话,娜娜起身告辞了,临走时掏出两张大票子塞给吴翠玲,说这是我奖励你的,把李总给伺候好了!吴翠玲说什么也不要,看着李小,李小点点头说还不快谢谢娜娜小姐。吴翠玲连声说了十几个谢字。

娜娜走了以后,李小指着还剩下的半个蛋糕对吴翠玲说,你也尝尝吧。吴翠玲道了谢,说我就跟着沾沾光,也过个生日。李小说,你也今天生日?吴翠玲说,我前面看了床头卡,现在又吃了蛋糕,才知道我们俩是同年同月同日生的呢!李小说,巧啊巧啊还真是缘分呢。又比了小日子的大小，吴翠玲是凌晨出生的，李小是上午出生的。李小说，以后我就叫你玲姐，你叫我小妹好了。吴翠玲说李总那可不敢。李小说，什么敢不敢的，就这样叫了。吴翠玲说，那我就攀李总的高枝了。李小说，看看才说要改口的，怎么又叫李总了。两人又不约而同地说起了儿子，都掏出手机看屏保上的照片，得出一致的结论：一对小帅哥。

终于，医生说可以出院了。吴翠玲就扳着指头算着，说七不出八不归初九往家飞，后天是初九好日子，后天出院吧。临走前一晚，吴翠玲说，小妹啊不如洗个澡干干净净再出院，你看这么豪华的洗澡间还从来没用过呢。李小说，也好洗洗去去晦气。吴翠玲说，要不我给你擦擦背，李小说好啊。两个女人就在氤氲的水雾里坦诚相见，说了许多女人的话题，既切近，又朦胧。

第二天早上，李小仔细地化了妆，立马又恢复到没做手术前的模样。

* 056

而且,由于住院瘦了一圈的缘故,又添一分苗条。吴翠玲就感叹,我这个妹妹哎,住院倒把你住得更漂亮了!人和人真是不一样哟。李小说,这些化妆品都留给你,你也打扮打扮。忽然又叹了口气,说这半个多月来真难为你了,帮我喂水喂饭伺候大便小便擦洗锻炼,长这么大,大概也只有我妈对我这样。虽然是花钱请你的,但难得你做得用心做得自然。吴翠玲听了,眼眶都湿了,说女人做这些算不得什么,孩子不就是这样带大的么?李小掏出一张名片,说玲姐以后有事就给我打电话。

李小出院后,吴翠玲又接着服待新的雇主,一晃大半年过去了。这回,她却遇着个麻烦:一个女人买菜过马路时,被车撞了,伤到肋骨和左腿,肇事司机开始时还像那么回事,一把就掏了两千块钱,要吴翠玲服侍那女人。这一服侍就是三个月,但现钱就没再见过一分,司机总说保险赔款打给交警大队了,不会少的,后来就不见面了。找交警大队,那边说一分钱也没收到;找那女人,女人可怜巴巴地说我的赔偿款一个子儿还没拿到呢;找护工头儿,头儿骂她说你不是二五么？没钱你还白干这么长时间？我没办法，至多把你份子钱给免了，你准备打官司吧。

吴翠玲突然想起了李小，翻开手机的电话号码，打了过去。喂，小妹，我是你姐啊，玲姐啊。对方好像没弄明白，谁？我姐？我没姐姐啊，你是不是打错了？说着就挂了。吴翠玲愣在那儿，想再打过去，想说得再细一些，但终究还是没打。她又把号码里的小妹调了出来，删掉了。然后，长长地吁了口气。

我家

你说,人活着有他妈什么意思?翠花累死累活舍不得吃舍不得穿,一天的福都没有享过,就这样走了,儿子怕是还不知道呢。警察来找萍姐,要杨翠花的身份证和遗物,萍姐这才知道,翠花叫汽车给撞了,命就撂在大街上了。萍姐一听就大声嚷嚷地对天对地对空气发着自己的感想,声音里带着哭腔,也算是哭给翠花听的。除了几件旧衣服之外,哪还有什么遗物,再就是一沓子打款单,或两百或三百,都是打入同一个卡号,一长串的数字,看不出姓甚名谁,想必就是读大学的儿子。这女人真是命苦,丈夫得了癌症撒手走了,她就从河南家乡到了儿子读大学的南京,在附近的建筑工地做小工。上下班路上再捡些废纸盒子可乐瓶子,挣点钱大都打给儿子了。但她怕儿子面子上不好看又影响学习,所以从不去看儿子,还说要挣更多的钱给儿子娶亲。

萍姐买了点纸钱,又从小饭店要了一份红烧肉,一边烧纸一边唠叨,说你儿子今年就毕业了,你也该歇歇了。一屋子人就你嫌我这房租高,这下好了,住小盒子不要钱了,你称心了吧!呜呜呜呜……房客们也跟着抽泣。

晚上,小铃铛吃了红烧肉香香甜甜地睡了,所有女人都没有早睡,东扯西拉地闲聊,讨论着女人的命运,不时瞥着杨翠花空空如也的床铺。每天,她们都是在杨翠花打呼噜的轰鸣声中入睡的,这会儿突然安静了,惨白的节能灯忽明忽暗地闪着,更让人感觉到命运的空虚无常,没抓没捞的。萍姐也陪着大家扯着,说着说着,她想到自己,眼泪也掉了下来。

那个千刀万剐的为了个小狐狸精,竟然把她和女儿扔下不管,杳无音信。她哭了几天,骂了几天,也没能唤回头。萍姐后来对一拨一拨的女人反复说的一句话就是:女人你自己不硬铮,手脚不勤快,就只能是被人嫌弃的命了。她在超市、饭店、保洁公司都打过工,最后,租下了安德门劳务市场附近的这套房子,开了个家庭旅馆,起个名字叫"我家"。两居室和客厅里,摆放了十六张上下铺的铁架子床,专门租给女人,一天五块钱。有附近打工的，有在劳务市场还没找到工作的，有跟家里置气故意出来别扭两天的，还有买不起房租不起房就拿这儿当家的，比如河南的惠琴，带着女儿小铃铛已经在这里住了三年了。房租很便宜，但也不是什么人都能来租，萍姐立的规矩，吸毒的卖淫的洗头房的夜总会的三只手的一概不租。一个月下来，刨去大房东的租子和水电杂项，也还能落几个钱。本来，铁心桥的乡下还有处房子，女儿上大学住校，没人住，她也租了，自己就在旅馆的后墙搭了个披子，凑合了。一方面好管理旅馆，另一方面也好照应这些房客，都是女人，也不易。

抓经营管理，萍姐的理论就是两句话，一句是"一是一二是二"，另一句是"别怪我萍姐不客气"。比如房租，她是住一天收一天，有钱就住，没钱走人，熟人生客，概不赊欠。当然，也有例外，湖北来的小娟，工作没找到，仅有的两百块钱还给扒手给扒走了，晚上回来哭着说没钱付房租了，萍姐二话没说，把她的包袱卷给扔到门外了，说你借也得把房租给借来！小娟只好抹着泪走了。一会儿萍姐悄悄地追了上来，递给她一百块钱，说先借你，等你找了工作挣了钱再还我，先下碗面把肚子填一下，一会儿回去你要当着大家的面，把房租给我，就说是跟老乡借的，懂不懂？小娟含着泪不停地点头。萍姐说，规矩不能在你手上坏了。

要说规矩，萍姐这儿的规矩多呢。房子里不安电话，不装电视，晚上九点必拉电闸，必停热水，有小姐妹来蹭觉加收一块，头发长过肩的一个月加收一块，不准带男人到屋子里来，有事有话有情况到外面说。有天晚上，八卦洲来的小芹好像是喝酒吃夜宵，弄到半夜三更才回来，后面还跟着一个男人，叽里呱啦地要往里闯，嘴里胡讲乱说要干那个事，小芹挡他不住，萍姐就出来了，说这里是女人家的地方，你要干什么到别处去，男人借着酒劲说我就是要玩玩女人呢。萍姐天热穿件连衣裙，就掀开裙子，扇着裙边，说好啊，想怎么玩？男人就兴奋起来，说你想怎么玩就怎么玩。萍姐一把抄到男人的裆下，连捏带拽，说来啊来啊还不晓得你行不行呢！男人就捂着裆哎哟一声蹲了下去,曲着腿挪了半天才直起腰,逃也似的跑了,姐妹们爆发出一阵嬉笑。萍姐也笑得浑身打颤,她生得五大三粗的,胸罩带子把人勒成几截,一笑就是多少块肉在抖动。但她突然就收住了运动,转过身来看着小芹,小芹还没等她说话,就赶紧低眉认错,说都是同事,有人买彩票摸到个小奖请客,谁知道这人盯上我了,下次再也不敢了。萍姐说再有第二回,卷铺盖走人!

有时候,萍姐就觉得自己跟一只老母鸡似的,这二三十个姐们就是小鸡,既然租了她的房子,她就有责任保护她们。每每想到这点,她就觉得很有成就感,就觉得生活真有滋味,会自己笑出声来,笑得浑身乱颤。

那天,别人都上班去了,唯独陕西安阳来的小福子没去,躺在床上呜呜咽咽地哭。萍姐一问,才晓得小福子怎么就认识了一个研究生,被三哄两不哄地就开了钟点房,一下子又怀孕了,再去找那研究生,对方说了句我们不可能,就再也不搭理她了。小福子说老板娘我丢人

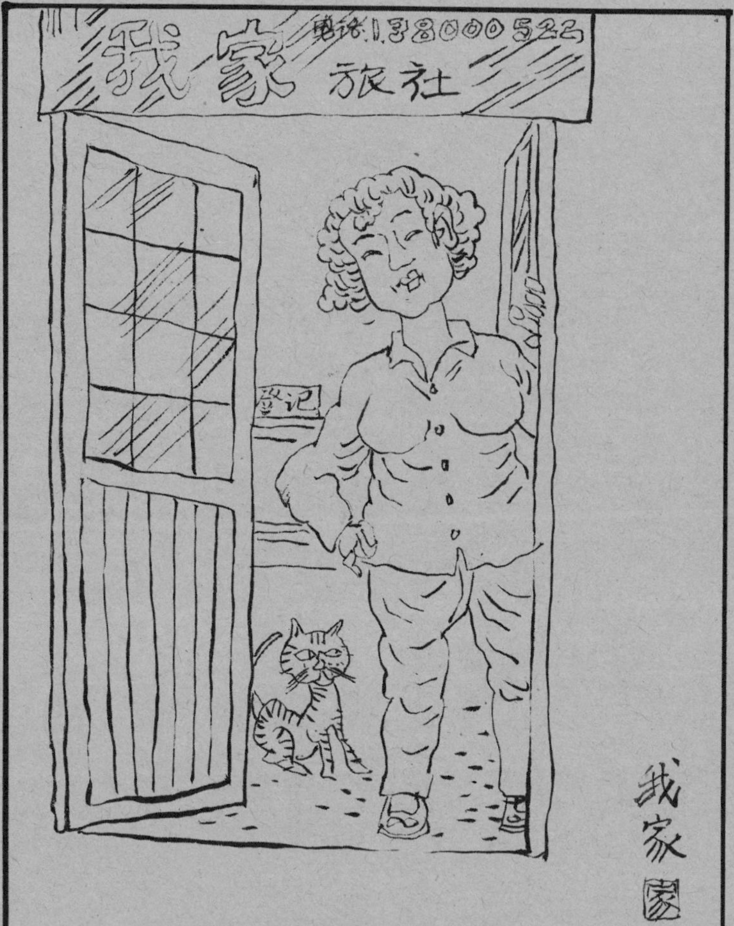
我家 旅社
電話:138000522
登记
我家
家

死了，怎么办啊？我爹我娘要是知道了不打死我啊！萍姐就安慰她，别急，你想办法跟那兔崽子联系上，说见最后一面，我陪你去。到了学校，见了那小伙子，萍姐说我们到僻静一点的地方谈谈。到了背静处，还没等那小伙子开口，萍姐正手一个反手一个就是两个嘴巴子，说你胆子不小，敢玩我女儿！那小伙子就争辩说，什么叫玩啊，那是她自愿的。萍姐说你少跟我说这个，现在摆在你面前就两条路：第一条是写保证书明年毕业就跟她结婚；第二条就是拿一万块钱来，给她打胎调养精神补偿。小伙子说我不可能跟她结婚，但我也没钱。萍姐说那就给钱，有没有钱我不管你，你去借去、跟你爸妈要去、去血站卖血那是你的事，给你一个星期时间，我天天到你宿舍门口等。又说，还他妈研究生呢，老娘让你研究研究怎么死，她掏出手机对着小伙子噼里啪啦一气乱拍，说你信不信我把这照片洗出来在你们学校的大路小路教室食堂男厕所女厕所都贴上，上面写着臭流氓强奸犯？信不信我跪到你们校长的办公室，闹到你父母单位还叫人弄到网上去？小伙子吓得面如土色，颤声说，阿姨我信我信求求你不要

* 066

这样,我明天就给你钱。第二天,顺利地拿到了钱,小福子到医院把孩子给拿掉了。萍姐就现出女人的温柔来了,对小福子说傻孩子,你真傻啊!你在医院住两天,我谁也不说。下次要长个心眼啊!小福子就拼命地往萍姐的怀里钻,哭着说老板娘,你像我的亲娘一样。

又到了夏天,有天萍姐突然跟房客们宣布,今天的房租全免了!大家以为是听错了,太阳怎么会从西边出呢?萍姐很认真地说,我家丫头大学毕业啦,还因为品学兼优提前给一个大公司录取了,还做了制服,穿上身跟空姐一样。虽然萍姐没有坐过飞机见过空姐但在电视上看过,她觉得空姐是最漂亮的。一窝女人就抢着看萍姐手机里的照片,哇,真漂亮啊!惠琴就提议,老板娘免了咱们的租子,干脆大家就拿出来吧,去买点烧烤麻辣烫来,再来点啤酒饮料,我们给老板娘庆祝一下!大家说,好啊好啊,好久没有开心了。惠琴又说,老板娘能不能把千金也请来一道热闹啊?老板娘说,行啊,我这就打电话。萍姐接通了女儿的电话,说晚上到旅馆来啊,几十个阿姨大姐要给你庆祝呢！丫头，你可给你妈这张老脸抹了粉了。一会儿又突然低了声说你就不能来一下么？接着就是停顿。然后，萍姐把电话挂了，说哎呀哎呀丫头那头忙着呢，来，我们自己玩，我再加点钱。

一屋子的女人们说啊笑啊唱啊跳啊，一直闹腾到后半夜，留了几串烧烤给加夜班的，大家才陆续回到自己的铺上，萍姐轻轻地带上了门。

夜空中，"我家"的霓虹灯还在闪烁着。再往上看，月光如水。女人特有的细腻温情，让萍姐想起了一首什么诗，唐诗吧？丫头小时候还教过的呢。嗨，到底岁数大了，就在嘴边的两句，怎么也想不出来。想不起来就想不起来吧，心里有诗，也行啊。萍姐想到这，偷偷地笑了，要不是夜色，脸一定是红的。

卖报歌

六月的天，孩儿的脸。刚才还是艳阳高照呢，这会儿竟下起了瓢泼大雨。姜桂芝忙不迭地把报纸杂志往报亭里抢，一阵手忙脚乱，还是有一些被雨打湿了。报纸还好，她担心的是那几本包装精美的杂志，十好几块钱一本呢。没办法，只有打折了。雨，像打在姜桂芝的心里，生疼。

毕竟是五十六岁的人了，这一折腾弄得她气喘吁吁的。等喘定了，她看看小灵通上的时间，向家里打了个电话。说，老头子啊！该吃药了！锅里有绿豆汤，你喝一碗。抄电表的人要是来，你告诉他数字贴在门上了。不要老躺着，起来活动活动！啊？我挂啦！

姜桂芝在路口开这个报亭已经三年了。早先是老伴守报亭的。一次，他站在凳子上支雨搭子，一脚踩塌了，摔了个轻微脑血栓，手脚便有点不灵光了。姜桂芝舍不得把报亭让给别人，便自己来守。为了遥控老伴，她特地买了个小灵通。每天早上先到菜场买点菜，做生意的工夫抽空把菜择好。小半晌生意不忙的时候，她就在报亭外的煤炉上炒好，电饭锅里的饭也跟着好了。中午，她请修自行车的干师傅照应报亭，自己把饭菜送到一站路远的家里，安排一下老伴。再回报亭，一边吃饭一边守摊子，还听一会儿午间的戏曲广播。虽然天天要来回奔波好多趟，但姜桂芝觉得生活也还凑合。

姜桂芝只有小学文化，报纸杂志上的东西她看懂的不多，很多时候也就是看看照片，还得戴老花镜才行。但这就足以使她成为一溜摆小摊子当中知识丰富让人敬佩的人，她会指着报纸对旁边卖煎饼的王大妈说："你看看，你看看，广西发大水淹到齐腰深，河北却干旱得地都开裂了。我看啊，还是我们南京好，不旱不涝。怪不得朱元璋和孙中山都要葬在南京，风水好呢！"当然，她也有许多不明白的。比如，有女孩子会疯疯傻傻地对着体育报上的一个叫"小贝"的男人照片亲嘴，亲得满纸口水，也不害臊；有大男人看了证券报会坐在地上干嚎，然后就骂人，说什么千点失守了！要出人命了！她就当着西洋镜看，看了就笑笑，反正有人买她报纸就行。足球世界杯那会儿，生意最好了，跟足球有关的什么报纸杂志都好卖。就是一张擦屁股纸，只要上面写着足球，也都能卖掉。那个把月的每天晚上，姜桂芝一边捶着后腰，一边数着钞票，嘴就没合拢过。

也有不高兴的事。附近大学里的大学生找到姜桂芝，央求了她好半天，说要搞什么社会道德调查。他们帮她钉了个报箱，上面写着"自行取报，诚实付款"，让行人自己拿报，自己给钱，自己找零。虽说省了她许多事，但也费了她许多神，她总是有意无意地要瞄着报箱。可是，即使瞄了，每天还是会少钱，会收到破钱假币。开始，大学生还经常来问问情况，后来也不大来了，她就把报箱收了回来。

慢慢地，姜桂芝除了卖报纸杂志外，还试着批一些口香糖、火腿肠、电池、电话卡什么的来卖，还在小煤炉上煮点茶叶蛋，等于开了个小杂货店了。谁知，竟然引来了小毛贼。一天早上，她来开报亭，只见玻璃窗被

* 072

卖报歌

砸了个大口子，里面被翻得乱七八糟的。一清点，少了两袋火腿肠、四节电池、一包口香糖、十六张电话卡，还有两张学英语的光碟。老伴在电话里安慰她说，有谁能跟着光碟学好英语，考上大学，也就值了！派出所的民警来看了之后，说可能是附近中学生作的案，他们会尽快调查。民警又批评姜桂芝，说你卖报纸就好好卖报纸，又倒腾这些干啥？工商法规有规定，这些都是不允许的。允许不允许，姜桂芝也得卖，光靠卖报纸能赚几个钱啊？还不够给老头子买药呢。她把玻璃配好，叫人写了张告示，连同老伴的病历，都贴在里面。告示上写着："里面只有生活用品，没有值钱的东西，请不要撬砸报亭。可怜可怜我们！给你们磕头了！"

后来，发生了一件事，差点儿让姜桂芝关了报亭。那天，她起大早开了报亭，等人来送当天的报纸。因为是暑假，学生都放假了，又是星期天，所以路上车辆行人都还很少。她一边等，一边就顺便把煤炉给生了起来。突然，她听到"嘭"的一声，好像什么东西被撞了，几乎同时她又听到"嘎"的一声汽车刹车的声音。她抬头一看,只见一个女孩从一辆白色轿车的车头玻璃窗上掉了下来,重重地摔在地上。她"啊"了一下,手里的火钳也掉到了地上。这时,那辆轿车突然加速,拐过路口跑了。整个过程只有几秒钟的工夫。她刚想过去看看,正好有一辆轿车过来,车上的人见到路上躺着的女孩,立即有两个人下车察看,又好像打电话报警,然后把女孩抬上车,大概是送医院了。地上留了一摊血迹和一只凉鞋。那女孩穿着一条红裙子,红得很正。姜桂芝竟然想起了三十五年前自己出嫁时,也是穿着这样一条红裙子。一会儿,交通警察来了,又是拍照,又是拉皮尺,还在本子上记着什么,并且把那只凉鞋放进了塑料袋里。然后,马路上又车来车往,好像什么也没发生过。民警找到了姜桂芝,问她见到刚才的车祸没有。她不知道为什么,就觉得有点紧张,脱口说道:我正忙着分报纸呢,什么也没看到。民警要她再回忆回忆刚才周围还有什么可疑的,想起来就跟交警大队联系,还留了一张警民联系卡给她。民警一走,她就后悔了。她不但看到了刚才的一幕,而且,她还记得开车的是一个瘦瘦高高的男子,嘴上留了一撮胡子。白色轿车的车牌好像前面是几个外语字母,后面有一个3和一个6。她怎么没说呢?

第二天,报纸上就登了这起车祸,标题是《女大学生惨遭车祸,警方寻找目击证人》。还配了一张女孩的照片,那么年轻,那么漂亮,跟仙女似的。看着照片,姜桂芝又想起自己出嫁那天的模样。想,这孩子,还不知道在医院抢救得怎么样了呢。她心乱如麻,错过了好多生意,煤炉上的茶叶蛋都煮糊了。晚上,她把住在河西的儿子也叫了回来,说了自己的心事。老伴倒是支持她,可儿子却不大赞同,说要是做了证将来遭人报复怎么办?她说,人心都是肉长的。大不了把报亭关掉!

后裔

黄无际在心里藏了一个天大的秘密。

这个秘密与一九七九年版的《辞海》第 2057 页的一个词条有关。这个词条在"黄道婆"的上两条，叫"黄道周"，是这样记载的：黄道周（1585-1646），明福建漳浦人，字幼平，曾在铜山孤岛石室中读书，因号石斋，天启进士。崇祯时任右中允，上书指斥大臣杨嗣昌等，谪戍广西。南明弘光帝任为礼部尚书。南京失守，与郑芝龙等在福建拥立隆武帝。自请往江西征集军队，至婺源为清兵所俘，后在南京被杀。善书，峭厉方劲，别具面目。亦能画山水、松石。

《辞海》上的解释太干巴。黄无际眼前经常闪现一些非常具体生动的场景，都是看得见摸得着的。一六四六年，血雨腥风的一年。黄道周在江西战败被俘，押解到南京。入狱之后，他就开始绝食，六十二岁的老人了，每天只靠喝一点水，维持元气。已经投降清朝的总督洪承畴虽然和黄道周是福建同乡，但知道他生性耿直，见面必遭痛骂，便让江都御史陈锦出面劝降。结果，任陈锦百般劝说，黄道周就是闭目掩鼻，不吭一声。陈锦有点诧异，问其故。他闭着眼睛问道，你是谁？答道，陈锦。他说，你也是大明的臣子，我真是不忍心听你，也不忍心看你，怎么又能忍心跟你说话呢？陈锦又问，你为何又掩鼻呢？他说，腥气味太重！陈锦悻悻而去。临刑那天，黄道周要了纸笔，画了两幅水墨大画。残山剩水，长松怪石。从容地题了款，盖了印，然后，把笔一扔，昂首阔步跨出死牢。行至东华门，相去不远就是明孝陵，他停下脚步，三叩九拜。礼毕，盘腿而坐，说此地与高皇帝陵寝近，可以死了。随即，头颅落地，但身体却久久端坐不倒。人们在收殓遗体时，这才发现他衣袍的内衬上，有血书"大明孤臣黄道周"七个大字，内衬边上还有几行小字："纲常万古，节义千秋；天地知我，家人无忧。"

黄无际是偶然之间发现这个秘密的。

以前，他在厂里的工会做干事，就很喜欢读

点历史书籍。他能把《岳飞传》《杨家将》从头到尾背下来，曾经在居委会讲了大半年。厂里改制后，他买断了工龄，在巷口开了个不大的书店，就有更多的时间读他的历史书了。那天，他读到这一段时，突然心头一震！倒不是因为这位明朝臣子的忠烈，而是他在字里行间惊人的发现。他叫黄无际，父亲叫黄人君，爷爷叫黄家祯，而且是"崇祯"的"祯"！祖孙三代的名字中间的一个字和黄道周绝命诗里最后一句"家人无忧"中的三个字是一致的！黄无际不由得就联想了起来：先祖黄道周被押解南京，家人也辗转跟随，在他于东华门惨烈遇害之后，家人将其收葬。从此，后代也就定居南京，并将绝命诗作为家谱，后续子孙按诗中文字起名排辈，以做纪念。

黄无际掐指算算，明朝至今三百多年，排到他也差不多是"无"字辈了。他后悔怎么没早读到这段故事，要不然就不会给儿子起了个"黄剑虹"的名字了，虽然"忧"字不是怎么好看，也可以用同音的"优"来入名啊！

黄无际为这个发现激动了好一阵子。后来，终于忍不住，悄悄地跟老婆和儿子说了，还交代暂时不要跟外人说。儿子很不以为然，说你这样瞎猜，对不箍子啊？几个字一样就能挂上啦？再说，几百年了，那人就是皇帝又有什么用！我单位效益不好，他能帮我？老婆则数落他：还能做点正经事啊？跟死人攀什么亲戚！没得事做啦！

黄无际可不这么看，名字中三个字的一致，绝不会是巧合，恰恰是揭开黄氏家族秘密的一把钥匙！开始，他还黑灯瞎火漫无目的，但渐渐地越来越清晰了。他首先从即将拆迁的房子想起。这座四进十八间的大宅子，跟甘家大院之类的是不能比的，但在城南也算是相当规模的豪宅了。据说，解放前是国民党的一个高官住的。再往前，则传说是一个望族所居。那么，这个望族是不是黄家呢？他知道，即便是的，也要不回来了。找谁要呢？找现在住在里面的十几家的老邻居要？好像也没什么依据。要紧的是赶快抢救保存一些老宅的东西。观察了一圈，他找了锯子，把一扇窗棂给锯了下来，准备镶在新居的客厅里，可以天天看着。锯的时候，想着祖上留下的老宅子很快要消失，他突然就有了一种悲壮感，但随即就被老婆的唠叨给搅和了。

这样，他就觉着家里家外的大小物件，有了一种悠远沉重的历史感，都隐藏着一段故事。他对全家宣布，所有旧东西未经他许可不准拿出去卖，也不准随意丢弃。老婆骂他有神经病。

果然，他在家里找到了一个铜制的墨盒，已经锈迹斑斑，盒盖上刻了一幅山水，颇有先祖的风格。边上还刻了一些字，他仔细地辨认出"山灵水深，万籁萧萧，古无人踪，惟石嶕峣"这十六个字，仅仅是一首描写风景的诗么？在费了许多时间与脑筋之后，他猛然想到，会不会是前辈所用之物，山水画和文字也许是暗示着先祖埋葬的地点呢！顺着这条思路，他研究和考察了南京的许多地方，最后确认"山灵水深"的应该是前湖附近。在前湖北面三百米左右的地方，他找到一片长着松树的小高地，觉

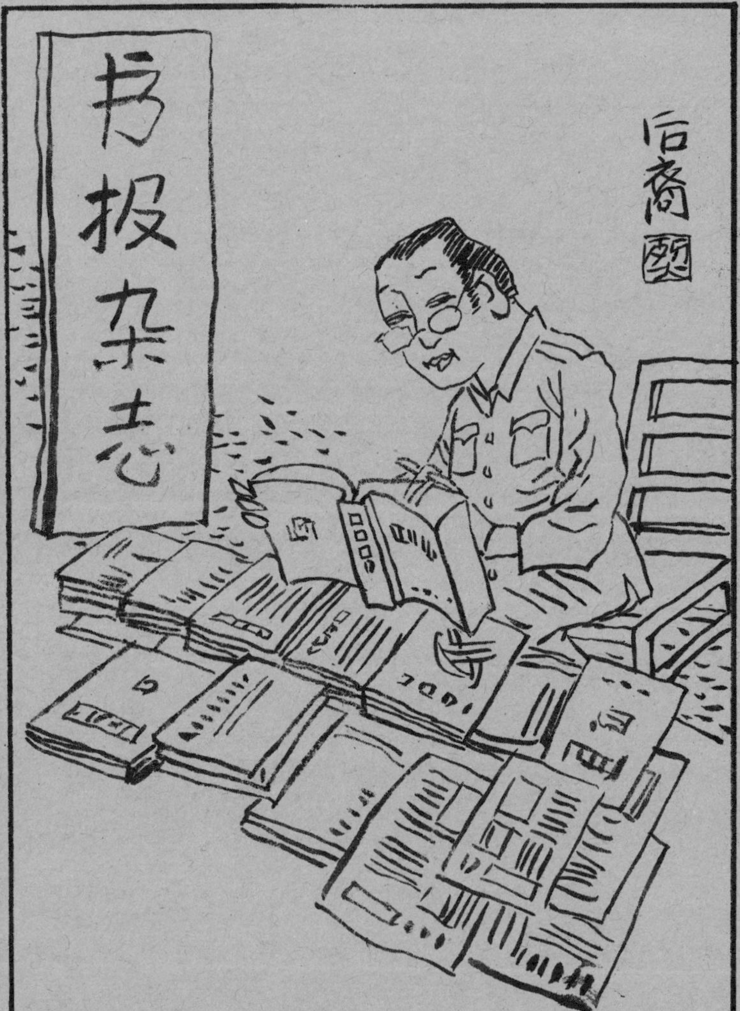
书报杂志

得风水很好，便做了标记。再到清明，祭祖就有了明确的位置了。他抓了把泥土缓缓地撒了下去，又深深地鞠了三个躬，恋恋不舍地回家了。

黄无际感觉到生活紧张而充实，有忙不完的事情。他盘算着，要把家里的古董都妥善保存起来，最好编上号。还要到朝天宫、夫子庙各处去寻找收藏黄道周的字画，《中华名匾》那本书上登过先祖的一幅"洗心之藏"的字，他看过。一旦秘密公开，那可就价值连城了，但他绝不能卖祖上的东西，哪怕穷到要饭。他还找了一块旧布，叫人把先祖的绝命诗写在上面，镶在镜框里，既是激励，又是保佑。可惜，忘了交代那人写繁体字了。他打算去大学旁听明史课程，不弄懂那段历史，就无法与先祖对话，说出来别人也不信。他还打算根据先祖的经历写一部电视剧，四十集，名字都想好了，叫《东华门喋血记》。在拍电视剧之前，要搞个新闻发布会，同时把黄氏家族的秘密公布于世，那将会轰动南京甚至全国的。

他还有许多打算，不，应该说是规划。每天，他都为这些规划兴奋着，并激励他不断完善每一个细节。比如，新闻发布会的时间、地点、出席的人员、要不要放一两件文物、一家人的服饰打扮等等。

守着秘密是一种幸福，这从黄无际每一天轻快的脚步可以看出来。虽然，时不时地有说出来的冲动，但他还是坚守着。他感觉还没到时候。而且，跟周围的人缺少共同语言，邻居里有修锁的、开小饭店的、在工厂当保安的，说了，他们也听不懂。只有在中学教历史的许老师，可能还搭得上话茬。

要不要告诉许老师呢？

酒鬼

胡国标在小区里，喝酒是出了名的。

但他的酒名并不是他喝出来的，而是他老婆骂出来的。这个老小区里，住的都是同一个厂里的同事，楼上楼下滚瓜烂熟，听惯了，见多了，大家也都不以为然。一回，老婆烧卤牛肉，酱油不够了，叫胡国标下楼去买。他路过"小安徽"开的小餐馆，小老板逗他，喝一杯啊？他居然就停住了脚，一屁股坐下来，和小老板一来一往"吱溜"起来。等到老婆找来，要用酱油瓶砸他时，他已经喝到五六成了，正是兴头上，老婆喊破嗓子，他就是纹丝不动。又不敢拉他，怕他酒后蛮劲大，手脚没得轻重，便只好骂开了。"灌黄汤""喝马尿""吃到痴呆送到随家仓""以后死了拿酒泡尸首"之类的骂词，指手画脚七荤八素地骂了一通。胡国标也不吱声，照跟小老板"吱溜"。正骂着，老婆突然想起锅上还烧着东西，边骂边调转身子急急忙忙往家跑，临走还不忘丢句话：有本事你晚上不要回家挺尸！说是这么说，胡国标晚上还是照样回家睡觉。因为到了晚上，老婆早就把她白天的话全忘了。

说到回家睡觉，胡国标有个特点，在外面就是喝得再多，东摇西晃，十步九个跟头，却依然能认得路找到家。但只要进了家门，就"咕咚"一声倒下来，电打雷轰也不晓得。再唤醒时，已经是第二天早上了。从他回家睡觉的地点，是床上、沙发还是地板，老婆便晓得他酒喝了多少。

其实，胡国标酒量并不大，就是个喜好而已。以前，干翻砂工时，一天下来，骨头像散了似的，就跟着师傅学，喝酒解乏。结果，渐渐地就好上了这一口。每天，要是不喝一点，心里就有条百足蜈蚣在爬，浑身难受。而且，他喝酒不讲究下酒的菜，半块烧饼，两根萝卜干，都行。不像有人喝酒，非要三碟六碗的，胡国标称那叫"菜酒"，不是真正喝酒的人，他看不上的。一次，有人跟他打赌，比比看谁能不用菜喝酒。他就从店里要了一小碟子盐水，把一颗花生米掰成两半，和那人一人一半，喝一口酒，拿花生米蘸口盐水咂咂味。结果，那位老兄喝到半道，悄悄地咬了一丁点花生米，被胡国标看见了，当时，他就把酒杯一放，说你这是菜酒，不跟你喝了。

酒鬼圖

那天晚上,胡国标的师兄搬了新房子,喊大家去热闹一下。他敬师傅酒,敬几个师兄酒,又被大家起哄着跟师妹喝了"交杯酒",三搞两不搞的,几轮下来,就多了。师妹打车把他送到小区门口,要扶他进去,他两手在空中比划了好半天,说那……不行,我老婆要是吃醋了,非把我……我的皮给扒了!

这样,他就自己走着模特步,进三步退两步地往家走。朦胧间,他看见小区门口围了好多人,地上还有一个人。他摇摇晃晃地过去,看到地上半躺着的那个人好像认识,就是有点重影看不清楚。他使劲地挤了好几下眼睛以后,终于看出来了,是厂里销售部的和他同住一栋楼的陆胖子,胖子老婆在一边哭哭啼啼地诉说着什么。听围观的人七嘴八舌地议论,他模模糊糊听懂了是怎么回事。原来陆胖子和老婆在丈母娘家吃完饭回来,在小区门口被一辆出租车撞了,缺德的司机溜之大吉。陆胖子估计是右腿被撞骨折了,正手按着右腿龇牙咧嘴地叫唤呢。胡国标突然酒劲上来,冲过去推倒了一个看热闹的人,妈拉个巴子！看什么看！又冲着陆胖子老婆吼：嚷什么？人还没死呢！赶快送医院啊！陆胖子老婆被吼呆在那儿，不晓得怎么办。知道胡国标是个酒鬼，但也不知道是怕他还是指望他帮忙，就眼睁睁看着胡国标在小区保安的帮助下，背起了陆胖子就跑，她赶紧在后面跟着跑。小区附近就是中大医院，没一会儿，陆胖子已经被放到急诊室的床上了。这时，胡国标已经瘫倒在走廊的椅子上。等到他醒来时，却是第二天早上，太阳老高了。手机里有十六个未接电话，全是老婆打来的。他一个激灵，跳了起来，来不及去看陆胖子，赶紧往单位跑，结果还是迟到了。

他跟头儿断断续续地回忆着昨晚的事。头儿望着中等身材的他，半信半疑，陆胖子是一百八的块头，你能背得动他？还跑了两三里路？他想想也疑惑起来，自己能背得起陆胖子？

中午吃完饭，同事就拿这个说事，并且找了一个和陆胖子长得差不多的块头，要胡国标背背看。胡国标为了证明自己，一急，就真的去背那同事。结果，刚把那位背到离地一点，就一个趔趄，差点把胖同事摔倒。但就这一下子，却把胡国标的脚给崴了，分把钟就肿了起来。和陆胖子不一样的是，胡国标伤的是左脚。

当天，胡国标也进了中大医院，和陆胖子住在了同一个病区。陆胖子的老婆，给老公熬骨头汤，便熬了两份。

二万

二万是张麻将牌。也被拿来形容人春风得意，南京话里常说"拽得跟二万似的"。我要说的二万，却是个人名。

二万就姓万，兄弟姐妹五人中行二，因此得名。

二万也真的打得一手好牌。上个世纪七八十年代，在下关一带麻将圈中没有不知道他的。二万打牌是无师自通的。人口多，家里穷，初中毕业就没再读。整天混在家门口打牌的一帮老头老太中间，帮他们倒个水、买包烟什么的。有赢了钱的，心情好，会顺手赏给他两块钱，够他吃许多炸臭干和鸭血汤的。不吃猪肉，也见过猪跑，慢慢地看也看会了。三缺一时，也会把他叫上去替一会儿。那时的麻将打法不像如今南京的"推倒算花"般简单，而是非常正规的套路。"平和""断幺""一条龙""老少富"等等，组合多样，变化莫测。这样说来，二万也算个正规的科班出身了。

二万的牌艺日益精进，十牌九赢。下关一带

已经没有多少人能与之匹敌了。于是，朝天宫、中华门、后宰门、幕府山，所到之处也尽是横扫千军。钞票哗啦哗啦地往他腰包里飞，还赢了一副别人祖传的、价值连城的象牙麻将和一对水晶骰子。赢了钱，他便很自得地拿回家去，说是贴补家用。他父亲在钞票上啐了口吐沫，再砸到他脸上，叫他滚立马滚，滚得越远越好。他拣起钱，出了门，抽了一张扔给了要饭的，头也不回地走了。

一次，有人趁他酒醉之后，套他赢牌的秘笈。他说，你们都以为我是靠出老千赢牌的吧？错了！没得本事的，才出老千。又伸出右手，中指朝前，四指朝下地比划着手势，这个，才出老千呢！大家一个劲地抬他哄他，他也就说了，说得很简单，听起来就更简单。就是每次打牌前，他必定要递给对方一支烟，而且要亲自给对方点上，而在点烟的一瞬间，就着打火机的火光在对方眼睛里的反光，他就能看出这人是个什么样的人。精明的、自大的、撞大运的、不计后果的、拿钱买快活的，都逃不过他的眼。拿准人了，当下也就拿准了怎么打的调子。有的要

* 095

赶尽杀绝，灭其威风；有的要惊心动魄，重在好看；有的只能小赢即安，见好就收；有的则要避其锋芒，不露痕迹地输一笔给对方，花钱消灾。应该说，他基本上没有看走眼的，但也有例外。一次，马鞍山的一个高手慕名而来。来者五短身材，讲话细声细气，像个女人，目光也是温温和和的。那人随身带了十万块钱，在惠民河边上的一间旧厂房里，从早上一直打到半夜，十万块钱就易了主。马鞍山人说还要接着打，并且伸出左手食指，说，押这个！他明白了，便把刚赢的十万块全押了上去。然后，卖了个破绽，将钱又如数还给了对方。虽然钱赢回头了，那位老兄却没有一点高兴的样子，大冬天的，一头的汗。他哽咽着说，兄弟，我手痒，瞒着老婆把做生意进货的钱拿来了，是你救了我，救了我全家！二万也是一头汗，冲对方拱拱手，回道，不，应该是你救了我！说完，两人相视一笑。他请马鞍山人在一枝香吃了两笼小笼包子，怕带着大钞会有不测，一直送那人到中华门火车站。

跟马鞍山人打牌的事，不知怎么地被传了出

二萬

来，而且，越传越玄，说是马鞍山人的手指被剁了下来，血淋淋的，麻将牌都被染成了红中。这事就惊动了派出所，二万被传了去。二万并不知道马鞍山人姓甚名谁，所以就交代不出，因此警察也就无从核实，虽然说他对抗政府，态度恶劣，但也没拿他怎样，关了几天，便放了出来。

父亲知道后，刷了自己几个嘴巴子，叹气说是家门不幸。连病带气，住进了医院。二万提着水果去看了一回，被轰了出来，水果滚得满地都是。

这当口，有人请他到武汉打牌。他带了几个人和一腰包的钱，打了三天三夜，回来时，拎了一旅行包的钱。在下关码头，一位小兄弟接他时，说他父亲喊他名字喊了两天，眼都没闭，就走了。他一听，脚下一软，喉头一阵腥气，就倒地不醒了。

二万住进了他父亲病故的那家医院，抢救过来后，便整天望着天花板发呆，一句话不说。牌友小兄弟多少人去看他,他也不大理会,一副呆呆痴痴的模样。人们都猜测,是不是码头的那一跤,弄了个小中风什么的,把脑子跌坏了。

半个月以后,也没见有多少好转,便出院了。回到家,他把家里的麻将连同那副象牙的都付之一炬,只留下一张二万。从此,再也不打牌了。

劫数

刘小会把一捧香水百合献给了妻子。妻子的泪水夺眶而出，洒在花瓣上，百合花便更添晶莹鲜艳。甚至，妻子企图从轮椅上站起来。但是，只止于了一个欠身的动作。他立即弯下腰，将妻子拥入怀中。公司不大的办公区里，员工们爆发出经久的热烈掌声。女孩子还尖叫，哇！老板娘好幸福哦！

结婚三周年，儿子两周岁，加起来刚好是五。

正是五年前。

那天，在北方的一个小火车站，惊恐疲惫的刘小会遇到了举着招工木牌的王大胡子。那人的目光锥子一般地尖利，似乎一眼就望穿了什么，拍拍刘小会的肩膀说，不要怕，到了矿上，就等于进了保险箱了，只要你肯卖力气，包你有吃有喝的。然后，刘小会几乎是被连拖带架着上了一辆旧面包车，沿大路小路山道一路驶下去。半道上，王大胡子指指刘小会鼻梁上的眼镜问，摘下行不？

* 101

刘小会说 300 度摘下能看见，但看不远。王大胡子一把将眼镜从刘小会耳朵上扯下来扔到了车窗外，说矿上不用认字儿。刘小会吓得不敢吱声。王大胡子又问姓啥，他说姓刘，王大胡子又问身份证呢？没等刘小会回答，又似乎早就知道似的，说肯定是丢了吧？刘小会连忙点点头。王大胡子说回家补办也不方便，估计你长这么大还没进过派出所吧，听口音老家是四川的，正好，我这儿有张四川的身份证，是真的，可巧，也姓刘，我也不问你叫什么名字了，往后你就叫这证儿上的刘二宝，家里人在地震中都死了，明白么？刘小会拼命地挤着眼，摇摇头又点点头。王大胡子说你给我记住了，在矿上少跟人说话，不然的话，你就找死吧！刘小会心里毛毛的。王大胡子又给随行的两人使了眼色，两人将刘小会全身搜了个遍，裤头里的六百四十块钱给搜了出来。王大胡子说办个假证还要几百块钱呢，何况是个真证呢！他又给刘小会留了一百多块零头，说是买牙膏毛巾用的。

刘小会，不，应该叫刘二宝——他一直不知道　　*102

刘二宝到底是人还是鬼。自从面包车开了一天一夜到了大山里不知名的一个煤窑之后，如投胎托生一般，一切便被重新格式化了。下井挖煤背煤，上井吃饭睡觉，肚子永远是饿的，太阳老也见不着。在虚脱昏死过几回之后，总算是慢慢地适应下来。几个月以后，工段长意味深长地说，认命吧。

没了眼镜，他和这个世界便始终隔着一层翳子，一天里最多说十句话。他的内心世界与真实世界之间，从来就没有桥梁。

学计算机的刘小会，其实是不相信劫数之类的说法的。但是，一年后的一天，他相信了。

那天，突然有人喊刘二宝，说矿长找，他咯噔一下，但立即就木然地跟着那人走了，一直到了矿上的小食堂，听说矿长经常在那儿请客。进了一个包间，见一桌人在乱乱糟糟地干杯，其中有个穿警察制服的人，他一见,就愣住了,木然地耷拉下眼皮。那警察说你叫刘二宝?他点点头喉咙里嗯了一声。警察夹了一块红烧肉放进嘴里,一边嚼一边拿筷子指着他,声色严厉地说,装他妈的挺像啊!快老实交代!刘小会便说,我在南京杀了个人,杀了我女朋友。席间,立马噤了声,有只酒杯掉在地上,发出尖脆的声音。警察却又换了表情,笑眯眯地站起来,说你这是编故事呢,想混杯酒喝喝?说着就端了一杯酒走到刘小会跟前,猛然一个扫堂腿,将刘小会掼倒在地,叫人绑了他。

后来,在当地看守所,那警察提审的时候,洋洋自得地说,还真要谢谢你给我这个立功的机会啊!你也没访问访问,我李公安是干什么的!然后,就给刘小会娓娓道来。那天,李公安到矿上例行检查,也就是随便问问,矿上有没有什么特别的人和特别的事儿啊?一个熟人跟他说特别的事儿没有,但有个人好像有点特别,二工段有个叫刘二宝的年轻人,好像跟下矿的人不大一样。李公安就问怎么不大一样啊?那人就提供了如下情节:别人倒

劫数

头就睡睡了就呼,他却一夜要惊醒三四回,醒的时候还鬼喊鬼叫的,好像胸口压了块煤似的;晚上还就着电筒在一个小本子上写写画画的,不晓得干什么;还有一回他捡到一张别人擦屁股扔下的半张报纸,翻来覆去看了半天。那人说我这算不算情报啊?李公安就说四块矿石夹块肉的货你他妈的瞎扯淡,这叫什么狗屁情报啊!说到这里,李公安为自己的足智多谋开怀大笑起来。

南京的警察赶到的时候,竟然有一种见到家乡亲人一般的亲切,他被允许叫他原来的名字刘小会了。同时也被允许到宿舍里扒开炕头砖头取出了一个小本子,还在放矿灯的铁架子钢管里取出了一张卷起来的照片,是个女人的。

刘小会交代了杀人经过后,南京的警察却告诉他一个意外的信息:谢雨婷没有死。他的交代和谢雨婷的陈述以及大学校园的现场勘查,还原了当晚的情景:两人因为谢家反对他们恋爱而激烈吵架的时候,他一激动推了她一下,没料到她的头撞到了石凳的角上,应声倒地,满

* 106

头满脸全是血。他惊慌失措地抱着她，喊着她的名字，但是，她一点知觉都没有。他彻底地乱了方寸，不晓得怎么办，围着石凳转了半天，跪下来，磕了三个头，到宿舍匆匆拿了点东西，在铁路边扒了一趟火车，去了北方。

后来的故事，用判决书上的话表述，是这样的：被告人刘小会在与被害人谢雨婷为恋爱争吵过程中，失手将谢推倒并致谢头部撞到石凳凳角，谢头部受伤，经法医学鉴定，为颅脑损伤，后虽经抢救脱离生命危险，但仍导致被害人下肢瘫痪，属重伤害。但被告人刘小会并无剥夺被害人谢雨婷生命的主观故意，属于过失犯罪，且能在司法机关盘查时主动交代犯罪事实，应认定为自首。被害人谢雨婷书面请求法院，愿意放弃一切赔偿，并恳请从轻处理被告人刘小会。等等。

最后，法院以过失伤害罪从轻判处刘小会有期徒刑三年，缓刑四年。

坤哥

坤哥这称呼是怎么来的，谁也不知道，连坤哥自己也不知道。听起来颇有点江湖的味道，虽然坤哥不是江湖中人，但在夫子庙地区的小江湖上，却有坤哥的传说。

坤哥大名叫李福坤，不过，看上去并没有什么明显的福相，有点尖嘴猴腮的意思，瘦瘦弱弱的，却又戴着一副粗框眼镜，随时可能要掉下来的样子。

但坤哥着着实实是个有福之人。上面有三个姐姐，李家求上帝拜菩萨就想要个儿子。可想而知了，一家人还不都把他当个金疙瘩。尤其是奶奶，三代单传的大头孙子，含在嘴里怕化了，捧在手里怕摔了，打小就把孙子接到自己那里，一揽子包办了孙子的生活、学习、培训、娱乐等所有事务，弄得亲生父母一个月都难得见到儿子几回，见了也跟探亲似的，父母忙工作忙三个丫头已经够呛，也就乐观其成。在奶奶家里，坤哥一直长到高中毕业，除了吃喝拉撒睡、上学和玩，需要他亲力亲为以外，其他任事不管，都由爷爷奶奶弄得一一当当，扫帚倒了都不需要扶的。后来上的是晨光机器厂的技校,也是奶奶的意思,为的是近了好照顾他,已经六十多岁的奶奶,居然还跑到学校去帮他拆洗被子。

技校出来,别人基本都在生产一线当工人,坤哥却被分配到一个厂里的工会搞宣传。这是爷爷最为得意的事情,因为从坤哥五岁开始就教他练毛笔字,曾经参加过中日少年儿童书法展览,一手漂亮的好字,成了坤哥独有的拿人之处。这份技艺和这份工作还给他带来了艳福,前前后后有四五个女娃追他,王薇薇比别人更主动更大胆,占了先机,成了坤哥的老婆,虽然后来她很有点后悔的意思,但也只有认命了,自己已是明日黄花,儿子都小学三年级了,还能想什么糊涂心思呢?

写写画画,轻轻巧巧,快活没几年,厂子就改制了,夫妻俩都买断了工龄,回家成了待业者。王薇薇后来去了永和园打工,社区给坤哥介绍了几个当保安送外卖的活儿,他都不肯去,说丢不起那人。没地方上班,他只能在家看看电视打打游戏，偶尔帮广告公司写写广告字，混几个小钱。爷爷去世了，退休金就没了，奶奶那里的接济就越来越少。过一年，奶奶也撇下他，撒手西去，连最后一点指望都没了。

在老婆和他吵了很多次架以后，坤哥终于下定决心，到夫子庙小商品一条街做点事情。固定门面他租不起，流动摊位倒是有，但他怕有个摊位束缚了自己，就找个熟人，在人家摊位上挂了个牌子，上写：文字代劳。下面是具体业务，什么代写文章，书写店招，制作广告等等，留有手机号码，也算是发挥特长吧。他让摊主给留心着，拉到生意了，他给提成。这样，他就不用按时按点出摊上班了，落得自在。

至于业务，也是碰点子吃糖，遇到了就做，遇不到就等，坤哥倒也不急不躁。老婆会絮絮叨叨地在他耳边烦，什么没志气啦，什么是不是男人啊之类的，他是左耳进，右耳出。女人嘛，天生就这样，舌头比男人要长一截子，随她去吧。

代写文章的业务，只做过一笔，是六中的一个学生，让他代写作文，要参加作文大赛，题目叫《愿景》，他不懂"愿景"是什么意思，上网查了，才知道就是"理想"的意思，中国香港传来的，心里就想这一个词还搞"一国两制"。但文章是手到擒来，第二天就交货了，说肯定得奖，而且还会作为范文。那学生付了二十块钱，欢喜而去。隔天那学生又哭丧着脸来找他，说老师火眼金睛一看就知道是别人代写的而且是成人代写的。学生说这属于产品质量不高，要求退钱。坤哥脸上很难看不同意退钱，说你们那老师什么狗屁水平，那学生说，工钱是自己省下的早点钱非要退，眼泪都下来了，弄得像坤哥欺负他似的，讨价还价后坤哥扣下五块钱工本费，才把十五块钱退给学生。

找坤哥写店招广告的倒是不少，一度时期，夫子庙到处都可以看到坤哥的字，楷书中又有点魏碑的风格，端庄又不失秀丽，作为店招很得体，因此也赚

文字代劳

坤哥

了一点钱。但是，后来电脑刻字电脑喷绘越来越普及，找他写字的就越来越少了，只能帮人写点临时的"拆迁大甩卖""跳楼价"之类的。或者，给人写写"招财进宝""日日见财"的合体字，过年写写对联，还有，抄两首唐诗让人买了回去当书法作品挂。但是，生意很少。

生意虽然少，但是坤哥却很忙。

比如，要遛鸟，坤哥原先养了七八只芙蓉鸟，后来经济紧张，鸟食开销太大，其他都卖了，还剩下一只，这是断断不能卖的，在夫子庙不养个鸟那还叫男人么？老婆几次发狠要炖了吃，他说你敢炖它我就跟你拼命。他警惕起来，由原来一天遛两次鸟，改为随身携带遛。你去夫子庙见到有事没事都拎个鸟笼子的，没准儿就是坤哥。

坤哥还要研究棋谱，举凡围棋、象棋、军棋、跳棋、五子棋，他都研究，他研究的主要方式是看人下棋。他很有耐性，能一看看半天。待别人下完走了，他还会复盘,然后扮演对垒双方的角色,这边下一着,又转到那边下一着,棋子敲得啪啪作响,嘴里还对着空气叨叨着,切!你个臭棋篓子,敢跟我比!落子无悔,落子无悔啊!摆棋摊子的过来说,你一人下也要交钱,他才悻悻然地走开。一看时间,哟,都到了吃中饭的时间了。

当然,坤哥研究最深的是作为"国粹"的麻将,他觉得有责任要把传统文化继承下去。因此,麻将档是他每天必去的地方。他有一点好,在边上看从来不说话,至多等牌推倒了,他才出来点评。刚才不应该打三条啊,留着,后来摸了二条不就成个丫档了么,还多一番呢!那一位正为没成牌懊恼呢,冲他就发上了火,滚滚滚,死旁边去!坤哥嘴里敷衍着说不识好人心,又转过身去看另一家。碰上手气好赢了钱的,会顺手扔支烟给坤哥,坤哥就受宠若惊地接着,说客气客气!乖乖,还是好烟呢!便把烟夹在耳朵上,留到其他场合再拿下来抽。那天,正有滋有味地看着呢,一牌结束,突然旁边响起了清脆的敲打声。大伙一看,原来是卖唱的老者,敲着饭钵子,开口就唱：这位大爷好福相，起手听牌运气旺，杠上开花独一枝，财源茂盛达三江。那位赢钱的听了高兴，给了他五块钱，然后又给了两个一块的角子，指着坤哥说你再唱唱这个看牌的。卖唱的张口就来：他是眼如铜铃腿如杠，人家吐口痰他朝后让，别人赢钱他算账，算得不对还挨一杠。众人听了，一阵哂笑，都说唱得好。坤哥也不恼，因为听了唱词自己也笑了。

但是，最近他有点笑不出来了。有风言风语飘到他耳朵里，说老婆跟一个做药材生意的老板有点情况，但传的人又说不出个具体所以然来。他就有点窝火，回到家里，唉声叹气。老婆问他怎么了，他说不舒服。老婆说不舒服上医院看啊。他说你能不能弄点药给我吃。老婆说我又不是开医院的，哪有药啊？再说药也不能随便吃啊。他说你找药贩子啊！老婆云里雾里的，说你什么病啊？神经病吧！整天屁事不干，靠你老婆养着，人都快散了架了，还能没毛病？他就没有下文了，这是他的软肋。后来，他也想开了，我凭什么为这没有影子的事烦呢？再说，

* 116

药贩子也好，狗贩子也罢，王薇薇不还是我的老婆，睡在我的床上嘛！

这样一想，心里也没有那么郁闷了，又如鱼儿入水一般在大街小巷徜徉了。路过"好再来"餐馆，正好肚子里还没早饭呢，就坐了下来，要了一碗馄饨。见酒桌上还有别的客人留下的一点剩酒，就拿小碗倒了，一口一口地咂着，跟小老板有一搭没一搭地聊着。他说，唉，这人啊，有什么意思？帝王将相也罢，平头百姓也罢，忙来忙去，累死累活，到头来，还不就是一个字？说着就用食指蘸着酒在桌上写了个字，本来想写那个字的，怕小老板忌讳，就改写了个"归"字，繁体的，写得有板有眼，跟字帖似的。他又问小老板，你说呢？小老板说，你们有文化的人想得就是多。

写完那个字，坤哥想起，许久没到奶奶坟上去看看了，明天要去烧点纸，她老人家生前给我过不少钱，世上就数奶奶最疼我了。

性灵

苏广泽退休以后，有两个最爱。一个是娟子，一个是"梅花"。娟子是他的外孙女，上四年级，是他的掌上明珠，是一部每天都活灵活现地上演着的她妈妈——也就是苏广泽的女儿翻版童年的纪录片。外孙女儿常常让他觉得恍然又回到年轻的时候，神采飞扬的样子。"梅花"则是一只画眉鸟，刚作为家庭成员进门时，他让娟子给它起个名字，娟子想了半天，说："它叫画眉，那我就反过来，叫它梅花。"他当下就说好。其实，娟子无意中起的这个名字还说中了他年轻时的一段浪漫往事：在大学谈恋爱时，娟子的外婆就送过他绣着梅花的手绢，至今他还珍藏着。

苏广泽在这片老小区里是有点特别的。一是他大概是这一片里做过的最大的官了；二是他住的是落实政策返还的一座小二楼的住房；三是他作为六十年代的大学生在一片同龄人里也属于凤毛麟角。但是，就是因为这种特别，使他从机关副处长的位置退下来时，有种说不出的尴尬和不惯。当官时，以为自己叱咤风云很了不起，卸了官才发觉当官一点技术含量都没有，连家里的插头坏了都不知道怎么办，还不如巷口修车的老师傅；平时，街坊邻居遇上了一般只会远远地笑笑就算打招呼了，从来不串门的，对他称呼也是"哎，小二楼的！"他也懒得跟他们搭腔，好像没什么共同语言。刚下来那阵子，他空空落落、没抓没捞的，除了跟老伴发发火之外，没别的事可做。娟子下午放学会在这边过渡一会儿，还能给他打打岔，带来一些快乐气息，但等她妈妈一下班，就被接走了，他便很失落。

一句话，憋得慌。

却是"梅花"帮了他。原来，一位老战友指点他养鸟，说养鸟可以陶冶性情。过去，他从来都对花鸟鱼虫不感兴趣，或者说就没在意过它们的存在。但自从养了"梅花"之后，他才发觉生活还真有他不知道的许多情趣。

他买了四五本有关养鸟的书，开始学习研究。"梅花"是一只雌鸟，体型小小的，头圆圆的，羽毛光滑亮洁。眉嘴都细细弯弯的,属于"眉弯嘴弯,唱断青山"的种,饲养调教得法的话,一定能够达到能歌善舞的境地。按照书上的方法,他开始一一实践着。每天一早一晚都要去遛鸟,回来还要给鸟洗澡。弄惯了,一天不遛不洗,鸟儿就不高兴,就乱蹦乱跳表示抗议。他还饶有兴趣地给鸟儿做饲料,试了好多回。从不做饭的他,也学着把小米放进锅里炒,炒到黄而不焦才行,然后倒入盆中,趁热将事先搅匀的生鸡蛋拌到炒米里,用手揉搓拌匀。放凉了,再掰开搓散,仍然是一粒一粒金黄灿灿的。有时,还要把牛肉干切成米粒大小,掺在里面,这可有劲,鸟儿吃了,长劲。怕影响鸟儿的嗓子,他狠狠心把抽了几十年的烟给戒了,这自然也受到了老中小三代女性的欢迎。

因为遛鸟,他与街坊邻居的接触多了起来,才发现身怀绝技的人不少。像内燃机配件厂退休的黄师傅,调教雏鸟最有一套,还参加过在上海举办的全国观赏鸟比赛,他的画眉和芙蓉都得过奖呢!他们都非常热心,手把手地教苏广泽怎样遛鸟。比如,手臂不能太高,要自然摆动；笼衣要隔一会儿掀一点，一开始不能掀得太多；挂鸟时不要挂得太高，更不要和别人的鸟笼对挂，以免鸟儿受到惊吓；下鸟笼时，要悄悄地跟鸟儿打个招呼，然后慢慢地取下，就不会有惊扰了。画眉生性机灵但是胆小，一旦受到惊吓就会"搬"掉，落下后仰倒下的毛病，不容易纠正。他们还教他怎样防止"咬尾""甩食""双脚跳"等毛病。他们还送给他磁带，里面录的都是自然界各种鸟的叫声，让画眉领略、学习，这样将来鸣声就会变化无穷、悦耳动听。他们开始称他"老苏""苏师傅"还到他家做客，指导他养鸟。黄师傅还帮他的"梅花"到夫子庙配了一只雄性的伴儿。这只雄性画眉长得高高大大的，鼻子很高，娟子说很像一个叫"齐达内"的外国球星，于是就称它为"齐达内"。

画眉是很有灵性的鸟儿，渐渐地学会了很多叫声，还会用叫声表达它的喜怒哀乐。开心的时候悠扬，恐惧的时候尖利，撒娇的时候低回，恋爱的时候缠绵。当然，这些只有苏广泽能听得出来。他每天都会跟鸟儿讲许多

性灵

话,老伴笑他说有点像是恋爱了。清晨,"梅花"和"齐达内"在街心公园的小树林里当众表演千回百转的鸣唱时,便是苏广泽最开心的时刻了。

一天,娟子放学回来,问外公:"你知道这个星期是什么日子么?"苏广泽答不出。娟子告诉他是爱鸟周。娟子又说:"老师说,哪位同学的家里养鸟,能不能放生一只,让它回到大自然的怀抱。我还要写作文呢!"他说:"我们养鸟,也是爱鸟啊!"娟子没说什么,一闪身进了阳台。当他意识到可能会发生什么的时候,已经迟了。"梅花"的笼子已经门户大开,"梅花"早已不见踪影,"齐达内"不知所措地冲着天空鸣叫着。他冲上去对着娟子的屁股"啪啪"地就是两下子,打得娟子坐在地下号啕大哭起来。老伴闻声赶来,劈头盖脸地数落他一通。"什么大不了的事?怎么能打孩子!你要是再这样,干脆把这只也放了!"见到娟子大哭的样子,他又软了下来,回过头来又哄娟子,"娟子不哭,是外公不好,不该打娟子。娟子是好心,是爱护鸟类。明天外公再去买一只好了。"但是,他还是把"齐达内"小心地收好,生怕娟子再把它也给放了。

这天晚上,苏广泽怎么也睡不着。一会儿,他感觉阳台上有动静,好像是"梅花"的叫声。怕自己听力有错觉,他让老伴也仔细听听。老伴听了半天,叹了口气,说:"唉,别想了!哪有什么鸟叫,那声音在你的脑子里!"他还是疑疑惑惑,一直挨到后半夜,才迷迷糊糊地睡去。

第二天一早,他到阳台上一看,就后悔了。"梅花"躺在阳台的地上,身体僵硬,羽毛凌乱,翅膀还有伤,玲珑的小嘴半张着,似乎想说什么。昨晚应该起来看一看的啊!他不能原谅自己。他怔怔地看了半天,悄悄地把"梅花"埋进了栀子花的花盆里,没敢让"齐达内"看见。

苏广泽病了,躺了整整一个星期。

当黄师傅给他送来一只画眉的时候,他才翻身下床。黄师傅说这只画眉,"嘴如钉,眉如线,身似葫芦尾似箭",绝对是个上品。

留影

当马立本满怀憧憬地闯进南京时，才发觉打工并不像他想象的那么简单。安德门劳务市场，比庙会还要拥挤，像他这样一身力气的壮年汉子多得是。几天挤下来，也没人雇他。一个重要原因，就是他除了干农活之外，至多也就会开个手扶拖拉机，此外再没有一点其他手艺，但城里并没有手扶拖拉机好开。像这样两手空空地回盐城老家，脸往哪放。他决定出来打工，就下决心要混出个样子来，至少要挣一笔钱带回去，家里要砌房子，要供两个孩子上中学，缺钱呢。

在劳务市场旁边的一个小旅店住到第四个晚上，他撑不住了，这样只出不进，要不了多长时间，他缝在裤腰里的几百块钱，就会花光的。他硬着头皮到鼓楼附近找一个远房亲戚帮忙。亲戚倒很热情，通过关系很快给他找了一份送煤气的工作，他也住进了几个打工老乡合租的房子里。

送煤气不光是个力气活，得认路记路才行。开始，换气站让他跑附近的饭店送大瓶气，还行。慢慢地叫他往远处跑,送住家户的小瓶气,就闹出好多故事来。先是跑一家住龙仓巷的用户,这条很短的小巷子,他硬是在马台街附近绕了几圈才问到,耽误了用户烧饭,反映到公司里,被扣了钱;后来,路人给他指路时又把天福园错指成聚福园了,又被扣了钱;再后来,他自行车后面拖着四瓶气,在路上为了让横穿马路的小女孩,没把住龙头,撞在了路牙上,煤气罐掉下来,把他的右小腿给砸骨折了。这样,也就丢了第一份工作。

老婆慌里慌张地从家里赶来,急得直哭。他倒若无其事,石膏才打了两天,就借了根拐杖,挂着出院了。休息的这段时间,他和老婆整天想的就是怎样找活干,怎样在南京立住脚。贩蔬菜,卖盒饭,收废品,在家电城门口帮人送货,想了一大圈,也看了一大圈,不是没头绪,就是没本钱,再不就是没门面,一句话,难。后来,终于发现一个既不需要多大本钱,又不需要正经门面的活:洗车。附近这条路上还正缺个洗车的点。

马立本买了一捆水管和几大袋洗衣粉，趁着夜色，洗车点就开张了。他学着别人的样子，弄个铁皮桶往路边一搁，就算是招牌了。果然，就有车停了下来。他拐着腿，用水管冲洗车身，老婆则小心细致地擦拭车厢里面。开张的头一个晚上，就洗了十一辆车子。出租车四块，其他小车五块，数下来竟然挣了四十六块钱！凌晨收摊的时候，他和老婆在馄饨摊上一人吃了一碗，他那一碗放的辣油特别多，满碗的红汤。

等到腿差不多好利索的时候，马立本已经做得很有点架势了。原来从出租屋里拖水管要拉上几十米，还得挑起来从巷子上空过一段，被大卡车碰断过两回，弄得水漫金山，很不方便。现在，他跟路边的一户人家协商，接了个分表，只要十来米管子，每个月按表付钱，再给点感谢的费用，不用每天费事拉水管了。他给自己和老婆都配了人造革的围裙和长筒胶靴。又从拆迁工地上捡了两只旧沙发，洗洗干净，让司机好坐下休息。在沙发边上放了只收音机和一包"秦淮"香烟，虽然并没几个人抽他的烟。有时生意好，一个晚上能洗上几十辆车。再有几个要打蜡的，赚的钱就更多一点。

洗车让马立本长了不少见识。他认识了车子的各种品牌，明白了桑塔纳与别克的区别；他知道了车牌的不同，哪是政府的，哪是私家的。洗车也让马立本开了不少眼界。比如掉了一块漆居然要花几千块钱才能补上，他听得眼睛都瞪圆了，天天都吩咐老婆手脚要轻，不要碰破点漆什么的；比如开饭店的莫老板换了两个老婆三辆车，还觉得不过瘾，酒喝高了洗完车一高兴能给个五十块钱小费，马立本都在一个本子上记清楚，直到扣完为止。

一天后半夜，生意不多，他在沙发上打了个盹。他梦见自己开了辆叫不上名字但非常漂亮的轿车，带着全家往北京开，路上下起了大雨，雨水从车顶天窗洒进车里，他还傻乎乎地笑。结果，一睁眼，还真的下着大雨，他赶紧和老婆收摊回家。

马立本最怕遇上两件事，一个是下雨，一个是城管来取缔，他也都习惯了，无非就是个"跑"字。但有一件事让他还真的后怕了很长时间。那次，来了一辆白色的桑塔纳，他刚拿起水管准备冲洗时，车头的情景吓了他一跳。前面保险杠明显被撞瘪下去一块，车头左前方的大灯和鬼脸全是血，引擎盖上也溅了许多血点。他紧张地问车主怎么回事，车主耸耸肩膀，说是跑长途撞了头猪。过了好几天，他还觉得心跳得厉害。要是那车子撞了人，我不是帮着毁灭证据了么？那可是罪证啊！他想去派出所报告，又怕惹出事来。就忐忐忑忑地等警察来找他，但过了许久也一直没见警察来找，他的心才慢慢地平静了下来。

天渐渐凉了，又由凉变冷。虽然戴着橡胶手套，还是吃不住冰扎扎的水。他和老婆的手，一个满是冻疮，肿得发亮，像是山芋；一个满是裂口，到处渗血，像是树皮。有的洗车点熬不住，就歇了。马立本的生意因此倒好了起来。这样，越冷他就越觉得开心，恨不得零下十几度，别的洗车点都歇了才好。

苗景

但事情坏就坏在这天冷上。那天下午,马立本又拾掇家伙准备出摊。接水管的那一家人慌里慌张地告诉他,说他洗车淌了一地水,早上冻成冰了。一个上初中的女孩骑车经过时,车轮打滑,摔倒了,头磕破了,胳膊也骨折了。这家人报告了派出所,这会儿派出所和城管的正要找他呢!他一听,连忙拽着老婆回去,赶紧收拾了东西,逃了出来。

他们没敢去中央门长途汽车站,而是直接到了长江大桥桥头堡,准备拦车补票,赶回老家。
等车的工夫,有个穿棉军大衣的男子,脖子里挂着个照相机,过来兜生意。兄弟,留个影吧!一分钟就能拿到照片。不在大桥上照张相,就等于没到过南京!老婆就扯马立本衣服,说,我长这么大还没在南京的大桥上照过相呢!他就拉上老婆,站在大桥的栏杆边,照相的师傅叫他们摆出照结婚照的样子,还要喊"茄子!"但还没等他们反应过来,就说已经照好了。照相师傅从照相机的底下拉出一张黑乎乎的纸来,在手上直晃,哈着热气说什么"天冷,要慢一些",晃着晃着,纸上就眼睛鼻子出来了，原来就是刚才照的相片，马立本觉得很神奇。
到底是南京的照相师傅，照得比县里照相馆拍的结婚照还要好。照片上两人都笑嘻嘻的，背后，长江大桥一直伸到天边。老婆说，南京就是漂亮！

马立本付了钱，把照片夹进他洗车时记事的那个本子里。拎起行李，跟老婆说，走，回头！反正跑了和尚也跑不了庙，派出所有我们的暂住登记呢！不如先去看看那个中学生，估计问题不大。该赔不是就赔不是，该赔钱就赔钱。春节生意肯定好，还能赚回来！

甩子
张一鸣

对于外地人称之为二百五、十三点之类的人物，南京人则叫作甩子。"甩"这个词很形象，"用"字中间的一笔拐出来了。这类人，对社会对单位对家庭对某个人，都有"用"，但横竖其他都好好的，就是中间那笔原本是直行的，走着走着就滑边了不着道了，就变成了个"甩"。按常理出牌的思维看，就是有点不上路子，不对箍子。

张一鸣，就是被人称作甩子的。这和他父亲给他起名时期望一鸣惊人的理想，也是滑边滑得比较远的。

他原来在高楼门的一家玩具厂工作。早先的玩具比较简单，就是木头积木铁皮小汽车之类的。厂里从印铁制罐厂拉来一些边角料，冲压后拼装些小玩具，他就是开冲压机的。干了十几年，他开的那台机器，连同那个街道小厂被一家轧钢厂兼并了。再过两年，轧钢厂也彻底倒闭了。但是，呆人有呆福，早在几年前，派出所搞联防，辖区单位要么出钱要么出人，实行联保。玩具厂效益差，就说出个人吧，厂长就点了张一鸣。后来，厂子关了门,他却被派出所给留了下来,转成保安协警了。

其实,当时点张一鸣,厂长是有点想推他出去眼不见心不烦的意思。你说他有多大毛病吧,也说不上,但就是有点甩。厂里开大会,厂长叫大家安静下来不要走动,张一鸣会冷不丁地举手喊道厂长我要撒尿还能不出去啊?弄得哄堂大笑,油锅溅水一般。上夜班歇脚时,他就站在厂门口,看路上的坑怎么把路人颠得东倒西歪的,然后拍手大笑,还冲着骑摩托车的小情侣喊,兄弟慢点骑哦掉下来就是我的了!结果被人追到厂里打了一顿。平时他还经常跟女工开荤玩笑,还摸摸掐掐,午间吃饭的时候会说,谁谁谁我喜欢吃你的豆腐我拿香肠跟你换怎么样?或者几个女工正讲悄悄话呢,他会神不知鬼不觉地溜到旁边,然后大喊一声吓得那几位叽叽哇哇乱叫,他便很快活地吹着口哨扬长而去。女工们被他气急了,就合伙起来治他,先将他绊倒再将四肢拎着在地上打夯,甚至有一回,把他裤子给扒了下来,虽然还隔着一条裤头,她们还是像看得真真切切似的笑话他,哎哟甩子的小麻雀才这点儿大啊，还没发育吧，还不够炒一盘菜呢。

虽然，张一鸣是不停地出故事，大错不犯小错不断，让人烦让人厌。但他是个十几年工龄的半老职工，也算是有点资历，活儿干得也不赖。玩具厂女工多，开机器以及大力气活，还得靠张一鸣他们几个。因此，厂长虽然也会骂他甩子骂个狗血淋漓，但拿他也没办法。可巧，有个派遣联防的机会，厂长想干脆叫警察治治他。

自打当了联防队员，张一鸣还真有不少改变。那时联防队员不发制服，他却不知从哪儿找了套旧的警察制服，虽然没有领花肩章，但也比他平常的油迹斑斑的工作服要严整精神，人是衣服马是鞍，张一鸣立马就给撑起来了。平时看上去不那么顺眼的一口大黄板牙，这时在制服的映衬下，倒有点粗犷豪放的意思了。腰里挂一根用皮套子套起来棍棒状的东西，也不知是什么，但大家都以为那肯定是电警棍。有几回，还牵过一只狗，说是从安德门警犬训练基地挑来的警犬，警用名字叫战神，别人说是草狗，拿肉包子一逗就直跑。懂一点的人又说，局子里的警犬能让你甩子牵出来么？有专门的驯犬员，你算耳屎啊？他便做出不屑一顾的神情。但是，狗的确给他添了不少威武。

不光形象上有所改变，甩子的甩劲似乎也克服了不少。一次居然代表派出所回到厂里要求厂长把后围墙加高，防止翻墙盗窃。那时厂子就要被兼并了，厂长懒得去管；再说，这话由张一鸣来说，厂长听了便不大舒服。谁知，张一鸣竟然表情严肃地批评厂长，厂长把刚喝进嘴里的一口茶，吐了一米多远，头也不回地走了。不过，后来围墙也还是给加高了。张一鸣很得意地报告给所长，所长表扬了他，说谁说你甩啊，还将桌子上来所里办事的人孝敬的散烟都给了他。他很是受宠，将这些档次不一的烟装在金南京的硬壳里，见了熟人他便掏出来，将高档烟散出去，自己抽低档的。熟人就很吃惊，说甩子现在摆哦！

张一鸣的自我感觉也跟着良好起来。走起路来 * 140

甩子張一嗚圖

抬头挺胸，脖子凭空长了五六公分。早晨，路过露水菜场的时候，虽然并不归他管，但他也会大声大气地吆喝摊贩把菜摊往路边摆，有人不肯动，他就拍拍疑似电警棍，说要不要摆到派出所卖啊？小摊贩和农民都多一事不如少一事，不敢不愿也不屑与他计较，包括他顺手拿个仨瓜俩枣的，也就算了。过去拿他不吃劲的一拨小杆子，也对他客气多了，有时吃饭也带他混混。有人要迁户口办暂住证还有人蹲了局子，都会找他打听打听通通关系，也不知道管用不管用，反正张一鸣都是胸脯拍得山响。

这样，张一鸣就会刺探到许多情报，报给所里。一次，一拨人在喝酒时，说要和谁谁谁在清凉山摆场子打架，张一鸣假装上厕所打电话报告了所长。两拨人到了现场还没来得及开战，全部束手就擒，有几个被关了两天才放出来。大家就怀疑张一鸣报的，便审问他，他说我对毛主席发誓，半句口风都没漏，是派出所自己弄的情报。大家不信，要给他上刑，他就含含糊糊地承认说只给派出所笼统地讲过听人说要打架的事情，派出所问在哪

* 142

儿听谁说的,他说是在澡堂子听的,光屁股哪当的全一个样,搞不清是谁。你们看,我没出卖你们吧。临了,又请吃烧烤喝啤酒,才把一拨人的气平了下去。

在派出所干久了,张一鸣学会了很多办案的技巧。一天,在公交车上,看到一个小扒子趁人多拥挤解开了一个女乘客的挎包,眼看就要得手,他急中生智挤过去很夸张地摸了一把那女的,那女的又羞又恼,回手给他一个嘴巴子,这当中,扒手早就缩手站到一边了。他一边摸着火辣辣的脸一边暗自骂那女的,哼,真他妈的狗咬吕洞宾,你以为你是七仙女啊?脱了裤子看老子的底下翘不翘!

其实,张一鸣有时候对女色还是有点心动的。派出所抓到一个女诈骗犯,在审讯过程中,办案警察去吃饭了,便叫他看守。那女犯长得跟电影明星一样,真他妈的漂亮。张一鸣有点爱怜地想,这么漂亮的女人怎么就走上了邪道呢,真是可惜。女犯见他盯着看,就故意低下头,让低胸的领口敞得更开一些,张一鸣大气不敢出,有点意乱情迷了。女犯让他看了个够,然后娇滴滴地喊他大哥,说要去洗手间,张一鸣竟然就答应了,而且还没叫女协警陪。谁知刚出门,那女的猛地往院外跑,看着看着就上了一辆摩托车,一个男人把她带跑了。所长气得说,你他妈甩啊?看个女人都看不住!当下就要拿枪崩了他,吓得他裤裆潮了一片。

后来,张一鸣就请了假,说要回苏北老家看望病重的老父亲。这当然是个谎话,他是到那女犯被抓的河西城郊结合部那儿蹲守去了。天天带着凉开水和烧饼在那一片转悠,功夫不负有心人,竟然就给他遇上了。他装着两口子吵架,上去就打那女的,揪住不放,女的说不认识他,路人就打电话报警,正好逮个正着。算是出了口恶气,所长不但给他烟抽,还奖励他100块钱,他用圆珠笔在钱上写着某年某月某日派出所奖励的字样,一直没舍得用。

后来,在协助派出所追一个逃犯的时候,甩子被歹徒使用钢筋把脑袋给破了瓢,终于没有救回来。临走的时候,他断断续续地跟所长耳语,说想穿着警服上路,这是他一辈子的心思,所长点了点头。但是,向分局请示,没同意。所长便自作主张地拿出自己的一套新警服,给他穿了,但没有领花肩章警徽。在口袋里,所长又装了两包好烟和一只打火机。

时不时地,所里还会有人突然喊出张一鸣的名字,喊他去巡夜,喊他去买盒饭,喊他去把厕所的灯修一下。

买车记

没有驾照不会开车,并不妨碍欧阳文对车的热爱或者说是狂热。

欧阳文从小就对机械类的东西感兴趣,包括钟表、机床、车船、机器人、电动玩具,家里的钟表电扇等惨遭大卸八块的不下七八个,还曾经趴到火车轮子底下观察传动系统,结果被蒸汽给烫了后背,还叫铁路工人给揍了一顿。一心想当物理学家的欧阳文,却万般无奈地被认为"文能挥笔治天下"的父亲指引着上了文科班,结果,大学读了历史系,毕业后没能治天下,而是到城东的一所中学当了历史老师。虽然理想很丰满,现实很骨感,却也并没有浇灭欧阳文对机械的热情,不管是红细胞还是白细胞,他的血液里始终流淌着机器大工业金属色的细胞。历史学反而帮助了他,对机械的前世今生了解得更加全面透彻。后来,他的兴趣方向逐渐盯住了汽车。

说起车子,欧阳文可以滔滔不绝讲上三天三夜,从原始社会把重物放在圆木底下推行开始,到轩辕、鸡公车、木牛流马，再到欧洲的马车、蒸汽机汽车、内燃机汽车，全世界最快的、最重的、最贵的、最长的、最豪华的分别是什么车，毛主席、老布什、英国女王、沙特王子都坐的什么车，张口就来，如数家珍。世界著名的汽车品牌每一家是怎么起家的，擅长做什么产品，历届董事长有什么传奇，了如指掌，倒背如流。儿子起名叫欧阳轩，打小就让他认车标玩车模开遥控汽车。讲课的时候，随便哪一国哪一段历史，他都能扯到车子上去，在歧途上一跑就是半天几十里，为此没少挨校长的熊。挨熊倒无所谓，反正是虱多不痒，但学生经常会问他，老师你讲得神乎其神，自己怎么不开车啊？这话让他颇为不爽。

看着满大街跑的私家车，渐渐的，欧阳文有点不满足于叶公好龙纸上谈兵了，但这毕竟不是买条烟吃个饭，苦于经济大权控制在老婆手里，多少次在 4S专卖店里他只能心驰神往又望车兴叹，有点自古多情空余恨的意思。但有一回，在标致专卖店，一个导购小姐却让他脚下生了根似的，太像他的初恋了！一颦一笑一投足，哪哪都像,会不会是她的女儿啊?真叫人感叹造物主的神奇伟大。虽然不是初恋的再生,但她的每一句话他都听得很入耳。

导购小姐竭力跟他推荐307,说是经济实惠的一款家用轿车,怎么怎么好。说到他的研究领域,就没有导购小姐说话的份儿了。他说我比你还要清楚,这个车第一是空间大,特别是后备箱,不但坐着舒服,还可以装下出游要带的所有东西。第二是底盘调教得好,虽然后悬挂不是独立悬挂,但调教得很好,高速很稳定,尤其适用于山路行驶,在舒适的同时韧性很足。过弯优秀,飘逸潇洒。第三是安全性好,介于德系与日系之间。第四是发动机在高转速下动力充沛,油耗反而较低,超车的时候很过瘾哦。听他神采飞扬讲得很专业,导购小姐的眼睛瞪得老大,说先生您是生产汽车还是销售汽车的啊?怎么讲得这么专业啊!他听了很受用,又谦虚地说哪里哪里我就是个业余爱好者而已。但是,你别听了说好就高兴,这车小毛病不少,变速箱不算先进,底盘太低容易擦碰地面，雨刮器的声音也比较大。这时候，店长也过来了，说我从来没有见过这么专业的，你能不能做我们的销售顾问啊？我们会按销售额给您提成的。然后，又跟欧阳文悄悄地说，您要是买车，我给您打个九折，这在全南京的4S店里都是不可能的。导购小姐又及时跟进，用甜甜嗲嗲的声音不断地给他吹风鼓气，说您可以先付个两万块首付，就可以先开上车，余款一个月内付清就行。他不知怎么地，头脑一热，就应了下来，挥笔签了个购车合同。第二天，就用借了的一万加上自己的一万块私房钱把首付给交了。

他也想到了老婆一旦知道，会不会跟他闹，余款肯不肯掏。想着也费劲，干脆就不想了，走到哪山说哪山话吧，烦不了了，先过个瘾再说。

欧阳文找了个朋友把车提了回来，导购小姐就奇怪，先生您自己怎么不开啊？他尴尬地讪笑着，导购小姐又说店长让我问您要不要印销售顾问的名片啊？他连忙摆手说不要不要。

* 150

买车记

车子提回来了,放在哪儿呢?放回家是断断不可的,他跟校长好说好商量,放到了体育室后面的空地上,又弄了个雨布给遮了起来。每天,上班之前下班之后,他都要掀开雨布,端详欣赏一番。有点小灰尘,他就哈着气用新抹布轻轻地擦拭,擦得锃光瓦亮,跟镜子似的,他会就着反光理理头发整整衣服,然后哼着小曲离开,还时不时地回头看看。

快乐的时光总是过得很快,眼看着一个月就要到了,车款怎么办还是个问号,要么借钱,要么摊牌。正纠结呢,突然,有一天,他刚下课走进办公室,看到他的座位上坐着个女人,虽然是背影,他也认得出是老婆。他心想坏了,不知是谁走漏风声了。办公室里的空气好像有点凝重,有同事用撮起的嘴唇指着他老婆跟他做鬼脸,他也来不及多想,故作惊喜地说老婆啊你怎么来了?老婆一张怒气冲冲的脸转过来,说我怎么就不能来了?有什么见不得人的事情怕我知道么?他说怎么会呢?我不是想给老婆大人一个惊喜么?老婆一拍桌子震倒了茶杯,说我不受惊吓就不错了，还要我喜？你胆子不小啊，那么大的东西你不吱声不吱气地就弄回来了，你自己去还款吧，你就是把自己卖了我也不管你！他就赔着笑脸说，老婆我不是看你上班远要倒车心疼嘛，车都拿回来了，你看……老婆说还想逼我？以后你拐个小三回家生米做成熟饭了是不是还要我笑嘻嘻地认她做好姐妹？同事听了都吃吃直笑，他脸上红一阵白一阵的，说两码事嘛两码事嘛。有女同事就跑来劝她老婆，反把眼泪给劝了下来，说我省吃俭用从牙缝里抠钱为什么呀？不都是为这个家么？小孩要上学老人要照顾，花钱的地方多呢，他倒好，由着性子来，手一拃，十几万没了，这日子没法过了！女人们就同情地揉着发红的眼睛，说是啊是啊这样贤惠的媳妇哪里去找呢，欧阳文也经常夸你呢！又掉转脸来劈头盖脸地骂欧阳文，说他不晓得好歹不懂得礼数，就是省媳妇脚为媳妇好也不能不跟媳妇商量啊，媳妇就是把你当天，但也是让你出头才是个夫啊，还不赶快赔礼道歉，带媳妇去看看车，今天早点回家弄点好吃的哄哄媳妇。这时候有学生喊报告进办公室，欧阳文的老婆也顺势收起声泪，把头扭向一边。

* 153

由好几个老师陪着，欧阳文的老婆去看了自家的车，看车的时候，好像神色就好了些，欧阳文以为躲过一劫了。却不想，回到家一进门，坐了一屋子人，都是老婆娘家的，败家子，胆大包天，放着好日子不过，自己挣不了大钱还敢大手大脚等等，万箭齐发，他只好草船借箭，一一收下，半句嘴都没敢还。因为批斗会的原因，晚饭推迟了半个小时，气氛虽然还是有点紧张，但吃饭的时候他照例陪老丈人喝两杯小酒，也并没有人反对。临走的时候，小姨子冲他哼了一下鼻子，说我下次要用车你要随叫随到！母亲就拿眼瞪她，她又接着说首先还是要满足爸妈的需要！

后来，老婆还是从银行取了钱，付了车款，还花三千块钱让欧阳文考了驾照。

欧阳文拿了驾照，老婆也并没有要他天天接送，她舍不得呼呼上涨的油钱，只是在下雨下雪天会当着同事的面，大声大气地在电话里吩咐：欧阳文啊，开车来接我啊！

* 154

平成

有邻居或者朋友遇见年成，问他在哪工作，他说在一家休闲公司。又问他，怎么老不见你上班啊？他说上的是夜班。

年成确实天天上的都是夜班。他说的休闲公司，实际上就是桑拿洗浴中心。再往前，叫大众浴室，就是个澡堂子。每天晚上都在桑拿洗浴中心替顾客拿拖鞋、递毛巾。到凌晨四五点钟，没客人了，他还负责清洗浴池。然后，便回家睡觉，一直睡到午后才起来。

年成的名字，是他当中学老师的舅舅给起的，意思跟种庄稼盼个好年成一样，也指望有个好奔头。但他好像越奔越差，如今已经到了四十多年来的最低谷。早年间，在一家液压机械厂里做钣金工，他的技术是全厂数一数二的，还得过"优秀青年技工"的光荣称号。后来，厂里效益越来越差，又赶上城市改造拓宽马路，推土机把厂子推成了平地，翻成了绿地广场。他用厂里发的一笔钱，在夫子庙青年商场租了间铺子，做起了服装生意。头两年生意还真不错,现在家里的几个家用电器还记载着那时的辉煌。最精彩的是一单牛仔裤生意。早上,在奇芳阁吃早点,听说有人压了一批牛仔裤急于出手;中午,他已经联络到下家四川的一个贩子,货都没挪地,两千件裤子,他就赚了近一万块钱。那个四川人知道经过之后,用四川的歇后语骂他,说你真是避孕套里的水——他妈的人精哦!

谁知,得意了,就容易忘形。一天晚上,年成酒喝高了,把卷帘门放了下来,就在衣服堆里,把店里打工的营业员给睡了。后来,只好硬着头皮把个大肚子带了回家。过年的时候,他得了个儿子。门口挂着大红的春联,上面写着"年年庆有余",他顺着就给儿子起了个名字叫大庆,也指望日子一年比一年好。但他的生意却一天天败了下去,只好关门大吉。之后,他敲过取暖炉的白铁皮出烟管子,做过促销员,倒过火车票,在路口向司机兜售过玉兰花。最近,又被介绍到桑拿洗浴中心做杂工。没办法,老婆在超市做理货工,也赚不了几个钱,上初中的儿子正是花钱的时候。

在桑拿洗浴中心清洗浴池，让他想到了一个赚钱的办法。

他找了几条洗浴中心用破了的毛巾，放在洗衣粉里泡，让毛巾吃足了洗衣粉，再晾干，毛巾变得硬邦邦的。又在小店里买了十几块那种很便宜的臭肥皂，每一块再切成十几小块，每一小块又都用彩色纸包得整整齐齐，装在饭盒子里。他还弄了副平光眼镜，架在鼻子上，立马就有点斯文的派头，像个知识分子。

怕被人认出来，他没敢在城南摆摊子，而是选到了中央门长途汽车站附近。地上用小石头压了一张用挂历纸背面写的"高科技产品"介绍，说一种叫"污敌"的去污产品，能去除各种油污锈迹，立竿见影，非常神奇等等。渐渐地有不少路人驻足观看。年成挽起了袖子，像当年他卖服装的时候一样，扯开了嗓子吆喝起来：哎——工厂倒闭，厂长枪毙！困难职工，自谋出路！我是化工厂的工程师，发明了这种强力去污肥皂，但是厂子倒闭了，没有厂家生产，只好自己做了一点，卖了养家糊口。各

年成题

位，走过路过不能错过！这种比市场上的去污粉要强过五倍！啊——看一看，瞧一瞧！说着，他从路边搬过一辆布满锈斑的旧自行车，开始演示给路人看。他先用小肥皂在自行车的钢圈上擦几下，然后，用准备好的毛巾，蘸了水去擦。因为毛巾里浸满了洗衣粉，所以擦起来去污力就特别强。不一会儿，擦洗的部位竟光亮如新了。他就借着实例招揽路人：啊——数量有限，欲购从速！两块钱一块！路人见了，都纷纷称奇，竞相掏钱购买。一百多块的小肥皂很快就卖光了。年成看看周围，没见有城管，便迅速收起挂历纸走了。晚上，蘸了口水数了半天钞票，老婆问他哪来的钱，他说是做了一笔小买卖。

第二天，他又转到水西门，还多带了一半的小肥皂。结果，不到两个小时，也就全卖光了。当他快意地看着路人散去，收起挂历纸准备走的时候，一个戴眼镜的中年男人走了过来，他觉得这人有点面熟，但一时就想不起是谁。正纳闷呢，那人扶了扶眼镜，说老年，你好！年成很是诧异，到底是谁呢？被熟人撞见了？这下可就露脸了!那人又说,我是你儿子年大庆的班主任林老师,是教化学的,就住在前面。刚才我看你半天了。年成当下就恨不得有个地缝钻进去,脸涨得通红。林老师拍了拍年成的肩膀,说我知道,你也不容易!不过,这要给孩子知道了,不好!说完,塞给年成一百块钱,走了。

年成拿着钱愣了好一会儿。然后,撕了挂历纸。说了句:活丑!

尚武

电视连续剧《霍元甲》《陈真》热播的时候，严尚斌才十岁，但是男人血液中流淌着的那些力量、尚武、荣誉等因子，却被一一激活起来。原本就生龙活虎爬高上低、捡根树枝都能当作机关枪嗒嗒嗒打上半天的他，更是迷上了中国功夫。早先崇拜的偶像是下关一带传说能飞檐走壁的武林高手杨小辫子，已然变成了霍元甲陈真了。把零花钱省了，在新华书店买了一张半人高的霍元甲海报，贴在家里，那是霍元甲凌空飞拳的造型，他每天都要学着摆个姿势，嘴里还哈哈哈哈地模拟声音自造气氛，还会支离破碎地唱着南京话版的"万里长城永不倒，千里黄河水滔滔"。然后跟父母吵着闹着要做两件事：一是要把名字改成严尚武。父亲说改什么改啊？你这斌字里面不是有个武么？文武全才那才是高手呢，他听了也就作罢了。第二是非要上武术班。被缠得没办法，父亲只好带他到少年宫，一身灯笼裤的武术兴趣班教练，叫严尚斌站直了，曲曲胳膊和腿，又捏捏后颈敲敲膝盖，很赞许地说，你这孩子天生就是块学武术的料子。严尚斌父亲对这种牛马大市似的测试方法将信将疑，但还是给报了。

都说兴趣是最好的动力,大约是对的。平时还是有些娇惯的严尚斌倒也能吃得下苦,天天压腿、劈叉、蹲马步,要做上几百个,累得走路直打颤,蹲厕所得扶着墙,居然一声不吭。

在为儿子的意志得到磨炼而惊喜的同时,父母也有些担忧,这小子会不会喧宾夺主副业冲了主业啊?果不其然,练武术练得累了,上课就打瞌睡,作业糊弄糊弄就交上去,再加上时不时地会到街道广场走穴表演,又耽误了不少功课,眼见着学习成绩逐渐下滑,父母为了他不知道挨了老师多少次数落。最后,连拖带拽的,初中到底还是没有念完,严尚斌就再也不想读了。功课落得太多,而且他也没心思读了。

对练武,严尚斌却越发兴致高涨了,竟然跟父母提出来要到河南少林寺去深造,说只有到那儿才能真正学到中国武术的真功夫。还举例说明全国散打冠军某某、中美拳击对抗赛亚军某某都是从少林寺出来的。父母瞪了半天的眼，没同意。一个毛头小孩子跑到那么远的地方，人生地不熟的，万一有个闪失那还得了。严尚斌就表现出好男儿志在四方的样子，天天跟父母磨啊搅的，还拿来一沓子不知道是从武术班还是从哪儿弄来的花花绿绿的武校招生广告。父母后来一商量，反正在南京也读不下去了，广告上说教武术的同时也教文化课，还发毕业证书呢，男孩儿嘛，出去闯荡闯荡摔打摔打，也行。他们去问武术教练，教练就推荐了一家叫做河南嵩山武林少年武术学校的，说校长是他的朋友，可以帮忙打打招呼。严尚斌父亲问这是少林寺办的么？教练笑说少林寺哪是那么好进的啊，先在这个学校学三年基础，再去考少林寺。不过，这所学校教的也是正宗少林功夫，又指着广告上写的"禅宗祖庭，少林流派"字样说，你看看你看看。

父亲就跟单位请了假，带着严尚斌坐着火车哐当哐当晃了一天，到了登封一问，敢情这学校说是在嵩山少林寺附近，其实还在登封往西几十公里一个叫三王庄村的地方呢。操场上有几十个孩子，跟在一个老师后面做一些踢腿挥拳的动作。安顿好以后,父亲咬咬牙走了。中间父亲去看了两回严尚斌,见学校也就是教一些和南京少年宫武术班差不多的基本动作,没什么新花样,就问严尚斌这有意思么?严尚斌却很正色地说老师讲这是打基础呢,虽然你看不出,其实我的功夫天天都在长。父亲又问上文化课么?严尚斌说一周上两次语文数学,父亲就感叹这能学到什么啊?学到学不到,钱倒花了不少,练功服表演服、营养餐补钙片、观摩比赛教学光碟,名目很多,父亲也只好一笔一笔往里投。

到了最后一年,学校带学员们到少林寺玩了一圈,在塔林在山门在牌匾下都照了相,每人还和少林弟子以及一个据说是少林拳多少代传人的和尚照了合影。这样,就算毕业了,但拿到的却是结业证书,学校说要再上两年,在拳剑刀枪戟棍中任选一门专业读强化班,才能拿到毕业证书。

严尚斌的父亲这时已经下岗,掏不了那么多让他继续习武的钱了,就叫他回家,但他坚决不回家,

尚武图

并且说从今以后不再要家里一分钱了，自己会打工挣钱交学费。

父亲叹了口气，说都是我的错。

严尚斌没理会父亲说话的意思。他参加了当地的一个武术表演队，跟着跑跑龙套，挣点生活费。说是武术表演，其实歌舞杂耍什么都有。后来，老板说你学什么少林功夫没有用的，要想多挣钱，就要表演大活，他说行，你叫我做什么都行。老板便叫他练脖子绕钢丝，口中吞剑，脚踩火炭。这段时间用严尚斌的话说，叫死去活来。就说口中吞剑，开始时用筷子练，然后换橡皮的木制的剑练，吐了不知多少次，血水至少几大盆，慢慢地，咽喉麻木了就不再有呕吐反应，伤口溃疡也是破了好好了破习惯了，几个月下来，已经能完整完成吞剑的动作了，大半年后，竟能同时吞两柄半米长的钢剑，成了队里的主要演员。钱也挣得多了，还能往家里寄钱，但没说在干什么。每天早上，他还是坚持要跑一圈步，打一趟拳，但是，他感

* 168

觉动作已经不如先前敏捷矫健。他有时会从旅行箱里找出霍元甲的海报，看一会儿，再折齐，放好。

直到严尚斌父亲的一个朋友去河南出差遇见了，家里才知道这一切，父亲赶去把他带回了南京。回来后，他先是应聘到一个体育馆的武术培训班做教练，体育馆说你怎么叫尚斌啊？应该叫尚武才是，就把他的名字改作了尚武。还把他在少林寺跟和尚合影的照片印在招生广告上，贴在墙上，上面还写了"少林真传弟子，拳术散打冠军""尚武拳师亲自示范教学"之类的话。严尚斌说你这不是骗人么？体育馆说不然怎么招生啊？武术班的孩子都是独生子女，吃不得苦，没练两趟，就哇哇直哭，家长也跟着心疼地叫唤，体育馆说你还当真啊？带他们玩玩你不会啊？严尚斌说我不会玩，拱拱手就辞了职。

辞职后，有朋友又介绍他到溧水影视基地去做替身演员，基地也没有多少摄制组去，碰上了就干几天。一回，一个小摄制组，拍个清宫戏，他得到个黑衣刺客的角色替身，组里为了省钱，舍不得租威亚吊着拍，就垫了几张垫子在底下，让他从房顶上直接往下跳，结果摔了个左小腿胫骨骨折，躺了两三个月。他再打工便什么都干，跟他的技艺没什么关联了。

虽然，每天还一如既往地练拳，但喘气已不如过去匀称了。

父亲关心的却是他的终身大事，眼见得快三十了，过去跟他提这事，他总是不肯，说练武就讲究个童子功，一结婚元气就泄了，功夫就自然打了折。受伤以后，父亲又提起的时候，他便不再作声。

那天，楼上水管漏水，浸湿了墙上的霍元甲海报，成了个大花脸，严尚斌连忙揭下来，可只有头像部分是完好的，其他要么被水浸透泡烂了，要么是一片黄黑色的水锈。他只好拿着头像部分，去找画像店的师傅再画一张。一个星期后，他取回了画像，往家走时，门口有人问：是你爸啊？不大像哦！还没等他回答，问话的人又回过神来，说看我这嘴！你爸还在呢！

夜色

正跟老婆亲热呢，突然间手机闹铃响了。常宽林一骨碌爬了起来，气得摸过手机，就往地板上扔。手机的电池盖立马弹得老远。

常宽林咽了口唾沫。印象中，仿佛已经一个世纪没跟老婆睡过一个被窝了。自打做了"二驾"，和在超市打工的老婆上班时间就是错开的，一个早出晚归，一个昼伏夜出。好不容易做了一回快活的梦，还叫手机给搅和了。

接了班，做到第三单生意的时候，老婆来电话了，劈头盖脸地骂了他一顿：你想做死啦？药怎么没带啊？我放在楼下的彩票店里了，你顺路过来拿，别忘了啊？一定要按时吃药！我送佳佳上课去了，你自己当心啊！还有啊，天气预报说夜里可能下雨，开车慢点！老婆的嗓门大，连车上的乘客都能听得到。常宽林有点不好意思，嘀咕了一声：这女人啊，就会烦！谁知车上的一个戴眼镜的中年男乘客却感叹了一句：嗨，真好！常宽林没听懂是什么意思。

又是堵车！每天也就是晚上六点到八点这段时间的生意最好了，却偏偏是到处堵。收音机里还不停地报告路况：新街口堵，新庄堵，长江大桥堵。播音员小姐的声音温柔倒是温柔，可说她报的路况更让人添堵。刚刚才上车的这位，刚落座就直催快点快点，有急事呢！常宽林笑着说，这路要是我开的就好了，我也想快啊！那位也就不好再说什么，一边不停地地看表，一边骂车骂路骂警察。左转弯的放行时间特别短，只有十几秒工夫。等了四轮信号灯，还是没过去。那位就等不及了，车门一拉，冲出去了，在车流当中跑了起来。常宽林不干了，拉了有两公里呢！起步价不给吗？他跟着就下了车，在车流里左冲右突，追了十几米才追到，差点没打起来，不过还是讨回了钱。

但当他回头的时候，才晓得这一追实在得不偿失。左转弯的道口绿灯亮了，后面的车全被他的车给堵住了，喇叭按得翻了天。警察正急着四处找人呢！他冲了过去，忙不迭地给警察赔不是：对不起，对不起！我马上就走！警察不高兴了，冲他就吼：走？这是你家院子啊？想停就停，想走就走啊？！靠边！

算是踩到屎了，等着罚款扣分吧。常宽林把车靠了边，坐在车里等。又觉得不妥，便下了车，谦卑地站在路边。谁知警察连看都不看他，只顾自己指挥疏导车辆。他急得猫抓心，该打该罚你一锥子扎出血来就算了，我多跑几趟，还能挣回来，这半死不活地等算怎么回事啊？他便在心里骂了警察一句。警察好像听到了似的，朝他这边望过来。仿佛才想起来似的，对着他挥挥手，那意思是叫他走。这就让走了？常宽林简直不敢相信，忙冲着警察鞠了一个九十度的躬，赶快开车走人，生怕警察几秒钟之后会反悔。他偷偷瞄了一下警察，还别说，当警察的就是不一样，很普通的挥手动作，叫他戴着白手套一挥，就是那么潇洒！常宽林不禁挥手模仿了一下。

再往后，逛街的回家了，吃酒的散席了，生意就不大好做了。常宽林照例是把车停在夜总会前面，边打盹边等着夜里的最后一点生意。霓虹灯忽明忽暗地闪烁着神秘与暧昧。他常常想,人和人真的是不一样。听说门里面,一瓶酒就要几千块,小姐陪客人唱几支歌,就能拿到几百块的小费。而他累死累活怕是也抵不上里面的人打个饱嗝的。但是,人比人,气死人,就气得尿泡胀大了,又能怎么样?端什么碗吃什么饭,这就是命,不认是不行的。抢银行能分分钟变成百万富翁,可那能做么?

后半夜真的就下起了雨,豆大的雨点打在挡风玻璃上,噼啪作响。一场秋雨一场凉,雨里的风明显有了冷意。常宽林把车窗关了,开了收音机,有心无意地听着情感类节目,有人在呜咽地向主持人诉说着心事。他觉着这黑夜真是个好东西,明明没有太阳,却暴露了许多人心里的许多秘密,怎么会有那么多伤心伤肺的故事呢?正想着,突然有人拉开车门撞了进来。他一看,原来是个女孩,一身黑色的短打,不是一般的短,而是那种超短,还到处都跑风漏气的。不用说,是个"上夜班"的。女孩满身是酒气,嘴里含混不清地咕哝了一句:三……三条巷!然后就一头扑在后座上,

夜色

半睡不醒地自说自话去了,间或,还伴着抽泣声。常宽林也见多不怪了,按下表,就往三条巷去了。一路上他很警惕地注意着后面的那一位,怕她在车上乱吐。上回拉的一位老兄,不但把他的车里吐得污污糟糟的,还要动手打他,临末了扔给他一张夜总会什么公关小姐的名片,说开他妈什么出租车明天到我公司去上班奔驰宝马随你开!还好,今天的这一位还没到那份上。

到了三条巷口了,喊了半天,才算把她喊个半醒,她迷迷糊糊地看了一眼,说:不对,是鼓……楼三条巷。说完,又倒下说梦话去了。没办法,他又掉转车头,往鼓楼开。到了鼓楼三条巷,再把她喊起来,她好像清醒了一些,说:对……了,就是这条巷子。却又坐着不动,说:我头疼得厉害,雨下得又大,我想,想在你的车里坐一会儿。常宽林听了一惊,坐一会儿,坐到什么时候啊?不要等一会儿有什么暧昧的举动,然后就冲上来一个她男朋友什么人说我图谋不轨,把我一天挣的钱全洗干净吧?她像是猜到了他的想法,说:放心,我没别的意思,

* 178

就是想歇一会儿，我会按等车的钱算账的。他想把她轰下车，又不忍心；她要不肯，也动不得手；要么把车开到派出所去，又好像没什么理由，她要去公司投诉，还真不大好说，弄不好给主驾添麻烦。他从后视镜里仔细看看，感觉也不像坏人。就勉强地说：行，时间不要太长，我要回家呢！她说了声谢谢，便头一歪，又睡了。

常宽林把收音机关了，掏出烟，点了，又掐了。看她团着身子，他又把暖气开了，自己也伏在方向盘上借机眯一会儿。

谁知，这一眯，竟眯到了天放亮，附近农贸市场的公鸡都开叫了。常宽林一个激灵，猛回头一看，后座早空了。他直捶脑袋，没想到还是叫这女人给忽悠了。车外，一片烟雨茫茫，哪还有什么人影！但当他收回目光时，却发现副驾驶的位置上好像放着什么东西，拧开灯一看，是张面巾纸，里面包着两百块钱，面巾纸上写着两个字：谢谢。像是用口红写的，猩红猩红的。

以后，他每次开车到鼓楼三条巷的时候，就会不由自主地慢下来，或者停车看一看。但巷子总是静悄悄的，什么也没有看到。

有一天，主驾跟他说，想跟他换夜班开。他知道，现在主驾也都不想开白班了，因为白天车堵得厉害，警察管的又多，赚头有时还不如夜班。他说：行，我正想开开白班呢！

虽然租子要多交许多，但白班多好啊！不再"颠倒黑白"了，还能看许多风景，晒许多太阳。最重要的是，他能跟老婆同吃同住同劳动还有同那个了。

一天

一早，油锅刚滚，油条还没来得及下锅呢，城管就来了。说，这两天要搞创建国家卫生城大检查，路上和门口的早餐摊点都不许摆，过了这个当口再说。杨四见了也不止一回了，所以也不去争辩，把没炸的生油条拢到一起，又揉成了面团。接着，就动手收拾家伙。倒是早早地就在油条摊子前排队的一拨人不大高兴了，说再怎么也得等这一锅油条炸了再搬嘛！城管坚持原则，不给通融。有人就说话粗声大气骂骂咧咧，城管也不理众人，只管对杨四说：快搬啊！不要等我们动手。杨四反过来就央求众人，说大热天，消消火！过两天我请各位吃油条。半天，众人才散了。

杨四和每天早上来帮忙炸油条的小帮工就将油锅抬下来，把油往铁桶里倒。可巧，楼上不知哪家的空调往下滴水，落到锅里，油一下就炸开了。滚烫的热油溅到两人胳膊上许多，分分钟时间，就大大小小起了一堆泡。杨四只好掏了一百块钱给帮工，让他到医院去处理。自己则用自来水冲了半天，又涂了半瓶酱油，然后抹了点眼药

＊ 182

膏，拿布包了。他不想去医院，一是舍不得花那钱，二是中午还要做生意，至少，要有几十个盒饭要做呢。

杨四的小饭店名号叫"好再来"，指望多点回头生意的意思。经营点大众饭菜，最贵的也就是十几块钱的酸菜鱼。早晨，再卖点包子油条豆浆什么的。来吃饭的大多是周围小区的住户，再者就是给附近学校工地和几家小公司送送盒饭。杨四掌勺，老婆打打下手，典型的夫妻店。虽然天天从鸡叫忙到鬼叫，但比比厂里其他下岗的同事，杨四觉得很满足，很滋润。小饭店不但养活了他们一家三口，还略有结余。再忙几年，把上高二的儿子忙到大学，就可以喘口气了。

两条胳膊火烧火燎地疼，灶头上的火再一烤，更像针扎似的，杨四只好嘴里咬个毛巾。先是炒了盒饭的配菜，小半晌的时候，开始上客，就断断续续地开始炒点菜。正忙着，忽然听到前面吵吵闹闹的喊老板，杨四忙关了火，出去看。只见坐二号台的一个中年男人，用筷子敲着盘子，说，老板，你过来看看，这是什么？他赶紧跑过去，一看，心里直叫苦。宫爆鸡丁里，有一只苍蝇！那人说：你看怎么办？你的店还想不想开啦！店里还有几个客人，都好奇地往这边看。但就这一小会儿工夫，杨四倒也镇定下来了。是福不是祸，是祸躲不过。他拿过客人的筷子，把那只苍蝇给夹了起来，迅速地往嘴里一放，还嚼了嚼，又咂了咂，说：哦，生姜末炸糊了。是不好吃，给你换个菜，我请客！都是老客，多包涵，多包涵！说着，又掏出根烟敬上去。这一连串的动作和话语，弄得那人一愣一愣的，关键的证据没了，他也就不好再说什么了。想想又是邻居，何必呢？便接了烟，什么也没说就走了。杨四把那人一直送到店外，又紧赶几步，说：老哥，谢谢你！我恨不得给你磕头。那人摆摆手，说了句你也不容易。杨四听了，眼泪就想往外涌，靠喉头往下压，才止住。

除了下午打了一会儿盹，杨四一直忙到晚上十点钟，才算歇下来。今天，感觉特别地累，浑身都散了架了。他炒了两样小菜，找到客人剩下不要的小半瓶酒，边

一天図

喝边看着老婆在一旁数着营业款。其实,他心里还有个小疙瘩,没敢跟老婆讲。那就是他一早起来,右眼皮就跳得厉害。要不,一天里怎么碰上那么多闹心的事呢?还好,总算都过去了。他把酒瓶倒干,又抖了抖。端起酒杯,随着惬意的"吱溜"声,把酒干了。这么想着,偏偏就在清点营业款的时候,右眼又跳了一下。在花花绿绿的票子中,有一张一百块的,他看着就觉得不对劲,一摸,竟然是张假钞!他扬手要打老婆,却疼得很,便又放下了。老婆吓得抱头鼠窜,躲进了里间。杨四只好用骂声追她。

这张假钞,把杨四气得胳膊更疼了,从胳膊疼到心里。他把酒瓶很夸张地往门口的垃圾筐里砸过去,"哗啦"一声,酒瓶碎了。就着酒瓶摔碎的声音和气势,他继续刚才的斥骂。冲着里间大声地吼道:老子迟早把你的眼珠子抠下来当弹子打!老婆在里间呜呜咽咽地抽泣,不敢应声。幸亏隔壁工程队的老鲁来了。这老鲁也喜欢晚上喝点小酒,喝了酒总喜欢在杨四的小饭店打烊之后来串个门,跟这个安徽同乡聊聊天。杨四又冲着里间喊:嚎什么丧啊！还不出来给鲁师傅泡茶！老婆就借机出来，麻利地收拾了碗筷，给他们泡了茶。然后，又去择菜，为第二天做准备了。

杨四跟老鲁说，人要倒霉就是放屁都打脚后跟。便把一天的遭遇讲给老鲁听。最后，掏出那张百元钞票，递给老鲁看。你说这女人怎么就是不长眼，又收了一张假钞！让人白吃了一碗盖浇饭，还倒找九十几块钱！二五啊？再加上给小工的一百块钱，我这从早到晚这一天不算是白忙了么？老鲁接过钱，像老中医望闻问切似的，在钱上摸抖搓弹了一番，末了，往杨四老婆那边看了一眼，说：也就是你有这个本事。叫我，也看不出来。这假的越来越像真的了。杨四听他这一说，虽然还是心疼，但气却消了大半。

老鲁说：折点钱事小，平平安安就好。今天我看报纸，说有个饭店，去吃饭的前后有几十个人，都齐刷刷地上吐下泻，被弄到医院去挂水。还好，没出人命。一查，原来是服务员干的，为工钱和老板怄气，在菜里下了

* 187

泻药。亏好是泻药，要是农药那还了得！结果，饭店只好关门大吉，还赔进去几万块。老鲁说完，才觉得说这话有点不大吉利。连忙打招呼，我这是酒喝多了，瞎讲啊！杨四倒没在意老鲁的打招呼，他想，我这饭店要出这样一个故事，那不是要我的命么？这可是我借钱拉债开的啊！

送走老鲁，杨四交代老婆，以后有人上门来推销油的，千万不要买。油盐酱醋什么的，都到超市去进货。还跟老婆说，炸油条的小工今天烫得不轻，从这个月起，给他涨五十块工钱吧。

面人刘

刘小宝在夫子庙一带做面人已经十几年了,瞻园、夫子庙、白鹭洲、中华门到处跑,城管队员都认识他。他的手艺是从父亲手里传下的,父亲刘善奎以前就在夫子庙捏面人,一直捏到八十年代,刘小宝在安徽阜阳老家高中刚念完,就跟着父亲出来了,口传身授,耳濡目染,没两年就接过了父亲的摊子,独闯天下了,身体不好的父亲便回老家歇息。

刘小宝仿佛天生就是捏面人的材料,头脑灵活,形象感特别强,那一双手更是为捏面人生的,细细长长的,手指肚子很饱满,一团面,到了他手里,揉、搓、捏、掀,先是显出个概形,再用小竹刀点、切、刻、划,面人模样就出来了,再加上装饰、衣裙等,立刻就生动起来。大闹天宫的孙猴子、倒骑毛驴的张果老、手捧仙桃的老寿星、活灵活现的十二生肖,就栩栩如生地站到面前。刘小宝不光捏父亲传授的传统题材,福娃、变形金刚、白雪公主、喜羊羊和小熊维尼他也会捏,而这些,更得孩子们的喜爱,很好卖。简单的,五块钱一个,复杂一点的,十块八块的，给照片或者真人现场捏的，收个二三十的，一个月下来，除了生病休息，也能挣上两千来块钱，刨去吃喝拉撒，还能结余不少，隔两个月往家里寄回钱。

有天，一男一女两个外国人到摊子上来，看了面人，啧啧称奇，尤其是刘小宝表演了在袖笼里"盲捏"了那女人的头像，竟跟真人一模一样，他们大拇指竖得高高的，叽里咕噜一通洋话，翻译对刘小宝说，夸你呢！

两位是德国的画家，把刘小宝的面人称为"中国的雕塑"，称刘小宝是雕塑家，一下子就买了十几个面人，说要介绍到德国去。女的还非要跟刘小宝合个影，刘小宝窘得满脸通红，那女的胸脯比他的头还大。当时，就从相机里拉出了照片。后来文化局的领导还真给他看过一张外国字的报纸，上面登的就是这张照片，外国人怎么说的他并没有多少兴趣，但是，那张照片后来被放大了挂在摊子上，倒是给他招来不少生意。

* **191**

就在上了外国报纸以后，文化局的人曾经找到他，说可以帮他在工艺美术大楼弄个工作室，和剪纸的、烙画的、篆刻的、做布娃娃的在一起，集中展示民间艺术，不用风吹日晒了，面人的销路也会有一定保障，做好了，还能申请非物质文化传人什么的。他说我自由闲散惯了，怕是坐不住，而且这一带人头熟，办个事情也方便些。虽然没去成，但那以后，他的名声也大了起来，有个小报记者还写了介绍他的文章，称他叫"面人刘"，慕名而去的人也多了，生意自然好了许多。

但刘小宝依然是不紧不慢，上午十点钟出摊，晚上十点钟赶了夜市收摊，下雨就在出租屋里研究琢磨新品种。哪一天赚多了，就犒劳一下自己，到小饭店要个菜，喝上一口。

日子就这样如水一般地流着，悠悠地，刘小宝也很满足。

偶尔，会有点小故事小插曲。比如那天，来了一个女人，穿着睡衣，染着黄毛，化了很浓的妆，她掏出

* 192

手机，指着上面的一张照片说，你给我捏个这个人，说着又掏出50块钱，往摊上一放，说不用找了！刘小宝看着照片，要捏的也是一个女的，看着比她年轻漂亮，好像是在店里买衣服，给偷拍了下来。刘小宝当下就明白了几分。捏的时候，故意在五官上做了点手脚，似像非像的，又在左耳后面粘了个小黑点，算是加了颗痣。女人看了，说不怎么像嘛，不说你捏什么像什么吗？他说，那是抬举我呢，捏面人只能是个大概。他又找了三十块钱给女人，说所以我哪能收这么多钱呢。又说，大姐，天热，人容易上火，您赶快回去到空调房里歇着，心静，就好了。临了，又交代，大姐，那面人干了，可不能拿尖的东西戳啊，容易开裂破碎，就可惜了。

小故事有时候会接二连三。才隔没几天，在夫子庙一带也是很有名气的吴四毛找到他，扔了一张老人头，说给我按照片上的人，捏一个，祝寿用的，要喜庆。吴四毛到底是干什么的，刘小宝不知道，反正这人路子很野，从官府到摆小摊子的，他好像认识不少人，有人摊子给收了，他能从城管那儿给拿回来。刘小宝看着照片上的一位老者，揣摩了一会儿，就上手捏了。当中，跟吴四毛聊天，说乾隆爷当年过寿，多少大臣花了成千上万两银子置办寿礼，而刘墉只花了几两银子，找了捏面人的师傅，捏了个乾隆爷和八个祝寿的仙人，乾隆爷一看，还就喜欢这份礼物，倒过来赏了罗锅子几百两银子呢！说话间，面人就捏好了，形象上和照片上的一模一样，但面人一团和气喜上眉梢，比照片上的更加喜气，他又在人物后面加上些松树仙鹤什么的，跟年画上的差不多。吴四毛看了直夸，说你小子还真有两下子，现在有人就喜欢这些别别窍的玩意儿呢。妈的，什么乾隆爷赏几百两银子啊？什么意思啊？你几个手指头捣鼓捣鼓，分分钟就赚了张大头，还想怎么样？刘小宝也不理会他的骂，拿了玻璃框细心装好，让吴四毛欢喜地拿了去。

过了几天，吴四毛又找到刘小宝，急急忙忙地说，快，跟我走一趟，让你赚个千儿八百的。刘小宝说开啥玩笑？吴四毛说开玩笑？我开给你看看。说着，掏出 * 194

面人刘

两百块钱往摊子上一摆,这是定金,做完活儿,还有几倍呢。刘小宝看他样子好像不是开玩笑了,就问做什么呢?吴四毛说捏面人啊,别的事还轮得上你么?先收摊子,到了地方你就知道了。哎,你这破围裙就不要围了,还有,人收拾干净点!刘小宝把摊子放在炸臭干的王师傅店里,带着一个折叠小板凳、一个工具箱和一包揉好的面团,被吴四毛拉着就走。他们上了辆的士,出了午朝门,直奔紫金山去了。路上,吴四毛交代刘小宝,说到了地方,不要乱说乱动,叫你干什么你就干什么。刘小宝说什么地方啊,弄得紧张兮兮的,你别吓我啊,我不赚这个钱了行不行?吴四毛就骂他,把你当盘菜,你还非要做臭豆腐。告诉你吧,你前几天捏的那个老寿星,看了面人之后,非要你到他门上,让你当面再给他捏一个,说还要重温重温小时候在夫子庙玩耍的情景呢,你说这人老了,不又变成小孩了么?这当口,他的手机响了,他一脸堆笑,对手机说首长,路堵呢,马上就到马上就到!我知道我知道,只能一个小时的时间。

* 196

出租车一转眼进了山里，刘小宝看到了山顶上有球形的建筑，晓得那是天文台。然后，车子进了一个高档小区，保安盘查了一阵才放进去。再后，进了一个院门，乖乖，院子好大，不比夫子庙大成殿的院子小，还有喷泉假山呢。吴四毛叫刘小宝坐在石凳上等着，他踮着脚尖进了一座三层楼的房子。一会儿，有人用轮椅推着一位老人出来了，刘小宝一眼就认出是那个老寿星。吴四毛就叫刘小宝赶快捏老寿星，说快一点儿，一会儿有重要客人要到。刘小宝说我要先跟他聊聊，抓住他的特点才行。老寿星说我小时候还是解放前呢，天天就在夫子庙玩，捏面人的、耍猴的、玩石担子的，多呢。我最喜欢看的就是捏面人了，不用看着，在袖笼里就能把人给捏出来，跟真人是一个模子倒的。我们还学着，撒尿和泥巴，捏了个日本鬼子，捏好了，再撒尿滋它，用树枝戳它，哈哈哈哈……天热，刘小宝没穿长袖，为了满足老寿星的意思，就拿了块布，将两手蒙着，在底下捏着，因为前几天捏过，又观察了真人，所以不消几分钟，就捏出来了，比上次的还要生动，又加了灵芝仙桃如意万福等等，老寿星直说好。这

* 197

时候，就有人过来给了吴四毛一叠钱，又低声说了什么，吴四毛就立马催着刘小宝收拾家伙。老寿星还言犹未尽，要留刘小宝再坐一会儿，但推轮椅的已经把他往房间里推了。

回来的路上，吴四毛又给了刘小宝两百块钱，说你一个小时赚的比几天还多呢，我也不要你请客了，就留个小提成。刘小宝说应该的应该的。

虽然赚了个大钱，但是，刘小宝心里并不很舒服。从那人家里出来，心里就一直堵得慌，说不清是什么原因。晚上夜市他也没去，弄了点卤菜花生米，喝了二两酒。然后，拿过工具，一口气捏了三个钟馗。

玉所长

王所长其实并不是所长，因为他管厕所，又住在公共厕所的边上，被人称作"所长"。

家里没地种了，超生又被罚了不少款，王所长一家四口便背井离乡，从苏北来到南京。他在小区谋了个保洁员的差事，兼管打扫公共厕所，老婆则做了两份钟点工，帮人家接孩子烧饭。居委会照顾他，让他们一家住在厕所边上一个摆放清洁用具的杂物间里。两个丫头，小的一个在民工小学读书，大的一个念到初中就不念了，在公共厕所边上搭一张小桌子，卖卖草纸和其他卫生用品。一家人倒也乐哉陶陶，过了五六年了。

虽说王所长这样的外来人员被尊称为"新市民"，但王所长并不喜欢城里人。都五六年了，王所长除了得个"所长"这个有点贬义的称呼之外，愣是没交上一个城里的知心朋友。他觉得城里人虚得很，看上去穿着西装革履，人模人样的，没准儿是个吃低保的，挣的钱还没他多呢。但是，面子上又下不来，不愿意干保洁扫厕所这样的活。自己不干也就算了，还不拿正眼看他们这些来帮他们干粗活累活的人。小区里有一个女人，每次遛狗时遇见王所长都要皱着眉毛掩着鼻子。王所长心里就骂：奶奶的！你的屁眼是实的啊？就不拉屎了？一边骂着一边敲着簸箕抬头挺胸地走过去。然后，通过后脑勺看那女人气恼的样子偷笑。

城里人还自私得很。都拿钢筋把门窗焊死了，跟坐牢似的，早晚出来放个风，还自己骗自己说是有氧运动。单元楼里，一家不管一家的事，公共卫生就更没人管了，经常有人乱丢垃圾。一天早上，他刚扫过，有人就丢了一包垃圾，塑料袋炸开来了，乌七八糟的东西散了一地，连女人用的玩意儿都有，猩红猩红的，恶心得要命，他直喊晦气。每次遇到这样的事，他去问谁家，谁家都不承认。这回，他使了个心眼，对着单元楼高声喊道：哎哟，这垃圾里怎么有一张信用卡啊？这是哪家的啊？结果，几乎每家的窗口都伸出了头，有一个男人还穿着睡衣就急匆匆地从六楼冲下来，问：信用卡呢？他不慌不忙地问那个男人，这垃圾是你丢的？那男人也顾不得许多了，赶紧承认,是我丢的。他把垃圾袋扎好,递给那个男人,很认真地说,对不起,请你先把垃圾放到该放的地方。那男人赶紧把垃圾放到垃圾箱里,回过头来,他却不紧不慢地说,哎呀,是我看错了,不是信用卡,是一张用过的手机充值卡。不好意思,谢谢你啦!那男人被弄得一愣一愣的,王所长觉着跟夏天里喝冰水一样地爽。

后来发生了一件事,使王所长愤然地辞去了"所长"一职。

那天一清早,他在垃圾箱里发现了一个黑包,看看还蛮新的,先也没当回事,城里人扔的东西多呢。他就觉着可惜,想拿回去洗洗还能用用。结果,一拎,就感觉不对劲,包沉得很。打开一看,没把他吓晕。包里整整齐齐放着十几沓钞票,全是一百块的老人头!长这么大也没有见过这么多的钱啊,心都快要蹦出来了。他四下望望,已有不少晨练的人,但没什么人在意他。他哆哆嗦嗦地把包拿了出来,迅速地放进拣废品的蛇皮袋里,然后把它藏在了花坛里的小树丛下。

王所长图

这一放，却像放了一枚定时炸弹似的，弄得他一整天都惊惊惶惶地。一天里，这一小段路被他扫了十八回，那包在也害怕，不在也害怕。好不容易熬到了晚上，行人稀少了，他才取出包，放进垃圾车，带回了家。结果，夫妻俩一夜没睡好觉，以前只听过废报纸里夹着钱或者旧棉花胎里藏着存折的，没听说包里放着这么多现钞的。会不会是绑架勒索的钱，把垃圾箱作为交接钱的地点呢？电视里经常这么说。再不，就是行贿受贿的钱，行贿的人叫受贿的人假装晨练悄悄取走。还有，说不定是抢了银行的钱，不敢放到家里，临时放在垃圾箱里，到时再转移呢？总之，这不是一笔太平干净的钱，两人商量了一宿，还是没敢拿这钱。第二天，他把黑包原封不动地拎到了小区保安那里，小区保安也眼睛瞪了老半天，才慌忙打电话报警。到了派出所一清点，一共是十五万八千元，他在谈话笔录和扣押钱物的单子上都签了字按了手印。派出所所长也姓王，这个货真价实的王所长拍拍他的肩膀，表扬他拾金不昧，品质很好，应该奖励，但并没有说怎么奖励和奖励多少。

* 204

他就回家等着奖励了。谁知人还没到家，派出所就追了上来，又把他请回去了。王所长很神秘地对他说，这包钱的背后，有一个大案子，叫他不能跟任何人提起这事，而且，要他配合派出所破案。他便按照派出所的指挥，趁人不备时，又把包悄悄地放回了垃圾箱，垃圾箱周围突然多了好几个卖报纸的、修鞋的、烤羊肉串的，他知道都是派出所的便衣。结果，他陪着派出所守了三天三夜，连个毛也没守到，还耽误了他做事。后来，派出所把钞票拿去做了鉴定，弄了半天，敢情那十几万都是假币！他说，谁吃饱了撑的，弄那么多假币干什么，点给死人算了。他老婆不同意，说，有人拿假钱当真钱用呢。

又过了两天，他差不多都把这事忘了，派出所又把他请了去，反复问他拿了包里的钱没有？他觉得奇怪，假币又不能用，拿它做什么。派出所的回答和他老婆说的一样，说是拿了当真钱用啊。他还说没拿。派出所不相信，问他为什么十六沓钞票里就单单一沓子少了两千？他说，你们去问放钱的人啊，我怎么知道。派出所说你还敢顶嘴，分明是不老实。这时王所长出来了，说我们三百年前还是一家人呢，还不相信我？拿了就拿了，说出来就没事了，我们也好结案，那两千块就当派出所奖励给你的。他说我们三千年前就是一家人了，我也没办法交代啊，因为我压根儿就没拿。王所长就说，不急，你再考虑考虑。谁知，这一考虑，竟考虑了整整一宿，急得他老婆一清早就带着两个女儿到派出所门口哭，派出所便把他放了出来。

出了派出所的门，他冲着老婆吼道：嚎什么嚎？我还没死呢！回家！

他说的"回家"等到了家就变成了"回老家"，匆匆收拾了东西，王所长一家谁也没打招呼，就回了苏北老家。

城里的人都很忙，谁也没注意到他们的走，或者留下来。

一枚戒指
拾到

一直挨到傍晚，天才算有点放晴，王正赶紧往投注站奔。

每个星期四的下午，王正会准时地到路口超市的彩票投注站去投注。数字"四"在别人看来，好像是个不大吉利的数字，但王正不这么认为，他投注的时候，他必定是在某两位上填两个"四"字，这样就是"事事如意"的意思，变成了吉利的数字了。但投注这一天不能下雨，下雨了也要等放晴，不然便会有"霉气"。

王正信这个。他相信生活中的偶然，哪怕是万分之一。

最近在玩的 9+1 复式双色球彩票，确实诱人。才半年时间，全国就有三个人中了五百万元头奖，南京五十万元大奖的得主也超过了二十多位。听说一个农民工在锁金村花了几块钱，就得了个大奖，一夜之间成了包工头了。王正开着被南京人称作"马自达"的三轮摩的，就想，说不定也能一夜之间把机动三轮换成个真的马自达轿车呢！

王正用这些生动的事例和前景来勉励自己的时候，脚步便轻快了许多，甚至哼起了自己即兴创作的没有歌词的小调。不料想，刚下过雨，地上有些水汪，王正脚底一滑，竟然结结实实地摔了个狗吃屎的跟头！引得骑自行车的小伙子一阵嬉笑。

我操！这不是有点晦气么？王正想着要骂谁呢，才发现跟谁也没关系。要骂，只能骂天，但是天是骂不得的，他也不敢骂，还得靠老天保佑他中奖呢。王正只好自认倒霉，揉着膝盖慢慢地爬起来。

就在他要爬起来时，突然眼前一亮：他跌倒的路牙边上竟然有一枚戒指！黄灿灿的一枚方戒，沾着雨珠，就更亮晶晶了。肯定是金子的，不然不会这么闪亮，他的心怦然一动。看看周围没什么人注意他，便一边揉着腿，一边顺手捡起了戒指。在拍打衣服的短暂一会儿，已经麻利地将戒指套在了右手的无名指上，居然不大不小正正好，好像是专门为他定制的。然后，他假装若无其事地走了。就是腿有点抖索，也可能是刚才跌的。

他尽量自然地看了一下手指上的戒指，乖乖！分量不轻。要是金子的，那少说也值几千块钱！那可就发笔外财了！这一想，心跳便加快了。而且，这一想，竟把买彩票的事给忘了，以致走过了投注站也没停下来。

他是要到马路对面那个温州人开的黄金首饰加工的铺子里，让小老板给看看，是不是真金的。在跨进铺子前的一会儿，他甚至想到了该怎么处理这枚戒指的一些具体细节。比如，要先戴一阵子，过过大款的瘾；还要到居委会的麻将室里，让牌友见识一下；然后，再卖掉，把他那部已经摔裂了的手机给换了。但进门之后，温州小老板的答复把这些愿望全给打碎了。小老板有点不屑地说，这是铜的，一眼就能看出来。他不信，说，听说有试金石，要不，你试试？小老板都有点讥笑了，说，还要用试金石？我的眼睛就是试金石。说完，便把戒指丢给他，也把失望丢给了他。

捡到一枚戒指图

他心里还是有点疑惑,怕小老板耍他。接过戒指刚要走,又被小老板叫住了。说你等一下,刚才看见戒指的里圈打一方印章,让我再看看。小老板用放大镜看了半天,眉毛就往中间聚了。说,这就有点意思了,印章怎么会是"乾隆御赐"?难道真跟乾隆皇帝有关?如果是真的,就算是铜的,那也是值点钱的。王正一听这戒指跟乾隆还有关,想起了电视剧《戏说乾隆》中的许多故事情节,立马把戒指又拿了回来,仔细端详了半天。说,我就说嘛!我家祖传的,还能有假?你不要看走眼了。他决定拿去问巷口在中学教历史的许老师,许老师一定能断得明白。

想来古人是吃饱了撑的没事做,发明这种七拐八绕让人认不得的印章字。王正本来就不识几个字,认起戒指里圈的"乾隆御赐"几个字就更费力了,何况,字又那么小。他颇有点后悔小时候没怎么好好学习。正当他边走边看边后悔的时候,一件让他后来更后悔的事发生了!因为不注意看路,在湿滑的地上,他又摔了一跤!人倒没摔成怎样,但手里的戒指摔了出去,眼看着戒指悠悠地滚了几圈，一下子掉进了下水道盖子的缝里，连个声响都没听到。

任凭王正怎么撬，下水道盖子就是搬不开。原来，这是一种防盗的盖子。正懊恼呢，突然一阵大雨袭来，王正赶紧躲到商店的檐下，等着雨停。可是，雨越下越大，他只好先回家再说。

雨又大又急，下了整整一夜。不用说，那枚戒指肯定给冲走了。

第二天早上，他开上"马自达"出工，还是忍不住要去昨天掉戒指的地方看看。他照例先买了报纸，翻看博彩的信息。不看不要紧，看了他直想头撞墙。第八十六期双色球有个二等奖，奖金是十四万两千元，中奖号码正好是他昨天编的号！

他从口袋里翻出昨天准备填彩票号码的纸条，

反复地看了半天,仿佛那就是中奖的彩票。这样,呆看了半晌,便把戒指的事忘了。

项链

说出来能吓你一跳!

但是,你看了最好不要去试着找他,所有可能会发生打搅他平静生活的信息都不能有一点透露,否则就对不起他了。

就叫他老周吧。老周在中华门附近开了一家馄饨店,不大,放上七八张台子,但生意却是十分红火。师傅是刘长兴下来的,他做的菜肉馄饨和大肉包子,那是一绝。有人会问,刘长兴的大师傅怎么会到这样的小馄饨店呢?这就要说到小馄饨店的体制了。是不是唯一的不知道,但至少大概是南京市最早的一家股份制小馄饨店了。当然,并不是那种正规的股份公司,至多也就算个合伙制的。店里一共六个人,老周是老板,不用说了。其他人,从灶头师傅到跑堂迎宾到刷锅洗碗的,每人都持有一定比例的份额。这份额,开始是老周送的,以后,就是各人凭实力买了。所以,实际上这个小店是每个人自己的店,干活的劲头自然和别处的不一样。

店里的人知道老周是因为厂里的效益不好自谋职业的,老婆离婚走了,儿子正在读大学。安徽来的服务员小琴就感叹:城里人也不易呢!

是不易哩,老周说。

十几年前,南京有一家声震一时的期货公司。那时,许多人还不大懂期货,但有一位年轻人却大胆地借了债连同结婚的钱都砸了进去。谁知晓,一夜之间,竟然就翻了个跟头,不但还了债,还赚了不少。他把赚的钱又投了进去,结果,又赢了。干脆,他从无线电元件厂退了下来,专门炒期货。那段时间,真是顺风顺水,铜材、大豆、矿石,见什么,炒什么;炒什么,赚什么。也就一两年时间吧,他已经腰缠万贯,是最早一批在城东买别墅的富人之一。

那年夏天,他在街上遇见原来厂里的领导,听说厂里的效益不好,正借钱发工资呢。他打开密码箱一甩手就给了三万,说发工资不够就给厂里的师傅们买点清凉饮料吧。那位领导一怔,半晌没说出话来;跟领导同行的是个女会计,当时就哭出来了,说了许多感激的话,还亲切地帮他把梦特娇T恤上的一粒法国梧桐的小毛球给捏了下来。

算不算富贵思淫乐呢,反正,赚钱多了,就有了各种享乐。那时,他和一拨生意上的朋友,跑遍了南京衣食住行玩的所有高档场所,每到一处,也就新鲜三天,便觉得腻味了。一天,有人说,不如明天去广州喝早茶去。果然,就买了当晚的机票,第二天早上已经坐在广州的一个茶楼里了。去广州还有一大收获,发现白云山新开了一个高尔夫球场。于是,就加入了俱乐部,隔三差五地去广州喝早茶,练高尔夫。一次练球的时候,跟班服务的球童是个江苏的女孩,打球间隙,两人就叙上了老乡。那女孩只有两个字可以形容:水灵。那天,他的球打得特别顺手。然后,就请女孩吃饭,又吃夜宵,又唱卡拉OK。第二天,便带回了南京。再后来,就和才结婚两年并且为他生了个儿子的妻子离了婚,娶了那女孩。朋友都说,他

項鏈圖

味飯店

是情场也得意，赌场也得意。

炒期货其实也就是一个赌。他后悔，不该赌那一把。当时，他看准炒石油是行情向上跑的。想大炒一次，让财产再增加一位数，他就歇手，从此快乐享受生活。因此，他决定倾囊而出，并且鼓动好多人来加入。当时谁都知道他能点石成金，都争着借钱给他，指望获得高额回报。但天有不测风云，正当他信心十足坐等数票子的时候，期货公司出了问题，而且是涉及经济案件的问题。他强行平仓，想收回资金，但已经来不及了，几乎是血本无归，真是欲哭无泪。他跑到长江大桥上，抽了两包烟，又回来了。后来，那个期货公司的案件，成了全国闻名的特大案件，他因为和几个单位之间有资金往来，还被司法机关带去盘问了好几回。

司法机关找，他并不怕。他怕的是，债主整天盯着他。杀人偿命，欠债还钱，这也是天经地义的事，他不赖。但卖了房子，卖了车子，卖了所有值钱的东西，还是差得太多。只好订上还款计划，一点一点地还。他去找原先的朋友，那些朋友仿佛一夜之间全都消失了，他发现他根本就没有朋友了。接着，连老婆也跟他分了手，临走时，他想叫她把腕上那只祖传的翡翠镯子退下来，但终于没说出口。

有一回，几个债主逼得紧，把他架到江宁，关了他三天，拿菜刀逼他还钱。他夺过菜刀，架在自己脖子上，说：要钱没有，要命一条。把债主给镇住了。他又说：只要不死，我连本带息肯定会还你们。债主问他拿什么保证。他手起刀落，把左手的小指给剁了下来，说拿这个保证。债主们见到这血淋淋的场面，都不敢再吱声。从此，他每隔一段时间，都给每位债主还点钱，债主再没有人去催他。

他帮人开了五六年的出租车，没日没夜地跑，然后又做点小买卖，除了他和儿子的生活费以及胃溃疡留给了自己，挣的钱都还了债。只到前几年，才陆续把钱还清。当全部债务还清的那一天，他也把欠了儿子好几年的一笔债给还了：带儿子去吃了一顿肯德基。看着儿子香香地啃着鸡腿，他眼泪在眼眶里直打转。回到家，他把那本记着欠债还钱每一笔账目的笔记本连同过去的故事，都锁进了当年用的那只密码箱。他把家也从城中搬到了城南。

他找到了一枚老版的一分钱硬币，打了个孔，穿起来挂在脖子上。别人见了，都说他的项链别致。

他笑笑。

致爱丽丝

何松雷看书,读到一句话:守着秘密是一种幸福。想想也是哦,女儿都两岁了,他始终守着那个秘密,除了所里的刘姐,没有第二个人知道。

其实,也算不上多大的秘密。但是,也许会对一个人产生一辈子影响呢。

屋里,传出钢琴的演奏声,是贝多芬的《致爱丽丝》,浪漫悠扬……

那天下午,何松雷正和刘姐搭伙值班。突然,一对青年男女慌里慌张地冲进派出所,何松雷拿纸杯倒了两杯水,要他们慢慢说。出于职业习惯,他观察了两个人,首先是看他们的眼睛,男的目光有点虚,讲话时并不对着何松雷看;女的则是一汪水一般,尽管还带着紧张焦急。两人看上去,仿佛都有点面熟,但一时又想不起来。他一边听一边记一边想。原来,两人从银行取了二十万,准备到河西刚开的一个楼盘去交首付,谁料想半路上给丢了。那女的拖着哭腔，求何松雷：警察同志，你帮帮忙，那可是我攒了几年的辛苦钱，一个手指一个手指敲出来的啊！

这当口，何松雷已经想起来这两人了。首先想到的是那男的，竟然和最近一个连续骗财骗色的案犯很相像，不由得警惕起来。而想到那女的，差点笑出声来，这不就是上次被老妈逼着到玄武湖城墙根去相亲见到的那一位么，是个弹钢琴的，还正好是他的管片的，就在派出所隔壁的小区住。但是，那次人家根本就没看上他这个小警察。他招呼刘姐，要她把男的带到另一个房间去问情况，并朝刘姐使了个眼色，刘姐眉毛会意地轻轻一挑。

剩下与女孩单独对话了。女孩说她叫倪南，区少年宫的钢琴老师，何松雷心想怎么叫个呢喃啊，还哼唧呢。他要倪南再把情况讲一遍，倪南说男的叫余子豪是他男朋友，取了钱是装在一个帆布包里的，交给男朋友拿着，她用助力车带着他。半道上，男朋友要上洗手间，她就弯到一个酒店,男朋友去过以后,又坐上她的车,当时包还拿在手上的呢,走了大约两站路,突然,男朋友说包没了。两人找了一圈,也没找着,就赶紧来报警了。

何松雷说你不要急,钱肯定能回来。倪南将信将疑,何松雷说我保证。倪南便有点放下心了。何松雷说能不能再把你男朋友的情况多说一点?倪南说这是个人隐私有必要说么?何松雷说我不关心你个人隐私,只是想多了解一点,看会不会有你男朋友熟识的人见财起意,搞个什么跟踪窃取啊。倪南说怎么可能,他是中国香港理工大学的研究生,在南大进修,南京没什么熟人啊。再说了,他父母经营了上千万的公司,还会打这点钱的主意?何松雷听了暗自好笑。又很随意地问了一句,他这人怎么样?人很好啊!不然我怎么和他谈恋爱呢?一门心思读书,哪儿也不去。人也有修养懂礼节,规规矩矩的,从来没有什么轻慢的举动。倪南突然又捂了嘴,好像说得太多了。这个时候,倪南水汪汪的大眼睛眨巴眨巴的,单纯又可爱。何松雷说你先回吧,钱拿回来了回头再跟你联系,

致爱丽丝図

你男朋友可能还要配合我们调查再耽搁一段时间。倪南问要等到什么时候？我晚上还要去教钢琴课呢。何松雷说你放心去吧，倪南迟迟疑疑地走了，不停地拨手机，估计是打给那男的。手机肯定是打不通了。

何松雷到了那男的房间，你叫余子豪？男的嗯了一声。何松雷说王汉平的名字不用了？男的有点慌乱，摇摇头。何松雷说你在网上还有叫飘叫孤独男人叫金陵过客叫香港理工大进修生的好几个名字呢！都不用了？说着从裤腰里掏出手铐往桌上一掼。呵呵，这回又成了中国香港理工大学研究生兼南大进修生了？那男的先是一惊，接着又是茫然无辜的样子。何松雷说你就装 B 吧！钱呢？男的说丢了啊！何松雷说你中间去上了趟酒店的洗手间？那钱是藏在洗手间的水箱里了？男的惊恐地望着何松雷，点了点头。

何松雷说，走，带路！

办完拘留手续，何松雷反而没有一点成就感，他说没完，还有事儿。

刘姐说王汉平已经交代了，藏匿赃物的现场也已经勘查拍照了，就差到银行调个录像和倪南再核实一下取钱路上的细节。何松雷问刘姐，你说倪南要是知道了男朋友是窃贼骗子，会怎样？刘姐说上了一堂生动的警示教育课呗！这样的女孩子不给她个教训，以后还要上当受骗，过去我们不是还办过女研究生被人骗到山里给农民做老婆的案子么？何松雷说要是这样，她的目光还会那么清澈么？她对这个社会会怎么看？教小朋友弹琴的时候会是怎样的心情？音节韵脚会不会有杂音？刘姐说你怎么跟诗人讲话似的，这不是咸吃萝卜淡操心么？何松雷说她的情况我知道，父母都是大学老师，本分老实。她读晓庄师范的时候，整天忙着考级比赛，很少接触比较复杂的社会层面；毕业后进了少年宫，也都是跟小朋友打交道，单纯得很。刘姐说这样的人怕是给人骗了卖掉都不知道怎么回事还帮人家数钱呢，正好吃一堑长一智！哎，你怎么知道得这么详细？何松雷便老实交代说曾经和她相过亲，

*229

但人家没看上他。刘姐说你小子想干什么啊？别利用职务之便哦。何松雷说这样的单纯女孩最好有个人跟着她保护她不让她受到伤害。刘姐说这意思你想保护她？何松雷说先帮她把这男朋友的坎儿迈过去。

晚上，何松雷用王汉平交代的密码以中国香港理工大进修生的网名在 QQ 上跟倪南见了面。倪南见了兴奋不已。——你从派出所出来了？——嗯。——在哪？——我已经在飞往中国香港的飞机上了。——怎么回事？——我突然接到家里的电话说母亲急病住院了。——你别吓我啊！其实我知道母亲生病住院的真实意图是不让我和你交往。——你不是说慢慢来他们会同意的么？——但是他们下决心逼我回去。——那我怎么办啊？——其实我也知道你的父母也坚决不同意我们的事情。——我会慢慢说服他们的。——既然两边都有阻力我想还是算了。——你就这样简单地说算了？——我们交往的时间太短太仓促还不够了解。——那为什么不留下来继续交往呢？——今天丢钱的事我很抱歉！——丢东西是经常发生的事不怪你啊。——听说已经找回来了我很高兴。——我不在乎钱而在乎你。——我们都放在心里吧。——55555。——88!

何松雷想,只能两害相权取其轻了。

过段时间,何松雷问刘姐,你女儿是不是在学电子琴啊?改学钢琴吧。刘姐说电子琴就她姑姑教,省事,学钢琴她姑姑恐怕教不了了,再说我哪有时间送她去啊。何松雷说我帮你。刘姐说你是想拿我家女儿当幌子吧?人家看不看上你哦?

何松雷便左着嗓子唱:有梦想谁都了不起,有勇气就会有奇迹!

舒服

李颖秋翻过年就二十八了，真正成了"剩女"。前几年，老是挂在嘴边的"早着呢，早着呢"的口头禅，这会儿也不再说了。妈妈的念叨却越来越频繁，还洗了许多她的照片，马不停蹄地赶相亲会。胖瘦大小也见了七八个，妈妈看了都不错，要长相有长相，要条件有条件，可李颖秋总是说没感觉，扭头就走。妈妈就很纳闷，说你的那个感觉到底是什么啊？你不接触怎么会有感觉？李颖秋说我要觉着舒服才行。妈妈说你不跟男人在一起，怎么能感觉到舒服呢？李颖秋说你不懂，跟你说不明白。妈妈说我还真是不明白。

不但李颖秋的妈妈不明白，就连她的闺蜜死党余珊也同样不明白。余珊小李颖秋两岁，早几年就结婚了，也谈过好几个男朋友，但她也弄不懂李颖秋说的舒服的感觉，问她你说的觉着舒服，到底是什么吗？做那事儿？你不做怎么知道？然后就会坏坏地说，妹妹我虽然比你小，但是我晓得什么叫舒服，什么样的男人让你舒服，舒服的感觉简直爽死了。李颖秋就骂她死三八臭不要脸狗嘴里吐不出象牙欠男人揍，末了，说，感觉就是感觉，连我也说不出来。

李颖秋的妈妈看着生气着急，气急就败坏，数落李颖秋说，你以为你是一枝花啊？也不弄碗水照照！

李颖秋的条件的确也很普通。长相也就一般向上吧，五官也周周正正，但并没有让人惊艳的地方，唯一的亮色就是皮肤白皙，不大像是工人家庭里养出来的。在一家制冷设备公司做会计，虽说相对轻松一些，但和那些跑市场的人相比，薪水也拿不过别人。

那天，听到有人轻轻地敲门喊李会计，她从枯燥的数字堆里抬起头，就呆住了。进来的是一个小伙子，牛仔裤，白色T恤，一米八的个头，平头方脸，眼睛清澈透明，脸上是那种静静的微笑，很斯文很温柔的模样。李颖秋直直地看着，直到来人开口说话，她才如睡梦中醒来一般，脸上早已飞起一片红晕。小伙子说李会计我是来办工资卡的,叫陆一清,刚到公司市场部工作。李颖秋知道公司才招了几个新人,人力资源部把名单给了她,但方的圆的还都不知道。她接过人力资源部开的单子和身份证复印件,核对、录入、打印模拟工资条,平时闭着眼睛都能做的事情,这会儿却好像笨拙得很,手忙脚乱的。陆一清默默地等候在一边,安安静静,最后,还很有礼貌地说谢谢李会计。

待陆一清的背影从办公室的门框里离开,李颖秋就打电话给余珊说晚上我请你吃饭。余珊听完李颖秋的叙述,特别是看到她眼睛里一闪一闪的光芒,就明白了。说是不是那个传说中的舒服啊?李颖秋就低头红着脸,说我看了身份证他比我还小三岁呢。余珊说那好呀,俗话说女大三抱金砖啊,绝配!还不赶快下手,迟了就叫人抢了,现在女匪多呢。李颖秋就搛了一块菜秆到余珊的嘴边,弄不清是堵她嘴还是奖励她,余珊高兴地接了。然后,余珊就滔滔不绝地把自己经历的电视上看来的道听途说的关于恋爱的经验教训独门秘笈跟李颖秋传授,李颖秋其实一句也没听进去,她在想着自己的心思。后来,余珊见到陆一清的时候,心里还微微地泛了一下酸,说李颖秋你要是不抓紧,我可是要吃着碗里看着锅里的了。李颖秋嘴上说你敢你还是不是我的好姐妹啊,其实,感觉挺舒服的,就好像夸自己似的。

要不,怎么会有姻缘一说呢?李颖秋和陆一清还真就成了,水到渠成,第二年就添了个儿子。虽然,后来李妈妈对陆一清是从江西上饶农村里出来的,家境不好有些微词,但抱着可爱的外孙子,还是天天合不拢嘴。李颖秋的同学朋友都说她和陆一清是天生一对地设一双,好幸福好福气。

孩子由妈妈带了,李颖秋就把更多的心思放在陆一清身上,她把陆一清收拾得干干净净整整齐齐,每天的衬衫都烫得挺挺括括,头梳得一丝不苟,戴时髦的腕表,用新潮的手机,他跑市场比较辛苦,李颖秋就变着花样给他熬红枣银耳枸杞粥啊羹啊汤啊之类的补补身子。两口子是住在李颖秋的父母家,家务事本来就少,陆一清更是衣来伸手饭来张口,不用烦一点神。陆一清很感动,说像掉进蜜罐子里一样,晚上亲李颖秋的时候说你真好你是个好老婆。李颖秋就嘤嘤地哭了,紧紧地抱着陆一清,虽然只比陆一清大三岁却像大了一个辈分似的,摩挲着陆一清的头说,你就是上帝给我的最好礼物,就像我的大儿子一样,我一定要把你照顾好呵护好。

生活就这样甜蜜地流淌着,但生活不会一直这样平淡下去。陆一清跑市场久了,弄懂了套路,了解了行情,结识了客户,就想,公司的业务做来做去无非也就是利用信息不对称的特点,倒过来倒过去,从中赚取差价。要是辞职自己做也能做出来。回家就跟李颖秋说了,说不出五年,肯定能做到现在公司一般的规模,要买东郊最好的房子,让李颖秋过上最幸福的生活。李颖秋说老公你有理想有勇气有能力我支持你,我们不一定要赚多少钱,关键是要展示你的才能。第二天就把存款都取了出来,又跟父母跟余珊借了点钱,凑齐五十万,开了个公司。李颖秋的父母很反对，说好端端的就没了工作，万一做不好怎么办？李颖秋就说爸妈你们怎么不说点吉利的话啊。

吉利话不吉利话的事儿，后来常常被李颖秋提起，说都怨你们，这下灵验了吧？这下称心了吧？陆一清虽然做了陆总，但是，做生意并不如他的想象，原来的那些客户听说他是辞了职自己干的，而且开的是个小公司，并不放心把业务给他做，还是认原来的公司。因此，他先前的那些关系，根本就用不上，反而要另外开辟客户。好不容易做了两三笔，也是亏本赚吆喝，客户还欠了货款不给，加上运转的费用，五十万老本很快就光了。

陆一清身心疲惫，人也憔悴了许多，余珊见了李颖秋打趣说，哎呀这帅哥中看不中用哦。李颖秋说这样干事业的才叫男人啊。陆一清回到家里时不时地会唉声叹气，李颖秋就很心疼，好吃好喝好伺候，但这不是解决问题的钥匙，真正的钥匙是资金。陆一清说昨天刚谈了一笔，要是能有三十万资金掉个头，一个礼拜之内，肯定能赚

舒服

回头，好不容易搭上的线，错过了这个村怕是就没有这个店了。说完，又唉声叹气，哪来这笔钱呢？欠着爸妈和余珊的钱还没还呢！然后，就自责，说自己怎么这么没用。李颖秋就心疼地安慰他，没说两句，却抱头痛哭起来。

第二天上班的时候李颖秋还是眼泡肿肿地，她见陆一清那样，心如刀绞，可是又没什么办法。正在那儿胡思乱想呢，有客户来交了一张现金支票，刚好三十万，她心里一动。那天，她破天荒地没有按时下班，别人拉她做伴，她推说要做报表。在办公室里来来回回地踱步，不停地喝水，最后，闭着眼睛把那张现金支票往包里一塞，鼓起勇气拉开了门。

陆一清见到现金支票的时候，抱着她半天没有说话。问她钱怎么来的？她说是跟公司借的。又说最多一个礼拜啊，回不了头，可没法交代啊。陆一清说你放心。

但是，这回陆一清遇上了个骗子，明明在西站货场看着码放整齐的一批货，一手交钱一手交货，陆一清交了钱，对方就说吃个饭，庆祝一下合作成功，顺便谈一谈下一笔业务，陆一清就欣然赴宴。等酒足饭饱再带人去提货的时候，货场说提货单是假的，没这个单位的货。陆一清说今天上午来看的时候还放得好好的呢，货场说在这里堆放货物的单位多呢，随便指一块就是他的啊？你也太相信人了！陆一清再打对方的电话，哪里还能打得通？

后来的事情发展，分明就像背后有个人在推着李颖秋走似的，不走也得走，由不得自己了。三十万打了水漂之后，陆一清说下次我要多长个心眼。后来，又谈了新的单子，李颖秋狠狠心又从公司货款里挪了几笔，指望能扳本，虽然没有踩空，但要么是亏了，要么是赚头不大。就这样，挪了用，用了还，不足的再拿后面的堵前面的，前前后后李颖秋从公司里挪用了250万公款，还怕陆一清知道了担惊受怕，就跟他说是向公司借的朋友借的，直到戴上了手铐，才踩住了刹车。

警察问她,你明知道陆一清赚不到钱,怎么还要挪用公款给他用?她说我家陆一清就是没资金,要是有资金他肯定能做成,还能做大生意。警察就笑她,有钱了还用去辛辛苦苦做生意?

李颖秋的父母把单位房改的房子卖了,还了她挪用的公款,结果李颖秋被从轻判了两年。陆一清在法庭上哭得跟泪人儿似的,说我欠你的一辈子都还不了。李颖秋反而安慰他说,两年很快过去,老公,你好好干啊,我相信你,你行!

陆一清和岳父母租住在一个小房子里,负罪感促使他重新检视自己,生活的拮据也使他更珍视小钱,他觉出了过去的好高骛远不切实际。这样,他从几千块几万块的小生意做起,一点一点地集聚,一年半李颖秋因为表现好被提前释放的时候,他已经赚到八十几万了。

余珊和陆一清来接她,她对余珊说我有好多话要跟你说啊！余珊就撇撇嘴，好啦好啦，别虚情假意啦，还不赶快回家舒服去啊！李颖秋望着陆一清，他今天把自己打理得干干净净整整齐齐，一身的休闲西装，挺拔帅气，李颖秋泪水夺眶而出，余珊递过来的纸巾她都没接，一任泪水恣意地流淌。

寻找

其实,所有的影视剧包括那些所谓地老天荒声泪俱下的爱情剧,都远没有自己的生活来得铭心刻骨。至少,陆天顺和王林丽是这样认为的,只是没有人来写他们的故事。但是,那些看不见摸不着的东西,又是文字能表达出来的么?

譬如故事的开头,谁能想到是那样的情节呢?

那天,也就是一九八三年的"五一"节,在机器厂全厂职工大会上,陆天顺以"磁性铸造新工艺"项目获得了技术革新一等奖,厂里发了六百块奖金,铸造车间又追加了一百块。当然,这远远抵不上他自费去上海、济南、大连学习的花费。他拿出四百五十块给爸妈买了台凯歌牌十四寸黑白电视机,还给师傅买了烟酒,又扣下两百块,他留着有用,剩下的几十块,就给车间的同事打了牙祭。下了班,一伙人跑到山西路三六九面馆吃着面条包子卤菜,白酒啤酒干了不少瓶,一直喝到天擦黑。

* 245

当他高一脚低一脚地踩着破自行车回家时，却鬼使神差地回到厂里，往大礼堂去了。正赶上职工夜校散学，王林丽是最后一个出教室门的，就被陆天顺给堵在了教室里。后来，连他自己都记不得干了些什么，还是从公安的嘴里知道的，他一进门就把王林丽按在课桌上，又是亲嘴，又是抠摸。王林丽拼命喊叫，被闻讯赶来的职工解救了下来。陆天顺被送进了派出所。

第二天，一个爆炸性的新闻立刻在全厂传开了。王厂长的宝贝女儿、厂幼儿园的老师王林丽，被铸造车间的青工陆天顺给强奸了。

王厂长心疼地安抚着女儿，却获知了一个让他又气又恨的秘密。他警告女儿：前面的事情一定不能说，否则，对谁都不利。

案件事实清楚，证据确凿。陆天顺酒后乱性，完全违背王林丽的意愿，采用暴力手段要强行与其发生性关系,幸好被群众阻止。据此,陆天顺被法院以强奸未遂判处有期徒刑两年。

后来,王林丽去探监,警察问她是陆天顺的什么人,她说是女朋友。警察就哼着鼻子说,妈的这小子有女朋友还干那个啊。

两人见面的时候,竟然无语对望了许久,然后隔窗抵掌痛哭,半晌才平静下来。里面说,你怎么说是我女朋友呢?外面说,本来不敢说,现在敢说了。然后,又是沉默。再下来又接着对话:他说是我毁了你。她说不,是我害了你。他说,那天我是想跟你说要用奖金给你买个收录机的,酒喝多了,又见你一人在,就想到邪心思上去了。她说,你真是酒壮色胆,就是想邪心思也不能在那儿啊。他说,我是兴奋过头了,活该。她就摇手说,不说了不说了,再有,前面我跟你好的事情,我爸叫我不要讲,说不然对你处理会加重。他说,我也没说,说了对你的影响更不好,我只承认贪你美色,一时兴起。她说我跟父母摊牌了,反正我非你不嫁,等你出来就结婚,把我爸都气病了。他说,我们不可能在一起的,我已经非常幸运了,你能瞒着家里跟我这样一个无权无势的小工人好过那么一段时间,就再坐两年牢我也值了,你会找到更好的人的。她说,那我肚子里的孩子怎么办?他瞪大眼睛,啊……是我的?那天不是没弄成么?她低着头说,是前一次的,我长了二十一岁,没跟第二个男人有过,唯一的一次就是跟你,不是你的是谁的?他叹口气,说快去做掉,只当没发生过,我对不起你。她坚决地摇摇头说,我不,我要生下来,孩子是无辜的。

最后,王林丽请了病假,躲到苏北老家,真把孩子给生了下来,是个男孩。大姑娘带个孩子,算什么事啊?怎么做人啊?她爸爸跟她好说歹说,就差给她下跪了,她才答应把孩子送人,条件是陆天顺一出来就给她办婚事。其实,王林丽决定要生这个孩子的想法是清晰的,觉得这个孩子代表着什么,必须要生下来。但生下来以后怎么办,却又很模糊。放在老家?还是自己带?或者送人?

寻找图

又都没想好。老家的亲戚又催说计划生育抓得挺紧，闹不好会被当成躲计划生育的。这样，就把孩子送给了一个跑长途的司机，请他给找一个好人家。王林丽请人给婴儿拍了照片，还按了足印，最后泪眼婆娑地抚摸着孩子左手背上像只小鸟似的胎记，又用圆珠笔在小包被的角上写了"父亲陆天顺母亲王林丽"，还有出生日期等。她在心里隐隐约约地盼着，某一天，会有人带着孩子找上门来。

陆天顺出狱以后，王厂长悄悄地找了他，要给他一笔钱，试图劝他放弃与王林丽的婚事。陆天顺说，厂长我那时候为了技术革新自己花钱到处去学习，我是在乎钱的人么？但是，只要王林丽说个不字，我立刻就消失。王厂长知道女儿的心思与脾气，也了解到陆天顺是个勤奋好学知书达理的小伙子。但是，毕竟坐过牢。而且，女儿被人强奸了，倒过来又要嫁给强奸犯，这脸往哪儿搁啊？不活丑嘛！于是，就不吱声不吱气地在家里摆了两桌，请了两家的至亲，算是把婚事给办了。第二年，两人就添了个女儿。

陆天顺花了半年时间，跑厂家跑市场跑关系，凑了钱又贷点款，在江宁陆郎办了个铸造厂，厂子周边山清水秀，是个好地方，关键是陆郎这个地名，好像就是专为陆天顺起的。厂子开起来以后，凭着一手的模具制作技术和勤勉努力，不几年，就从十几个人的小作坊发展成了一两百号人的厂子了。王林丽早就辞了职，帮助陆天顺管管后勤。

事业与日子都顺风顺水，但心里总还是隐隐的痛，就是那个不知下落的儿子，这会儿应该也成家立业了吧？他们专门办了个手机号，还在寻亲网站注了册，把包括他们俩血型在内的各种星星点点的信息都放在网上。尽管不断有惊喜，可又不断地失望，花了许多钱，遇到许多骗子，但他们仍然抱着巨大的期望。有几回，王林丽看着看着一个年轻人走进了家门，结果又不见了。当然，他们并没有把这些告诉别人，连同两边的父母和已经出嫁并且有了自己孩子的女儿。

有一天，王厂长来看女儿女婿，问了一个没头没脑的问题。说,我是左撇子,林丽也是左撇子,而你们家丫头却不是左撇子,这左撇子会不会遗传啊?他们也回答不上来。

年底,王厂长退休了,陆天顺请他到厂里做顾问。王厂长说,你还想剥削老岳父的剩余价值啊?我才不干呢!我要干我自己的事情。退休后的第二天,他就去了苏北老家。

天马侠路

报应,真是报应。儿子小的时候,赵建平指着扫马路的人对儿子说:你不好好学习,将来你就只能去扫马路!没想到有一天,轮到自己来扫马路了。他有时真想抽自己的臭嘴。

落难的凤凰不如鸡。想当初,赵建平在全市青年工人技术比武大赛上,刨出来的工件跟镜子似的,那真是满堂彩啊!小不在意就拿了个刨床组第一名,披红戴花,露足了脸。现如今,下了岗,身体又不大好,能扫马路就不错了。到底,每个月还有六七百块钱的收入,上高中的儿子上学等钱用呢!他心一横,就和街道签了合同。自己别扭吧也就认了。但儿子就在家门口上学,他不想让儿子在同学们面前难看,就和别人调换到下两站的路段,帽檐压得低低的,还戴个墨镜。儿子倒没往心里去,大方得很。放了学,还去帮爸爸推保洁车,顺便捡拾路边的饮料瓶。班上没人笑话他,相反却很受崇拜,人气很旺。因为,他的学习成绩总是最棒的,又是班长,还是中学生运动会乒乓球男子单打冠军。儿子的出息,是赵建平最大的骄傲,最大的安慰。那个天天坐老板爹轿车上下学的叫什么大志的，还"大志"呢，除了长肉之外，什么都是班上倒数第一。听说，他爹那么一个人前人后被捧着的董事长，三天两头被班主任叫去训话，孙子似的。想想，他就觉得煞渴，像夏天吃冰镇西瓜一样。望着那辆远去的轿车，他朝手心吐了口唾沫，两掌对搓搓，感觉抓扫帚柄更加把滑，扫得也更有劲了。

为了儿子，赵建平一直遮遮掩掩的。但是，一不小心，却弄得半个南京城都知道他了。那天一大早，马路上行人还很稀少。他扫到安全岛的花坛边上，发现地上有只鼓鼓囊囊的黑塑料袋，一扫帚扫过去，感觉沉甸甸的。他打开一看，吓得一屁股坐在了地上。包里全是百元大钞，齐匝匝的一共四沓子，应该是四万吧？还有一点零票子，也有大几百块。另外，有些发票什么的。四万多块！赵建平从来没见过这么多钱。要说挣，不生病不请假不吃不喝也得挣它个六七年。儿子早就给他计算过，他每天负责的这个路段有五百米，一天要扫三个来回，就是三千米，换成三公里，一年下来，就是千把公里。那得扫六七千公里的马路才能挣到这么多啊！恐怕从南京要扫到西伯利亚了。当然，这也就是一闪念而已。然后，故事就简单多了，和媒体上报道的这类事件差不多。赵建平攥住塑料袋，蹲在路边紧张地等着，二十分钟之后，终于等到了失主。完璧归赵，皆大欢喜。有路人见了，便迅即打电话给报社，记者赶到后给了那人六十块钱报料费，赵建平拾金不昧的故事便登到了快报的头版，还配了他扫地的照片。社区主任说他给社区长了脸，因此奖励他一桶花生油。

自打上了报之后，四邻熟人见了面，话就多起来了。有不叫他赵建平而改喊他活雷锋的，有说他手气好要请他帮忙摸彩票的，还有人问他，那个丢钱的人是个做生意的给了你不少奖励吧？其实，赵建平心里特别地不爽。这下，弄得满世界都晓得他在扫马路了，但这倒还在其次。因为他转念一想，又不偷，又不抢的，凭力气吃饭，连儿子都不怕，他怕什么？但是把钱交还失主的经过，却像吃了只苍蝇一般，到现在胃里还泛泛的。当时，一辆摩托车急急地停在了他的身边，车上下来一男一女，看他

馬路天使圖

们焦急的神色,他就知道是丢钱的人。简单地问明塑料袋里的东西之后,便还给了他们,还提醒了一句,你们数数啊!那一对男女很认真地数将起来。两人数来数去总说其中的一沓少了一张,说的时候便拿眼睛的余光瞟着赵建平。数着数着还时不时地把钱拿起来对着天空照照。赵建平浑身跟针扎似的,抓着扫帚柄的手,莫名其妙地出了许多汗。反复数了半天,那两人终于数对了钱。男的这才想起来掏出一支金南京,递给赵建平。师傅,不好意思哦,谢谢啊!赵建平摆摆手,表示不会。那男的收回烟,望望女的,从一包钱中抽出了一张,又捻了捻,师傅,来,算我请客!交个朋友!赵建平既没看钱,也没看人,而是朝手心吐了口唾沫,搓搓手,打那男的脚下开始,挥动扫帚,径自向前扫去。那男的讪讪地对路人说,大家看看,不是我不仗义啊!然后,驮起女人一溜烟走了。当然,后来赶到的记者并没有看到这一幕。

还记得那个记者,把路人惊叹赞扬的话记下来之后,还非要赵建平说一说当时是怎么想的。他说没怎么想,这东西又不是自己的,当然要还给人家。挣这么多钱不容易哩。记者好像还不满意,问他还有什么想法。他是想说什么的,但是,他终于没有说。

实际上他想说的话就是:人要脸,树要皮,电灯泡子还要玻璃哩。

天,说热就热了,而且热得很快。

那天的太阳大概是入夏以来最毒的了。不但热,而且光线特别强烈,柏油路有的地方已经变得跟海绵一样软,也凑热闹地跟着反光发热,晃得人睁不开眼。下午两点到四点的班,整个马路就是一个大烘箱。厚厚的工作服更是铠甲一样,外面又套了一件化纤的反光马甲,密不透风,汗水一浸,更密更重,紧贴着身子,脖子和胳肢窝被磨得生疼。赵建平感到已经被烤得半死不活了,虚脱得很。好在还有最后一个来回,就可以到修自行车的张师傅的摊子边喝口茶了。

啪！身后好像有人丢下了什么东西。赵建平回头一看，刚扫干净的慢车道上，被人丢了一个冰奶茶的杯子，大概是没喝完，落地时还炸开了，溅得四处都是。抬头看，一个打着阳伞的小女人，正扭着屁股旁若无人地向前走着，一边还用面巾纸小心地擦着嘴。这不是欺负人么？太欺负人了！赵建平压着性子，紧走两步。小姐！那女子并没有反应，直到赵建平拦在了她的面前，女子这才恍然发现有人叫她。你叫我啊？干么事啊？小姐，麻烦你把奶茶杯子捡起来。那女子摘下太阳镜，看清了是个扫马路的，便往后退了一步。你把它扫掉不就行了嘛！不行，刚才我已经扫干净了。请你捡起来。那女子撇了撇嘴，就有点愠怒。搞得不得了了！你想干么事啊？停了一会儿，她从小坤包里掏出了一张五块钱的纸币，说，还是想罚点款啊？他说，我没有罚款权。那女子又说，那就算我花钱请你扫的，行了吧？说着，把钱扔给了他。他没想到有这一节，低下头捡钱的时候，那女子已经飞快地穿过了马路。他把扫帚一撂，就追了上去。

"砰"的一声,他觉得太阳爆炸了,通红的岩浆流了一地,把他给淹没了……

儿子到医院来看他,说正在参加一个全市的征文比赛,写的就是爸爸,题目叫《马路天使》。要是得奖了,可以去连云港参加文学夏令营,包吃包住还能到大海里游泳。他说,什么天使呀?那是形容女人的。他又说,要是能得奖,去参加夏令营,爸爸做回女人也值了。长这么大,我还没去过连云港呢!

但是,他心里又直打鼓。伤了筋骨了,能不能继续做天使,他心里没得数,农民都进城来抢这个饭碗子了。不行,要赶快出院,去找社区主任,好歹也是多少年的老邻居呢!

毛弟和小拉登

李兰英躲在里屋，悄悄地听着儿媳妇在门口过道跟来人说话，对方说是安徽巢湖电视台和什么乡派出所的，在做一个寻亲的节目，要帮李小勇寻找亲属。儿媳妇还像上次电话里一样，一头雾水的样子，说你们要寻的大概是原来的房主吧？我们是通过中介公司买的二手房，也不知道他们现在在哪。李兰英听着听着眼泪就刷刷地流了下来，自己的亲侄子，李家的根啊！她差一点就要冲出去看看，小勇现在长成什么样子了。但是，儿子媳妇说得对，你还想认？苦还没吃够么？她只好在心里骂李有根，毛弟你个杀千刀的！你没得本事养就不要生啊！你到底是死还是活啊？你干脆翘辫子算了，去找爸妈，让他们去管你吧，你一死全家就清清静静了。

好在儿媳妇嫁过来时，小勇已经走了，不认识她，家里又重新装潢过了。安徽来的人见问不出有用的信息，无可奈何地走了。儿媳妇看着婆婆红红的双眼，以更加坚定的口气说，妈，你千万不能心软啊！不然，家里的日子就没法过了。李兰英自己倒像个小媳妇似的，无助地

* 263

点点头，眼泪又下来了。

是啊，虽然老头子走得早，但现在祖孙三代一家人热热闹闹和和睦睦，哪经得起折腾呢？

李兰英一家是从苏北移民到南京的，在下关一住就是几十年，她底下还有两个妹妹，爸妈铁了心要生个儿子，终于如愿以偿，起个大名叫李有根，小名叫毛弟，那时爸妈都四十好几了，毛弟比李兰英小了整整十岁，比三姐还小五岁，一家人都把他当个祖宗。六十年代初期，家庭生活还很困难，全家也就是麸子面棒头面糠糠菜菜的对付着，但对毛弟却特别照顾，妈妈每次从吊在房梁上的篮子里，拿出一个小口袋，抓出一把米，细心淘洗，淘米箩箅子缝隙中卡的一两粒米，她都要磕下来，然后放进一个纱布缝成的袋子，再放进煮着杂粮稀饭的锅里，盛饭的时候捞出来单独给毛弟吃，三个姐姐只能眼巴巴地咽着口水看着。过年的时候用肥肉板油熬的一小罐荤油——家里平时炒菜都很少放——毛弟吃饭的时候拌一点在菜里，好给他增加点油水。穿衣也是这样,三个姐姐是"新老大,旧老二,缝缝补补是老三",而毛弟是每年都要添新衣服。还有书包铅笔头什么的,倒是姐姐拾他的旧了。

虽不能和现在的独生子女比,但在那个年代,毛弟也基本上算是要什么有什么了。但关键是却也渐渐地养成了他说什么是什么的脾气。给他打酱油的一毛钱被他买零食吃了,回家却说是丢了,爸妈就又给他一毛钱;在外面跟人打架明明是他先打了人家,跟爸妈非要说是他先挨了打,结果是爸妈上门找人父母吵。后来,赶上"文革",学校乱乱糟糟的,他就趁机逃学,跟社会上的小青年串在了一起,结伙到西站货场偷水果吃偷钢锭卖,父亲知道后,把他吊在院子里的小树上用皮带抽,抽得皮开肉绽,含泪求饶,保证下次不敢了,可每回都像属老鼠似的,爪子一落地就忘了,不但我行我素,而且变本加厉。所以,即便是留了两级,初中也没念完。后来干脆就辍学不念了。

家里没办法,就把毛弟送到苏北农村的一个

本家叔叔家，环境变了，也没人娇惯了，倒也老实了好几年，偶尔有几回偷瓜摸枣的，村民善良淳朴，也没跟他计较，都道城里的孩子金贵，到乡下遭罪，嘴馋一点儿也情有可原，反过来还倒给他几个。后来，父亲从机械厂退休，让他回城顶了职。

谁知回南京没几个月，老家的一个女子就抱了个女婴上门来了，说毛弟是孩子的爸爸。父亲看毛弟手足无措的样子，便有数了，问他是不是，他不吱声，父亲就说既然睡了人家，就认了。就喊了几个人，吃了饭，就算成亲了。但毛弟并不认可这门亲事，对那孩子一点都不动心，整天对那女人骂骂咧咧，喝点酒酒劲上来了就是一顿打，说还不知道是跟谁生的杂种，想来讹我，要我替人家养野种啊？我还不知道怎么养活自己呢。那女人只是哭，就是不走，多了就多吃，少了就少吃。公公婆婆也不冷不热，凭空里多了两张嘴，也是个负担，接济也接济不了多少。没多久，那女人实在受不了了，就撂下了女儿跟老家来的一个包工头跑了，毛弟气得要把孩子送福利院去，但人家说有父母的不收，只好由父母养着。

第二年，毛弟连招呼也没打，就带了个陕西口音的女人回家，把已经会跑的丫头抱了就走。父母以为他要送人，他说姓都跟了李姓了，怎么会送人？原来，这个在南京打工的陕西女人是离过婚的，怎么就跟毛弟对上眼了，毛弟答应倒插门到她陕西的家里去，父母生气地说怎么好端端地就把饭碗子给扔了，以后靠什么吃饭啊。毛弟一意孤行，也只好随他了，只是交代要对女儿好些。

大约过了五六年，中间也没有什么音信。父母相继离世，家里都没办法跟他联系上。有一年快过春节，毛弟突然就回来了，随他回来的除了原先的那个丫头，还有一男一女两个小一点的孩子，说是跟陕西女人生的，已经离了婚。正好父母的房子房改，毛弟是儿子，一家四口又没地方住，姐妹几个商量了就一致放弃了权利，把新房子给了毛弟，指望他再续个弦，把家撑起来。一大家子还在一起吃了个年夜饭，毛弟一个人灌了一瓶酒，醉得又是拍桌子又是打板凳,三个孩子则是抢来夺去狼吞虎咽,饭桌上一片狼藉,大家不欢而散。

毛弟也没什么正经的工作,也就是在建筑工地上帮人搬搬砖头筛筛黄沙什么的,有时挣得多有时挣得少,但每天一顿酒却必不可少,时不时地还带个女人回家。三个孩子整天嗷嗷叫,他有钱就给他们多吃一点,没钱就饿着他们。邻居们看不过,端点饭给孩子吃,还被他骂。后来,前妻知道了,上门把大丫头接走了,临走时说李有根你就不是个男人。剩下的两个小的就遭罪了,整天被关在家里,饥一顿饱一顿不说,还经常挨打。一天,邻居们听着小丫头哭的声音越来越不对,就打电话报了警,待警察强行开了门,小丫头挨饿挨打已经脱了形,哭声都发不出来了,送到医院就没了。毛弟因此被法院以虐待罪判了三年,这事还被登在了当时的《扬子晚报》上,多少人看了报纸都骂他是畜生。

毛弟坐了牢,儿子小勇就孤儿一般,没人管

毛弟积小拉登

了。二姑三姑都不肯管，主要还是怕毛弟邪，不讲理，沾上了会有麻烦。但李兰英不能不管，她是老大，父母去世时放心不下毛弟，都有交代，要她多照顾他。

李兰英把小勇接回了家，视如己出。孩子刚到家里的时候，手不洗就抓东西吃，脚不洗就上床睡觉，最糟糕的是连大小便都不晓得上厕所，想拉就拉，不管客厅还是厨房。这些都还事小，关键是他被毛弟打怕了，见谁都非常警惕，不让靠近，满脸都写着仇恨，会无端地摔个盘子碟子，会把鱼缸里的金鱼捞出来一条一条地捏死，会把小女孩的裙子扯下来看人家露出的小裤衩，会拿石头砸邻居家的窗子。不知道是谁给他起了个名字叫小拉登，然后很快就叫开了。李兰英因此变得家里家外都不是人，不知道赔了多少钱贴了多少笑脸，挨了多少数落，受了多少羞辱，她都默默地忍受了。一点一点地哄，一件一件地教，像对一棵长歪了的小树，一分一分地慢慢育着。也不知道小勇的出生日期，估摸应该上学了，但因为没有户口，李兰英跑妇联跑派出所求爹爹拜奶奶，终于让小勇上了学。大约母爱的力量是巨大的,小勇渐渐地改了坏习性,变得正常起来,学习成绩也越来越好。

三年很快就过去了,毛弟出狱后,首先就是到大姐家要儿子。李兰英说,你爱干什么干什么去,他在我这儿好好的,不用你管。毛弟说,是你儿子还是我的儿子?李兰英说,不管是谁的,他是李家的,我不要你一分钱,保证把他养好。毛弟说,我谢谢你的好意但是我要自己养,而且将来要靠他养老。李兰英说,你没得工作没得收入怎么养啊?毛弟说,我自有我的办法,但是我们父子俩就是饿死也不要你管。李兰英知道和毛弟没有道理好讲,就把小勇喊过来,问他,小勇你是愿意在大姑家还是跟他走?小勇说,我就在这里哪儿也不去。毛弟上去就一个嘴巴子,骂道你敢不认老子?是哪个教你的?李兰英听至此,眼泪在眼眶直打转,便不再说什么,随手把当月的挂历撕了一半下来,说小勇你写下,是你自愿走的,以后不管发生什么,别再找大姑了。

毛弟把儿子带了回去后，没几天就把房子给卖了，大吃大喝了两年，小勇跟着过了两年还算平稳的日子。但毛弟对小勇的学习生活管都不管，没事就去居委会的麻将档打麻将，或者找老女人鬼混。卖房子的钱花光了，就只好有一搭没一搭地打点工，小勇的吃饭上学就没了保障，后来就干脆不上学了。他在外四处流浪，偷点吃的，盗点用的，晚上就睡在随便哪个小区的楼梯道了，有时回家看看，被父亲撞见了，少不得挨一顿打。

说是再也不管了，但李兰英还是时时惦记着小勇，零零散散地捕捉着他的信息，她背地里不知道流过多少泪。但后来信息越来越少了，她到毛弟租住的地方偷偷打听过，有人说毛弟早就带着儿子到外地去了，去了哪也不知道。李兰英就到父母的墓前去哭，说爸妈我不孝啊，两个孽障我都没给你们管好，我真没用，我对不起你们啊！

儿子大学毕业了，工作了，又娶了媳妇，还添了个孙子，李兰英过着谁都称道的幸福生活，但她心底里

* 272

始终都藏着一个幽幽怨怨的心思。夜深人静时,她会把小勇的照片翻出来看着,看得发呆。

有一天,儿媳妇突然接到一个从安徽巢湖打来的电话,说是电视台的,在帮一个叫李小勇的寻找他的姑姑,儿媳妇过门后也听说过毛弟和小勇的种种故事,就灵机一动说是从中介买的二手房,不知道什么李小勇和什么姑姑,把电话挂了。李兰英又惊又喜,翻看电话,见电话号码的开头是0565。

有几次,李兰英把记着那个号码的小纸条,拿出来反反复复地看,几乎都背得了。但她不知道,背熟了这个电话号码,要干什么。

"我是警察!?"

杨大宽穿上了简直就像是为他量身定做的保安制服，藏青色，肩章、领花、帽徽，虽然式样和图案跟警察的不一样，但连同那条白色的腰带，再加上个小巧的对讲机，远远地看上去，身材高大的他，就像一个警察。他的第一个想法就是赶快去照张相，寄回家，给村里人看看。杨大宽二十一年来有两个最大的愿望，一是当兵，二是当警察。结果，一样也没落实。卡壳的就是一条：文化。

说到文化，也就奇了。同是一母所生，前后只差半个小时，杨大宽的书就是读不过他的孪生弟弟杨二宽。父亲跟工程队在东北打工，母亲在镇上做点杂货买卖，顾不了他们读书的事。但二宽好像天生就是读书的料，回回考试不是第一，就是第二，年年三好生，奖状像壁纸一样贴了一面墙。跟玩儿似的就进了县一中，现在眼看都要考大学了。而大宽哼哧哼哧紧赶慢赶就是脱了鞋子也赶不上弟弟，最后，连个最差的高中都没考上。怨天怨地怨空气都没有用，大宽也无心再读，铺盖一卷，就到南京来做工了，毕竟还能给家里减轻点负担。先是在小饭店帮工，后来还送过煤气包送过纯净水。这次听说有个物业公司招保安，就赶来应聘了。当不成兵当不成警察，做个保安也挺好啊。除了八百块工资还有加班费什么的，吸引他的还有穿上制服的那种神气与自豪。没人的时候，他禁不住表情认真地对着对讲机轻声地呼叫："长江、长江，我是黄河！听到了请回答，听到了请回答！"当然，他并没有按对讲键。

谁知，刚学会剃头，就遇上个络腮胡子。上班的头一天，他在小区的大门口值班，按照班长教他的，有外来车辆进入小区的，要查证、登记、换证、放行、指挥停车。开始还好，后来来了一辆小牌号的车。班长教过他，小区里住的要么是当官的，坐的车都是小牌号；要么是有钱的，坐的车都是吉祥号。这辆小牌号的车没有小区通行证，他就向司机敬了个礼，要他把驾驶证拿出来换个临时通行证。那司机也不知是平时横惯了还是怎么的，随口说了声没带！还说，要驾驶证你以为你是警察啊！又说，我就到某栋某号的领导家送个东西，一会儿就出来，要换什么证？你这小区难道比市政府还厉害啊。杨大宽便坚持小区有规定，没证不能进，被公司发现了要扣他工资的。那一位便拉了脸，索性把车一锁，蹲到一边抽烟去了。这下有戏唱了，里面的车出不来，外面的车也进不去，不一会儿，两头都堵了一长溜，喇叭响翻了天。杨大宽哪见过这阵势，眼泪和尿都快要出来了。他一边拼命地呼叫在小区里巡视的班长，一边又不断地央求司机把车子挪一挪，就差给他下跪了。幸亏，班长及时赶来给他解了围。班长跟司机不迭声地打招呼，说杨大宽是新来的年轻不懂事，请他大人不记小人过，赶紧进去不要耽误领导的事情，那司机才哼哼唧唧骂骂咧咧地把车子挪了，然后长驱直入进了小区。

以后班长便经常带着他，一家一家地指给他看，哪家是市里领导，哪家是自来水公司老总，哪家是银行的处长，哪家是做大理石生意的老板，要他一一记住。班长说这里一套几百万的房子你干八辈子也买不起，但这房子里的人一句话就可以让你八百块钱的工作分分钟就没了。

* 277

一次，讲到某一家时，班长说这家住着一个女的和一条狗，男的不常回来，说完便诡谲地一笑。

可巧，第二天杨大宽巡视到这一栋的时候就遇见了班长说的那个女的。三十岁上下，穿着宽大的睡袍，好像才从超市回来，拎了几大包吃的喝的用的还有一些宠物用品。她一见到杨大宽便哼起来，哎哟哎哟地说手疼得拎不动了，小伙子快帮帮忙。杨大宽便帮她拎了，发觉其实并不怎么重，心想城里女人就是娇惯。当送到四楼她家的时候，杨大宽眼珠子都要瞪出来了。乖乖！足足有两百多平米的大屋子，装潢得跟大饭店似的，彩电有八仙桌那么大。这时，一条狗猛地窜出来，对着杨大宽嗷嗷地吼叫。那女的便嗔怪道，儿子别乱叫一边玩去。杨大宽听不懂为什么把狗叫作儿子，但狗好像听懂了般，夹着尾巴到一边去了。杨大宽转身准备下楼，那女的却把他往家里拉，说喝口水再走嘛！就从买的那一大堆里拿出一听可乐打开给他。杨大宽不好辜负她的好意，便在客厅坐下了，小心地喝着可乐。那女的好像拿重东西吃力了，到现在还娇

* 278

我是警察

娇喘喘地，说话的声调都有点颤有点飘；又好像很热的样子，撩起睡袍的下摆扇风，便有一块粉红忽隐忽现。杨大宽觉得脸上滚热，赶快转过脸去看鱼缸里的热带鱼。三口两口喝完了可乐，起身就要走。那女的说，你看上去就像个警察，很帅气呢。边说边上上下下地打量，像欣赏一个心爱的物件，甚至还拍拍他的肩膀，按按他的胸脯，弄得杨大宽很不自在。女的又说，这样吧，你不要干保安了，到我家来，每天帮我遛两趟狗，我一个月给你一千五怎么样？杨大宽飞也似的夺路而逃，肚子里的可乐一晃荡，气直往上冒，冲得眼泪快下来了。下到一楼时，还听见楼上在喊，你再考虑考虑啊！

以后，杨大宽宁可在大门口中规中矩地站着，也不愿意在小区里比较随意地巡逻了。

那天，他正在门口站岗。有两个小学生跑来，气喘吁吁地说警察叔叔，那边有人偷东西呢。他听了很是受用，立马挺起胸膛，问在哪里？小学生说在工地上。

他跟着小学生追过去，早已不见人影。那里是小区的二期工地，遍地都是钢管、扣件和电线什么的。他很郑重地向小学生承诺一定会抓到小偷，并且还问小学生是哪个学校的，说要叫校长表扬他们，两个小学生很是开心激动，还真的各自把名字告诉了他。最后，齐声说警察叔叔再见！

杨大宽想，打狗不离粪池子，小偷早晚还是要到工地上来的。于是，连着几天晚上，他下了班，都守在工地边上。感觉比上班还要有责任感，这种责任感让他莫名地紧张激动。功夫不负有心人，终于等到了他要等的人。两个拎着蛇皮袋的家伙，鬼鬼祟祟地靠近工地，从围挡的一个缺口钻了进去。不一会儿，再钻出来的时候，蛇皮袋已经很沉重了，里面装的应该是脚手架扣件。杨大宽突然打暗处冲了出来，大喊一声：站住，我是警察！那两人一听，扔下袋子就跑。杨大宽没有分身术，只好奋力追赶其中一人，一直追到小区外的大路上，那人腿脚渐渐地慢了下来，杨大宽一把抓住了那人的衣领。那人反过身来，要打杨大宽，杨大宽哗地一

* 281

个扫堂腿，那人就四仰八叉地栽倒了。杨大宽趁势骑上去，一顿暴拳，打得那人直喊饶命。然后，杨大宽就地取材用那人的裤带绑了他。在路人惊奇的目光中，器宇轩昂地押着小偷去派出所。有点暗淡的街灯下，这一幕特别像警匪片里便衣警察拿人的情节。

第二天，他正绘声绘色地给同事说抓小偷的故事时，派出所的警察来了。做完了取证工作后，说犯罪嫌疑人被杨大宽给打伤了，看病花了三百多块呢，那家伙又没钱。本来这钱要杨大宽出的，考虑到他也算是见义勇为，派出所就给付了。不过，以后不能再随便冒充警察了。不然，犯罪嫌疑人鬼喊鬼叫地说警察打人，这黑锅谁背啊？

公司倒是郑重其事地给了杨大宽五百块钱的奖励，还拍了照，挂在小区的橱窗里。小区里的人看了橱窗里的照片，就会对着门口的保安做比对。正好杨大宽当班的时候，就会有人用惊奇赞许的口气说，原来是你啊！

"邪头"丁长勇 铁非

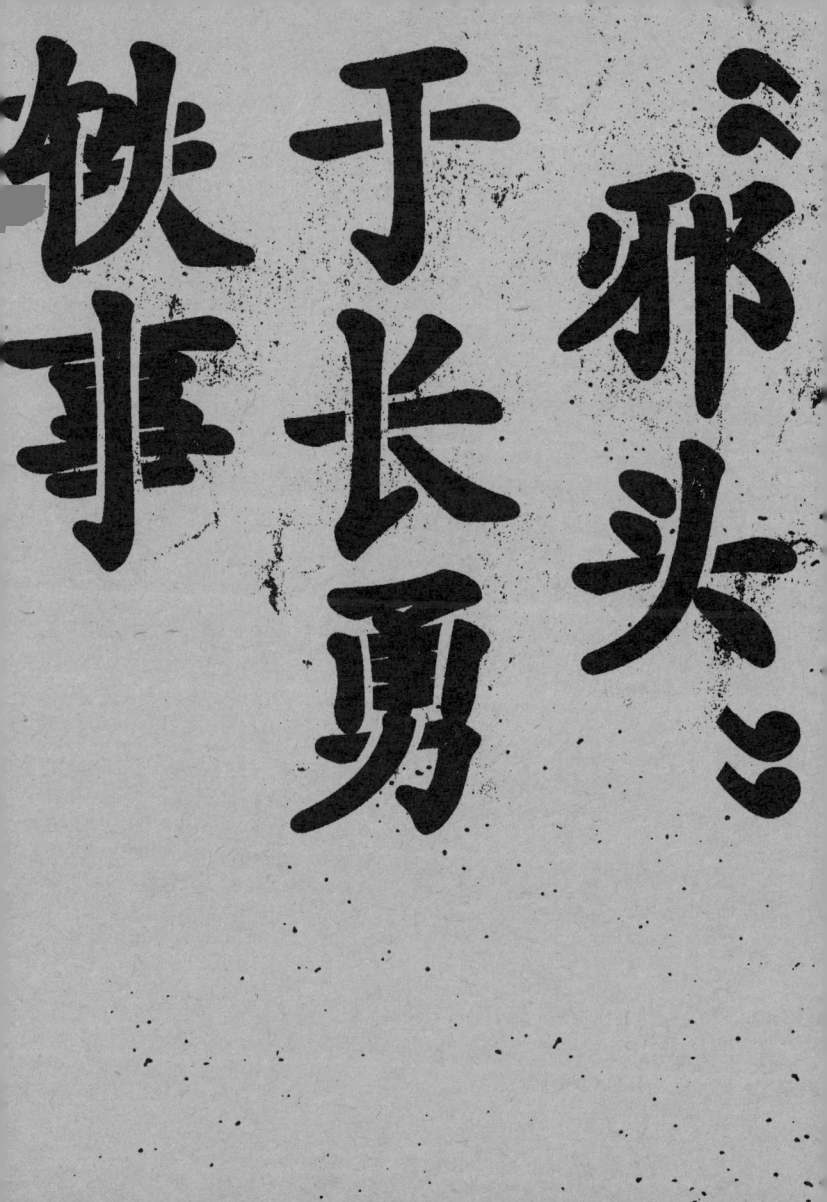

有时候，有的话是要反过来听的。比如年轻的恋人说对方是"傻瓜"，妈妈骂小孩是"小炮子"，老太婆数落老头子日上三竿还睡懒觉叫"挺尸"。其实，都是脱离了本意而带着亲昵喜爱的情绪。街坊邻居称于长勇叫"邪头"，也有这份感觉。虽然他有那么一点"邪乎"，看起来不大讲理，但他能以邪制邪，好像数学上的负负得正一样，结果常常又是好的，就是吃相难看。家里家外遇上蛮横无理不上路子的人，街坊邻居就会说，你呀，非得邪头来治你！

于长勇看上去确实有点邪头的模样，一米七五的个头，两百来斤，五大三粗，一脸横肉，走起路来腿叉得有点开，胳膊弯起来跟着身体左右摇摆，像举重运动员上场。一顿饭能吃两斤，曾和人打赌，一口气吃了二十一个大肉包子，外加一碗酸辣汤。自小喜欢听《七侠五义》之类的评书，崇拜关公和李逵。早年间，跟着著名的民间武术家杨小辫子的弟子赵六学过武，虽然并没有学到民间流传的飞檐走壁、隔门点穴和房顶斜立等"杨氏"绝

* 284

技，但身体倒是练得挺棒，浑身的肌肉一块一块的，夏天打赤膊时，津津的汗水一映衬，那真叫活力四射。百八十斤的石锁，耍起来跟巷口兰州拉面馆的大师傅攒面团似的，潇洒自如。以前代表厂里参加职工运动会，还拿过全市摔跤比赛第二名呢！可惜厂子效益不好，他早早地就办了内退。捣腾了一阵子小买卖之后，他下决心去考了驾照，买了辆小面包，跑起了运输。虽然人辛苦点，但挣得还不比厂子里少。

说起学驾驶，还有段故事。桩考之后转入上路练习，四人一组，轮流操作。头一天，其他三人都练了很长时间，唯独轮到他的时候，练个几十分钟，教练便让他下车，说你跟着多看看。第二天，还是这样。他跟别的学员一串，才知道个中名堂。原来，同组的其他三人都给教练送过烟酒请过客。其实，送条烟，请顿饭，多大个事啊！本来他就打算等拿到本子要请教练呢。但教练这样做太过分，也太欺侮人了。他把气全压在心里。等到第三天，轮到他时，没练多长时间，教练又叫他下车。他问教练，怎么我练的时间没他们长？教练话外有音地说，你和他们不一样。他说怎么不一样？教练说我还想问你呢。他说我要和他们一样练！教练就动气了，说你是教练还是我是教练？他压低声音不紧不慢像是开玩笑地说，教练，你看，前面有根电线杆，我一会儿要是撞上去，我是学员我没事，你是教练，恐怕吃不了要兜着走，搞不好饭碗就没了。教练还没反应过来呢，他一加油门，车就往电线杆冲去。眼看就要撞上去了，教练急忙踩了副制动，车就在电线杆半米多远地方停住了。一车人都目瞪口呆。当然，坐在吉普车后车厢里的那几位，并没听见两人在驾驶室里的对话。但他们后来发现教练对于长勇很认真、很照顾。毕业后的这些年，他们这个驾驶小组的学员，还经常和教练聚会喝酒呢。

要论喝酒，于长勇算一户，半斤八两根本就是漱漱口。但这几年开了车，就很少喝了。有时候跑上两趟大业务，他会在路口那家"小安徽"开的餐馆炒两个小菜，喝上几口。那天，他出车回来，刚走到小餐馆门

郭汰于长勇轶事图

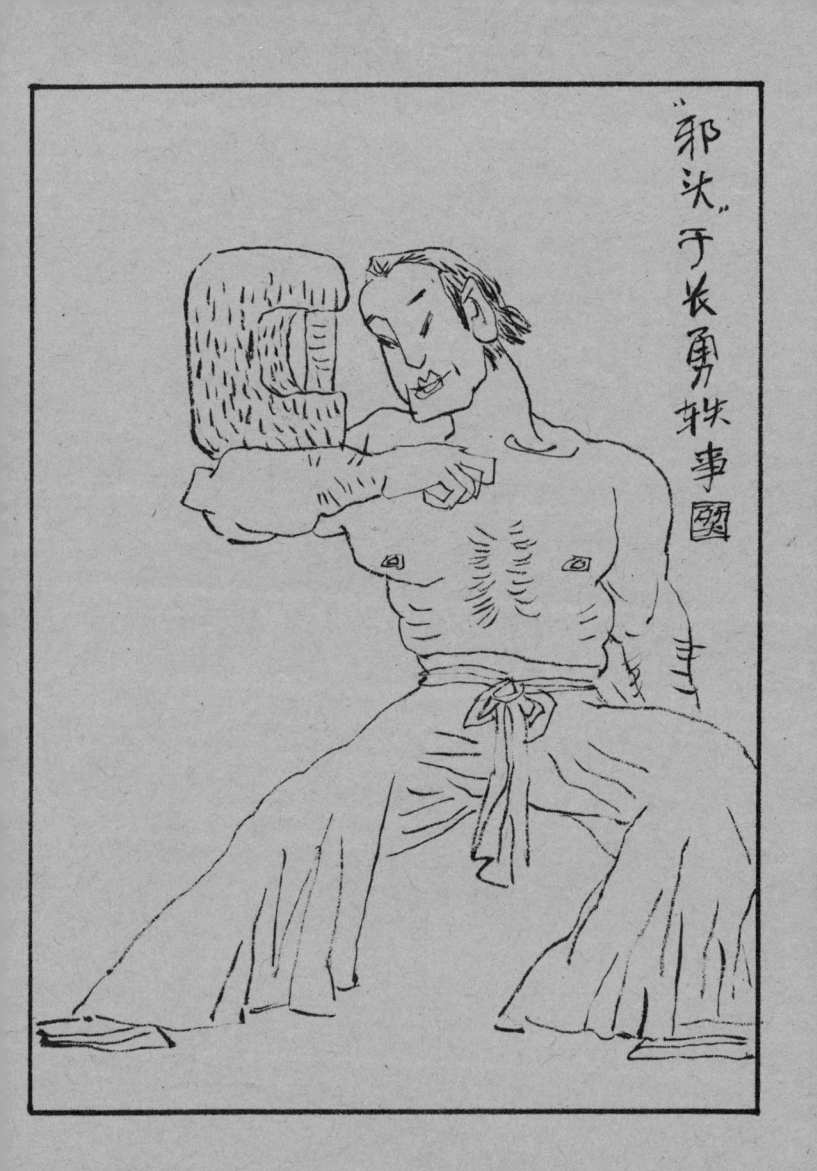

前，就见"小安徽"抓着把饭勺，追着他老婆打。他问了情况，原来"小安徽"喝了二两酒之后，借着酒劲，为收了张一百块钱假币的事，正打老婆撒气呢。他走上去，一把抓住"小安徽"的衣服领子，连推带搡地拎进了里屋。二话没说，从架子上拿了一瓶稻花香，二一添作五，说，你还能喝酒啊？来，干了！没容"小安徽"说话，便自己抓起酒杯，"咕咚咕咚"地灌了下去。喝完抹抹嘴，冲着"小安徽"说，喝啊！你不是能喝酒么？"小安徽"打老婆也就是仗酒三分醉，这时，早已吓醒了。结结巴巴地说，我，我，酒量不大啊。于长勇一拍桌子，哼，你酒量不大，胆量不小啊！你不是会打老婆么？社会上那么多坏人，你怎么不去打啊？"小安徽"赔着笑说，于大哥说笑呢，我，又不认识什么坏人啊。于长勇忽地脱了外套，用拳头擂着胸脯，"嗵嗵"作响。说，那你认识我吧？来，我们俩到门口摆个场子，你要把我打倒了，我愿赌服输，赔你一顿酒！"小安徽"早吓得两腿筛糠，从椅子滑到了地上，瘫坐在那里，头跟捣蒜一般，说，于大哥，我错了，我错了！于长勇端起另外一杯酒，说，老子最看不起打老婆的人！今天这酒你不喝也行，要再打老婆，下次就这样喝了！说着，把那杯酒在地上洒了一圈。然后，扔下酒钱，走人。从此，"小安徽"再不敢打老婆了，两口子的小餐馆开得红红火火。每次，于长勇到店里吃饭，两口子必定像对待老板娘的娘家人一般，敬如上宾。

于长勇的拳脚功夫还真在打坏人的时候派上了用场。那天送完货往家走，在路口等红灯。这当口，突然有辆摩托车飞快地驶过。他还纳闷呢，骑摩托车的也太胆大了，还有两秒钟，闯什么红灯啊！但紧接着就听一个骑自行车的妇女大叫：抢劫啦！抢劫啦！他向前一望，那辆摩托车上有两个小青年，后面的手里还抓着一只女式背包，估计是刚才从那妇女的车篓里抢的。他想起了一个词，叫"光天化日"。其他也没来得及多想，踩下油门就追了上去。追了两条街，眼看就要追上了，摩托车一个急打弯，拐进了一条巷子。他倒不追了，把车子往巷口一横，下了车，等着。这里就靠他家附近，他知道这是个死巷子。果然，不一会儿，那摩托车又出来了。当摩托车减速想绕过面包车时，于长勇一脚把车子给踹倒了。两个家伙被摔得不轻，便恼羞成怒问，你干么事啊？他说，不干么事，怕你认不得路，我带你上派出所。那两人说，你少管闲事，让开！他把手臂一抱，说，哟，蛮邪的嘛！老子比你还邪，今天我还就不让了！两人冲上来就要打他，他一个扫堂腿，先放倒一个；然后，一拳又撂倒一个。正当他抽出其中一个的皮带绑人时，就觉得后背一麻，他也没管那么多，三下五除二把那个家伙给绑了。回头再看另一个时，已经视线模糊，一头栽倒。后来才知道，他的背上被捅了一刀，差点碰到心脏，血足足流了有半脸盆，但抢劫的都给抓住了。住院期间，从街道到区里、市里，许多领导都去看他，说他是见义勇为，给他发了两千块奖金，又送了好多鲜花还有补品。他的事迹还被登到了报纸上，这一片除了居委会主任上过报纸，他是第二个。这让他非常开心。

更让他开心的是，一所重点大学录取了他儿 ＊290

子。本来,分数是不够的。结果政策上说受过市级以上见义勇为表彰的,凭证书可以加二十分,这样一下子就冲上去了。他对儿子说,你一定要好好学,这可是老子半脸盆血换来的啊!

大金失踪之谜

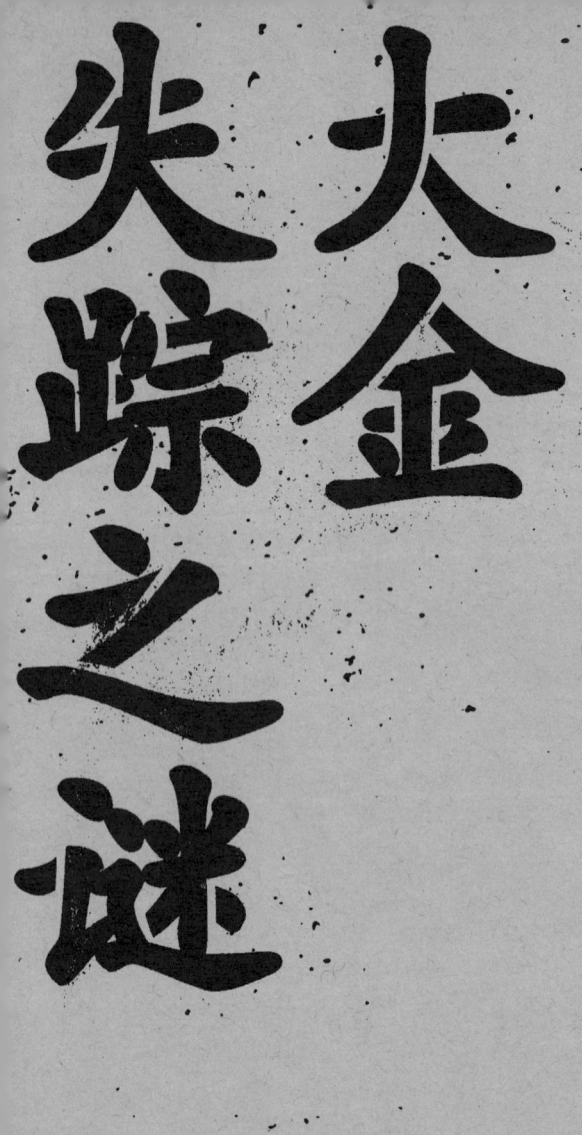

直到凌晨三点,洪艳才迷迷糊糊地睡着。但刚睡着没多久,突然,她一个激灵,大叫了一声,惊醒了,浑身是汗。刚才她做了个噩梦:几个彪形大汉把她的丈夫金兆彬五花大绑,塞进一辆面包车带走了。她跟在车后想追,可是脚步却怎么也迈不动,急得她大声地叫了起来……她的胸口扑腾扑腾地跳,响声很大,连带着右眼皮也跟着没有规律地乱颤。结婚十几年了,还从来没发生过这样的事,丈夫会彻夜不归,让她坐守了一宿。丈夫的手机在十点多钟的时候先是通了一下,声音很嘈杂,洪艳"喂,喂!"地喊了十几声,也没个响应,然后就断了。再后来,怎么也打不通了。问遍亲友和熟人,都没见着他。

金兆彬是个锁匠,个子长得高高大大,一条街的人都喊他叫大金。摊子就在巷口,摆了十几年了。大金的修锁手艺在城北一带是首屈一指的,弹子锁、密码锁、自行车锁、汽车锁、防盗门锁、保险箱锁,只要是锁,没有他不会修的。大金是派出所的首席修锁师傅,110遇到哪家求助,像钥匙被关在家里啦、断在锁孔里啦,或者家里没人里边正哧哧地冒煤气啦,民警首先就找大金。早先是骑摩托车来请他,后来是打他的小灵通,现在则是打他手机,大金自己骑摩托车去了。但大金自己一般不主动出去修锁开门。要去,必得有两个规矩,一是要警察陪着一道去,二是必须清场,现场除了警察之外,不准半个人在场。大金最拿手的活儿,是开汽车锁和保险箱锁。开汽车锁一般也就分把钟的事,不管是进口还是国产的。开保险箱稍微麻烦一些,但最多也不会超过十分钟。大金看到电影电视里经常放开保险箱的镜头,都是用听诊器,或者戴着耳机听动静,他就发笑,那算什么本事!大金全凭十指的感觉,别看他的手壮实粗糙,却比女人家纤纤细手的感觉还要灵敏。在轻轻转动密码轮盘时,齿轮间游丝般的细微变化,都从他的指尖,经过臂膀,传导到大脑,带动大脑里的那些齿轮。很快,齿孔就全对齐了。微闭的眼睛睁开时,保险箱也就开了。

修锁时,有人会问大金,听说你有一把万能钥匙,什么锁都能开?大金说,一把钥匙开一把锁,这是死

大金失踪之谜

理。哪有什么万能钥匙啊!

一天,有个中年男人,腋下夹个小包,光头,却留着浓密的一字胡,抽的是精品南京。那人来到大金摊子跟前,话还没说呢,就先丢了两张老人头,说,师傅,我把车钥匙关车门里了,是自动门锁,帮个忙,车就在前面一站路。大金没接钱,说要请110的人陪着去。那人说费那事干吗?大金说这是规矩。那人说这叫什么规矩。大金就不再跟他抬杠。那人只好收起钱咕哝着走了。一会儿,那人又折回来,说,像你这样好手艺,天天在这里摆摊子能赚什么钱?我有个朋友开了家汽修厂,你去不去?大金说,各人有各人命,不能强求。那人说了声,可惜!便摇着头走了……

洪艳躺不住了,赶紧打电话给小叔子两口子来商量,讨论到天亮,琢磨着凶多吉少,决定立刻就去报警。

警察倒了杯茶给洪艳,让她慢慢回忆昨天的

各种细节。她努力地回忆着：丈夫早上出摊，中午回来吃了个饭，睡了个午觉，接着又去守摊。还说先要去买个灯泡，晚上把走廊灯给换了，不然不方便。总之，一切都很正常。下午，洪艳赶去当服务员的酒店上班，晚上回来时，上初二的儿子说爸爸八点钟左右接了个电话就出去了。厨房桌子上竟然整整齐齐地放着大金临走时留下的一叠钱，还有一串家门钥匙，家里什么东西都没带走。这一切都很蹊跷。旅游？打工？出远门？跟其他女人私奔？什么都不像，一分钱不带能干什么呢？再说，大金也从来没有提过这些，更没有什么征兆。

警察从电信部门调了大金手机的最后通话记录，显示的是一个福建的号码，是用一个女人的身份证开的户，但使用者是谁却不清楚。这让洪艳一头雾水。

警察很认真地做了登记，说这事现在还说不上是什么性质，他们会采取各种手段尽力查找。又叫洪艳如果接到什么电话或者什么人来找，要立即报告派出所。

但是,一直等了七天七夜,什么也没发生,大金仍然音讯全无。洪艳眼睛哭肿了,头发白了许多。

到了第八天的凌晨,洪艳突然听到有人打门。开门一看,是大金回来了!她不知是惊是喜,竟然张着嘴半天说不出话来。然后,哇的一声哭了出来,扑到大金身上,放肆地哭起来。但接下来她却哭不出来了,大金身上有多处伤痕,右手食指和中指包着布条,脸上一副惊魂未定的样子。问他这些天去哪了,他也不说,只说肚子饿了,要吃饭。待吃了一大碗炒饭之后,倒头便睡,整整昏睡了两天。到了第三天,大金醒了。醒了以后再问他这些天的事,他说都记不得了,任你怎么追问。

但巷口的修锁摊子再也见不着了。大金不再修锁,改收废品了。

鏢哥

越来越重的手机振铃声终于把来发唤醒，他想爬起来，但是脑袋里灌满了水泥，指挥不动四肢。他把手机按掉，一看离六点的出发时间只有半个小时，赖床是赖不了了，便挪下床，席子上留下个人形的汗迹。他再回头看看，电风扇的头已偏在一边，沾满灰尘颗粒的扇叶一动也不动，估计是夜里停的。插头总是接触不良，就跟小梅一样，忽冷忽热，起起伏伏。电器的原理学学还能弄懂，而女人的心你永远也弄不懂。但是，他从小梅的眼神里，读到了对他的不满。比如，她总是说叫他换单位，说现在的工作太危险，让她整天提心吊胆。他说，我那时三天两头过火焰山你都没嫌我，现在就嫌了啊？她说，那是部队，没得选择。他心里苦笑，操！我现在除了做镖哥，还能有什么选择？还有什么资格选择？

早饭是没得吃了。昨天，他请司机把车子停在餐馆门口，买了个早点，也就几分钟工夫，还被公司的GPS跟踪了，结果三组的五个人都被扣了钱。老大就黑了脸骂他，还把他家里人也捎带骂了。他点头哈腰地给每人买了一包烟，外带中午一份快餐，才算了事。

匆忙就着自来水龙头抹了把脸，便赶快换装。一公斤的头盔，三公斤的防弹背心，按说也没什么。过去十几公斤的防火服，还抱一盘水带，嗖嗖地小跑，两耳生风，跟玩儿似的。这会儿，却觉得重得很。要命的是套上了行头之后，浑身的大头瘴子都给激活了，如猫抓针扎，他只好后背就着门框上下地磨蹭。这个动作让他想到，自己其实就是一头猪。

感觉稍微好点之后，又赶快奔到装备室，领枪领子弹。国产8.4毫米的97-1式防暴枪，五连发散弹，枪身被磨得发亮。压弹的时候，他很不经意地瞄了一眼枪托，跟撞着鬼一样，居然是二十五号！是六组那杆走过火伤过人的枪！持枪的小刘，已经在牢里了。平时大家开玩笑赌咒时会说，谁怎样怎样就叫他拿到25！他说，老大，我要换杆枪。老大说你这不是讲故事吗？换给谁？换给我？你自己小心！签字的时候，他觉得李来发三个字写得比平时要五上十倍,而且,笔画有点抖,最后点发字上的一点,几乎把纸头戳通了。

鬼天气根本就不跟你讲道理,从大清早就狂热了起来。

到了工商银行现金管理中心,提了一箱子现金和账单,要分送到八个网点。线路是银行定的,经常变换顺序,不管天气路况什么的,想怎么排就怎么排,为此司机老是骂骂咧咧。上了车,老大用下巴指着他说,你负责看砖头。砖头是他们对成捆的现金的别称,那是进了押运公司之后,上课训练时教练说的,要他们不要把钱看成是钱,就看成是砖头,不能别有用心。这样,他就守着那两只银色的铝合金箱子,那两名队员分别守着车两边的窗子,老大坐在司机旁边。防弹钢板密闭的车厢就是个烤箱,汗水像小虫子在身体上乱爬,他央求老大,让司机把空调开一开。老大正把头凑向车门上的小圆孔,贪婪地吹着小风呢,头也没回地说,这个月的经费已经超了,再加上你他妈那个高价的早点,就省省吧。

镖哥

八分钟后,到了第一个点,下了车,才算凉快了一点。照例,他守在车后,老大守着右边,车上的司机守着左边和前方,那两位抬着箱子进银行。他握着那把仿佛是定时炸弹的枪,警惕地注视着匆匆上班的行人和车辆。这时,有个穿着花T恤的小伙子要到马路对面去,想从他和押运车之间穿过,这是不允许的。他伸手挡住了。对不起,请从那边走。花T恤的冲他翻了一下眼,这路是你家开的啊?我走怎么啦?他紧张地握紧枪,拦在花T恤面前。对方也不是个省油的灯,指指胸口说,干吗?要动家伙?来,往这儿打,往这儿打!老子不怕死!他一头的汗水哗哗地往脖子里流,正要说什么或者要做什么时,听到那边老大发话了。老大说,让他过去!他一侧身,让过了花T恤。那小子耸了一下肩膀,说,我靠!你以为你是警察啊!

送到最后一个点儿的时候,正好是八点半钟,老大喜滋滋地说,今天的时间把得很准,不会扣分了。来发烦不了扣分不扣分的事儿,他只想赶快结束早班的活儿。他已经有点虚脱了,更要紧的是,他一直觉得胸口扑通

* 304

扑通地跳,跳得好像有点不大对劲。

在银行门前停下车,他和老大刚站定了位置,那两位抬箱子的还没下车呢,突然,就见一辆黑色的轿车从对面的车道猛然冲了过来,咣当一声巨响,一下子撞在了押运车的左后侧。来发一个激灵,从打开保险,到子弹上膛,比两秒以内的训练要求至少快了半秒,紧接着,子弹就出了膛,连着五声巨响,轿车上立刻出现了许多个小坑小洞。然后,来发腿一软,瘫倒在地上。空气中,弥漫着火药的味道,像是过年放鞭炮。

后来,警察调查的结果如下:这就是一起普通的交通事故,不是遭遇劫匪。开车的那位老兄是个新手,见有人横穿马路,一紧张,就猛打方向,却把右脚放在了油门上。幸好,那么多的散弹,并没有伤着他,但吓了个半死。这样一来,对来发的开枪行为,怎么定性,就有些争议。《专职守护押运人员枪支使用管理条例》中"紧迫危险""暴力袭击"等概念很是含糊,现实中也不大容易判断。当天的网络和电视却趁机铺天盖地炒着，赞的骂的抬轿子的拍板砖的各种说法都有，还有美女惊叹帅呆酷毙非镖哥不嫁，甚至还有论坛里专门开辟了讨论押运公司该不该配枪问题的专栏，大小媒体长枪短炮纷至沓来，公司的压力很大。

老大说，你不能再干了。先休息两天，定定神，过天组里请你吃饭。

他打电话给小梅，说，电视里说的那个人就是我。

凤姐

什么姐妹？还十几年的好姐妹？呸！张小丽我恨死你了！你跟老板跑了，去过小三的好日子了，把我丢下了，哼，那个福建老板花得很，你看吧，要不了半年非把你蹬了不可！到时候，回来再找我，我就不理你了！再理你就是地上爬的！刚才你要在，还能不来帮我么？我会被灌这么多酒么？呜呜……张小凤嘴里发出自己听起来都奇奇怪怪的声音，她拿起客人丢下的啤酒瓶，一个一个地往嘴里倒，多的，少的，都灌了下去。然后，一个一个往地上扔，喧闹了大半夜的歌舞厅，这会儿出奇地安静，酒瓶落地的声音就特别地响。

这时，巡查的保安过来了，问她怎么还不走？她却要拉保安一起喝酒。保安五十岁上下，见她酒喝多了，就上去扶她，眼睛却盯着她胸前那片白花花的看。她说我不走，今天我就睡在包厢了，你不知道那个房东老女人有多凶呢，我没钱交房租，该死的张小丽又跟男人跑了。保安说公司有规定，不准在包厢里过夜。她说求求你不要告诉老板，保安就盯着她的胸脯不说话。她就把衣服扯　　＊ 308

开，说给你看给你看，保安的手脚便不老实起来。

第二天中午，张小凤才醒来，匆匆收拾了包厢，悄悄地溜了出来。太阳高高地照着，却没有一点热情，初春的冷依然很分明。出大门的时候，她见到了保安，眼神怪怪的，她假装不认识，但保安却把她叫住了，说离上班开工还早，我请你吃炸鸡腿好不好？

张小凤跟着本家姐姐张小丽从云南昭通的山里到了南京，又到了江宁的这个小镇上，半年里天天基本上就是出租屋歌舞厅来回跑，上的都是夜班，晨昏颠倒，偶尔姐妹俩上回街也就是买点小衣服和女孩子家用的东西，根本不可能去奢侈地买炸鸡腿吃。当然，主要是舍不得花钱，收入不多，又要寄钱给家里，她不敢放开手脚。张小凤恨恨地想，昨晚你吃了我的豆腐，那鸡腿我不吃不白吃，就冷冷地说你去买啊！末了，又冲着保安的背影喊，带瓶果汁来！

如果不开口笑，平心而论，张小凤还是挺漂亮的。从后面看，细腰翘臀，身材很好；但前面看，胸部太大，和小蛮腰不大配套，上帝好像很公平，塑造身材时这边少了那边就多出来。而最让人觉得不舒服的是，她一开口笑，一嘴的四环素牙就突然冲到你眼前，脏兮兮的。而且，牙花与嘴唇又比较厚。所以，有人给她起了个外号叫"凤姐"，但张小凤并不知道凤姐是谁，还以为就是和张姐李姐差不多的一个称呼，叫了也就响亮地应着。但她们给她编派的说辞和故事，她听了很生气。比如，领班说她是屁股翘，奶子跳，小嘴可以开，大嘴不能笑。又比如，说她是杀人犯身上有三条人命，叫作看后面迷死人，听声音嗲死人，见面一看吓死人。等等。

除了长相，张小凤嘴也笨，人也笨，见人说人话见鬼说鬼话的本领她始终学不会，但至少女孩子的嗲总是天生的吧，但似乎也是先天不足，声音是有点嗲，但嗲不出气氛调子来。所以，无论是推销酒水，还是招揽客人，她都不占先，挣不到多少钱。而张小丽八面玲珑能说会道，便火得很，天天有吃有喝有小费，当然都是自己跟男人出去吃，不会带张小凤的。想到张小丽，她又气不打一处来。但是，话又说回头来，她还是蛮感激张小丽的，不是她带出来，在大山里永远也挣不到钱，根本不可能帮上年老多病的父母，还有两个要娶亲的哥哥。

这时，保安回来了，从塑料袋里拿出一根炸鸡腿，做了一个下流的动作。张小凤夺过鸡腿，啐了他一口。她一口气吃了四根炸鸡腿，说真好吃。

后来，遇上林四宝，对张小凤而言，可以说是对姻缘的最好注释。那天晚上，本来没张小凤的活儿，负责六包的莹莹家里有急事，请假提前走了，领班就让她顶替，这一顶就遇见了林四宝。林四宝长得人高马大，英俊帅气，属于那种女孩子一见倾心的帅哥。倾心归倾心，但见不到多少真金。两男一女，也就点了七八瓶啤酒、一碟花生米、一盘鸭四件、一袋爆米花，却没完没了地点歌。一直吼到后半夜，张小凤的眼皮都打架了。最后，又说再去吃烧烤，林四宝说小姐跟我们一道去吧，她想，半张小费没有,提成也拿不到多少,正好下班肚子也饿了,就跟着去了。

两辆摩托车,那人带着那女的,林四宝便带着张小凤。坐在后座上,张小凤这才注意到挺冷的天,这个叫四宝的男子,竟只穿了一件薄薄的套头衫,还隐约地往外冒热气,夹杂着汗味酒味甚至有点汽油味的混合气味,就在张小凤的鼻子尖上飘忽,她闻着竟然感觉有点兴奋。一个颠簸中,她下意识地抱住了林四宝的腰才没歪倒,林四宝不知道有没有觉察到。她便一直抱着,像电视里一样,直到了一个摩托车修理铺跟前,才下了车。

原来,这是林四宝开的修理部,张小凤好奇地打量时,那两人已经搬了两箱啤酒和几十串烧烤还有杂七八拉的熟菜,四人便喝了起来。不过,张小凤和那女孩并没喝多少,而是在一边说着话。女孩告诉她,林四宝家在不远的村里,学了技术到镇上开了这个铺子,又帅又能干,人又老实厚道,但最近跟女朋友吵翻了等等。张小

* 312

凤姐

凤一边听一边偷看着林四宝,突然,她抓起酒瓶,跟林四宝说大哥我敬你一杯!说是敬一杯,其实后来不知道喝了多少杯。

第二天早上,当张小凤醒来发现自己躺在林四宝床上的时候,竟然没有一点惊慌。相反,倒还有一点点莫名的激动。她四下里嗅嗅,看看,摸摸,然后着了衣衫,嘴里咬着发卡,没带梳子就用五指捋着头发,慵慵懒懒地走了出来,竟跟在自己家里一样地自如。林四宝见了他,一脸惶恐,闷头干活。当她走到跟前时,林四宝用有点央求的口吻说对不起哦!我不是故意的,昨晚实在是酒喝多了。说着,掏出一百块钱说,你走吧,我有女朋友了。她不吱声,把钱还塞给他,说你睡了我,我就是你的女人了,你有十个女朋友我也不管。

以后,张小凤便辞了工,天天往林四宝的铺子跑,任林四宝骂她婊子贱货什么的,她仿佛没听见,该去帮着林四宝做饭洗衣服的一切照做,林四宝骂归骂,居然也照样享用。也任林四宝的女朋友，骂她骚货不要脸公共汽车上海大众，她像是在听一个人在骂另外一个人似的，烧了饭菜也照样请女朋友吃，还一口一个妹妹地喊。总之一句话，不为所动。有时候，还将内裤小衣服什么的，很招摇地挂在铺子门前的架子上。有人搞不清状况，喊她老板娘，她就大声大气地答应着。还搞得很门儿清似的说，谁谁上次补个胎都没收钱，谁谁借了电瓶没有还。林四宝没办法，就推说回去帮家里插秧什么的，锁上门走了。谁知，林四宝真的在地里插秧的时候，居然两边各站了一个女人，跟他一起插，一个撩着一个，还哼着小调。林四宝是一点脾气都没有了。

但林四宝的女朋友有脾气了，跟林四宝摊了牌，说，有她没我有我没她，难道我还不如一个做小姐的重要么？你还想一妻一妾空调一拖二啊？你偷腥吃荤找谁不行啊要找这样的烂货，我真是瞎了眼了。说着就哭哭啼啼泪眼婆娑，林四宝就十分理亏地反复安慰，却不料张小凤那边突然就喊四宝四宝快把衣服脱下来洗，还有我中午炖了鸡汤给你补补身子。女朋友就说你就作吧作吧，一边说一边拍手跺脚吐唾沫，头也不回地走了。

林四宝正不知所措呢，张小凤过来贴着他耳朵说我怀孕了。林四宝一脚把一辆架着的摩托车踹倒了，说怀你妈的什么孕啊？还不晓得他妈谁日出来的呢！张小凤眼泪汪汪地说，就是你的就是你的，不信到医院里查。

林四宝的爹从乡下赶来，一边骂儿子说祖宗十八代的脸都给丢光了，一边抄起根棍子朝儿子打将过去，结果却打在了张小凤身上，张小凤头上开了个口子汩汩冒血，但还是死死抱住林四宝不撒手。老爷子只好骂骂咧咧说些作孽报应，还有赌咒发誓的话，走了。

林四宝的儿子转眼已经两岁了，长得跟林四宝活脱脱是一个模子拓下来的，更是个人见人爱的小人精，会唱儿歌会讲故事会四下讨喜地喊人，见到的人都说要是调教一下上非常6+1绝对是冠军，李咏的孩子都比不过他。

* 316

一天，乡下的奶奶忽然来电话，叫四宝把孙子带回家认认人。

林四宝对张小凤说，要不，明天去领证吧，这边的酒就不办了。过些天，到你老家办吧。张小凤腿一软，坐到了地上，号啕大哭起来。

旧的不去,
新的不来

秦淑兰看着街对面那个背着蛇皮袋的女人，在车流中慌里慌张地往这边跑，要抢着去捡一个孩子丢在废物箱边上的可乐罐，差点儿被一辆助力车给撞倒，她心里就生起一丝怜意。当初，她也是这么过来的啊。因此，同时生起的是一份对现在消停稳定生活的自豪感与成就感。但是，把自己的当初与现在一联系起来，却又生起一股心酸，真是不易啊！这一想，连带着眼眶都酸了起来。女人吧，就是这样。

丈夫跟着拖拉机和满满一车红砖栽到河里的那天，不是众人拉着，她就跟着跳进河里去找他了。但是，缓过劲之后，看着正在读初中高中的一对儿女，就再不敢有这个念头了。把儿女拉扯到上大学，还有很长的路要走啊。超生儿子罚款拉下的债，还没还完。种地已经挣不到什么钱了，她决定到城里来打工。好在两个孩子都很懂事，她就把他们托付给小叔子家的。然后，跟着同村的人来到南京，到一家老乡的工程队里做小工。

谁知，刚到工地没几天，吊混凝土的钢丝绳突然断裂,水泥罐掉下来砸死两个工人。政府把工地给封了,老板叫大家先回家。秦淑兰想,出都出来了,不回去。

四十多岁的女人,身无一技,干什么呢?先前,见有人背着蛇皮袋在工地附近晃悠,做拾荒的营生。她也在工地找了两条水泥袋,漫无目的地开了头。没想到,跟用棉花捻线一样,只要用心捻,棉絮续得上,就会越捻越长,她一做竟做了四年。

七十二行,行行不易。六年里,她从满大街乱窜,废纸、泡沫、饮料瓶,见什么捡什么,到后来晓得钻饭店后场,跑拆迁工地,慢慢地才摸到些门道,一直到如今在小区门口驻点收购,算是立住了脚。期间,遭路人白眼,被当过小偷,误闯别人"领地"被打,过年时捡到个可乐罐里面却被顽童放了鞭炮而炸伤了手。至于收购站老板欺她是外地人直截了当高声大气地压价扣秤,已经算是家常便饭了。

后来,她瞄上了河西新城最偏远的一个刚竣工的小区，在车库的角落里，搭了个地铺，就驻扎下了。先是工地上的旧木板、废钢筋、水泥袋什么的，卖了一些钱。以后，陆陆续续地有业主入住，包装箱、碎电线、铝合金门窗边角料等等，连捡带收足足一卡车，发了一笔小财。她的装备也从蛇皮袋换成了一辆旧的小三轮车。等到小区物业保安正式进驻的时候，她已经和大部分业主混得很熟了。这样，她就在小区门边的马路牙子上插了个小牌子，找人写了"上门收购废旧物品"的字样，她在上面留了手机号，后面注明"秦师傅"。这是有点含义的，因为，小区的许多人都喊她"收破烂的"，她心里很不舒服。写字的人还动脑筋写了句广告语：旧的不去，新的不来。她觉得蛮好的，后来去收旧的时候，常常会说这句话。

秦淑兰人很勤快，张老伯买了两个西瓜，搬上楼很吃力，她就主动帮着送上去，下楼时又顺便把垃圾给带下来；李阿姨有事回家晚了，她就帮着把小孙子从幼儿园接回来。请她帮忙买菜、遛狗、拦的士、代买早点的，就多了去了。业主大多很待见她，许多东西都是半卖半送地给了她。

开始的时候，保安还把她纳入"小商小贩，禁止入内"的对象，但多半都是业主带她进小区的，也不好说什么，渐渐地也就不大卡她了，甚至对她也客客气气的。但那个保安队的王队长，秦淑兰是又怕又恨。

那天，突然就变了天，下起了瓢泼大雨。秦淑兰像往常一样，跑到保安室的屋檐下躲雨。值班的正是王队长，见了秦淑兰，忙把门打开，招呼她进去躲雨。秦淑兰很是感激，连声道谢。天热，她穿得单薄，叫雨一淋，衣服紧贴在身上，胸前就很显出形状了。王队长毫无顾忌地盯着看，她脸红红的，望着门外，巴望着雨赶快停。这时，王队长竟然把手搭在了她的胸口，说你看看，衣服都湿了吧？她急忙推开，冲进了雨里。

第二天，还是王队长值班，秦淑兰接了一个业主电话，要进去收报纸，却被王队长拦了下来。他黑着脸说，现在物业管理抓得紧，不准外人随便进了。又小声说，告诉你，这个月都是我值白班！

旧的不去，新的不来

秦淑兰实在是舍不得离开这个"根据地"。没办法，她买了两包红南京，低声下气地来求王队长。王队长哼笑着接下了烟，说这还差不多，收破烂的也要懂规矩啊！说着，就放肆地在她胸口游走起来。秦淑兰默不作声，只觉得有股气从心口到喉头到鼻梁最后到眼眶，她强忍住了。这时，正好有人进出，王队长才收了手。拍拍秦淑兰的肩膀说，以后，有我罩着，谁也不敢欺负你！

果然，一天，小三轮车给城管收走了，秦淑兰坐在路牙上哭。王队长知道后，说，别急，明天就给你拿回来。第二天，还真的就拿回来了。城管阴阳怪气地说，哟，看不出来啊，老归老，还有技巧哦！接着就是一连串的粗话。秦淑兰脸上发烧，只当没听见。

每当委屈时候，秦淑兰就会找个没人的地方，拿出孩子的照片，翻出孩子的短信，一遍一遍地看着。四年里，女儿到西安读大学了，儿子也快要高考了，学习成绩都很好，年年三好生呢。这样，心情就好多了。人和人是不一样的,就比如,同样是女人,天天进出小区的那些婆婆媳妇小女娃,哪个不是穿金戴银车进车出的啊?二栋三楼的那个做生意的女人,说一个胸罩就抵秦淑兰几十套衣服呢!秦淑兰不跟她们比,她只是想把孩子拉扯到大学毕业,儿子娶上媳妇,女儿找到婆家,她这一生就值了,吃再多苦也值。

但是,后来发生的一件事情,却促使她要离开这个小区。

那天,十五栋三零五的王家打电话叫她去收旧书报。她对这家印象特别好,两口子都在一个什么研究所工作,儿子在北京上大学。夫妻俩和和睦睦,进出小区还经常搀着手,很恩爱的样子。对人也客气,见了秦淑兰,都很亲切地喊她秦师傅,从来不喊"收破烂的"。那天,她收了这家不少旧书报和一堆旧衣服。其实,她并不想收旧衣服,因为收购站不要,而且,现在日子好过了,也没人要旧衣服。但也算帮忙吧,每次收了,就理好叠齐,然后交到社区去,让她们集中送到老区灾区去。当她一件一件整理从王家收的旧衣服时，居然在一件旧西服的内袋里，理出了一本存折，上面的名字叫"于丽"，大概是女主人的名字吧。秦淑兰用手指点着最后的零一个一个往前移，数了半天，才数清是十一万。这样的事儿，过去也遇见过，像在旧书里夹着钱啊票啊收据啊照片啊，她都是立马给人家送去，人家必是再三道谢，甚至还奖励她点什么，她自然也没要。她觉着这也是本分，不义之财发不得的，要遭雷轰的，就像她几年里从来不跟其他收旧拾荒的到工地上去"捡"扣件钢材一样。

秦淑兰一路小跑，敲开王家的门，说明了来意。那女的一把将存折抢过去，看了，脸色立刻就变了。问：你给她存的？那男的脸色也很难看，支支吾吾地说：你听我解释……女的说解释什么？然后就将存折摔在地上，用脚狠狠地踩了许多下，接着就坐到地板上号啕大哭起来。男的慌忙跟秦淑兰打招呼说，秦师傅，谢谢你啊！然后，飞快地把门关了。

秦淑兰莫名其妙又不知所措地离开了王家。

又过两天,就听小区门口裁缝家老婆说,王家两口子离婚了。就感叹,两口子多般配多恩爱啊,怎么说离就离了呢?裁缝老婆说。那男的背着老婆跟单位里的一个女人好,还给她存了钱,听说存了十几万呢。嗨,看上去斯斯文文的样子,哼!这男人啊,一有私房钱,准学坏!但人不是个物件啊,不能像这牌子上写的,去个旧的就来个新的啊。突然,她就收了口,不说了,看着秦淑兰。

按说,这事儿跟秦淑兰并没有什么关联,但是,她还是觉得心里堵得慌,堵得难受。

天空响着雷,看来又要下雨了。这回,秦淑兰不打算再到保安室的屋檐下躲雨了。

刻字

中学里的一堂课,没想到竟成了罗明晖的职业,而且还干得有声有色,在书画界很有点小名气了。有位画家就感叹说,真是百步之内有芳草,偏街陋巷也藏龙卧虎啊。

还在中华中学读书的时候,有堂历史课,讲的是中国古代四大发明,教历史的是个头脑活泛的老师,喜欢搞点创意,说为了体验活字印刷和中华文字的魅力,布置了一个家庭作业,叫学生把自己的名字刻出来,用木头石头萝卜肥皂橡皮什么的都行,但要自己动手。历史课是罗明晖的最爱,他特别喜欢轻轻地打开尘封的门扉聆听遥远古老的秘密时那种神圣的感觉,甚至会用只有自己能听到的细语与先人对话。所以,罗明晖对这道作业尤其感兴趣。他选的是那种用在房顶上的扁砖,气孔少,很细腻,磨成一个方形,足有巴掌大,说要做个皇帝的玉玺。按老师教的办法,在一张纸上写好自己的名字,繁体的,他觉得有走近历史的味道,在"羅明暉"的后面,又加了个"印"字,然后反过来用复写纸印在要刻的一面,刻的时候他有点嫉妒班上的丁一、王兰、于平那些名字,总共才几画，多简单好刻啊，而自己的名字居然有四十画之多。没有专门的刻刀，他硬是靠菜刀铅笔刀，以手指上几道伤痕的代价，获得了全班第一的荣誉。老师端详半天，问这是你刻的么？他举着贴着创可贴的双手说是呀。老师说我以为古代也有个叫罗明晖的呢。

后来，罗明晖就有点迷上刻字了，课余时间基本都花在了这上面。他攒了零花钱买了一套真正的刻刀，为全班同学都刻了印章，还刻了十二生肖，校运动会奖品纪念，百年校庆标志，励志名言等等，真草隶篆美术体，什么都有，不管人家喜不喜欢，送给老师学生的不少。罗明晖叫人诧异的功夫并不在刻了多少印章，真正拿人的是写得一手反字。给他一段课文，一转眼，就能拿反字给抄了，将纸背对着阳光一照，全是正字，还是标准的老宋体，工工整整，跟古书上印的似的，有人开玩笑说罗明晖的左右半脑大概是反着长的。

正所谓人有旦夕祸福。大二的下半学期，一场突如其来的车祸，把他放倒了，左小腿被一辆渣土车轧得粉碎，最终也没能保住。

躺了半年，终于能从床上下地了。那天，他撑着拐杖在阳台上贪婪地望着蓝天白云和偶尔掠过的小鸟，看着看着竟然忘情地伸出双手，在窗前挥起来，便忘了腋下，倒地的拐杖一下子惊醒了他，人也紧接着轰然倒下。一段时间，他十分厌烦脚下传来的右脚与拐杖组成的特殊脚步声，他把自己所有左脚的鞋子都归到一起，从楼上摔到楼下。然后，把自己关在屋子里，闷头读书，尽读些史啊记啊鉴啊录啊，还有篆刻的书，反正都是些古书。父母都是普通的工人，一点也不懂，按照他开的书单买就是了，他们只盼着儿子能尽快度过这段时间，能站起来，走出去。

其实，罗明晖啃了十几本书，也是囫囵吞枣似懂非懂，但读书倒让他静下心来，去面对一只脚的残酷现实了。半年以后，他刻了一枚印：独立。跟父亲说要去上篆刻培训班，并且要开个刻字店。父亲说好好好，路还

* 331

长呢。父亲的一个朋友在夫子庙的东市开了一家文化用品店铺，他跟朋友商量，交点租金，让罗明晖在店里摆了个"艺术刻字"的摊子。

刻字店的生意并不怎么好，现在用私章的人少了，订合同立字据签信用卡都是手写签名，还有电子签名。公司单位呢，用的也多是原子印章，自带的印泥浓淡适中不污不染，非常方便。偶尔给家门口的一个熟人刻了枚公司印章，结果却因为没有公安部门的备案，被罚了一千块钱，这还是考虑他残疾从轻发落的。罗明晖就这样有一搭没一搭地做着，倒也不急。

但也在琢磨经营，他拄着拐杖跑遍夫子庙景点，看什么能和刻字联系到一起。一段时间以后，他的刻字业务便丰富多彩起来。他刻篆字，刻楷书，也刻花体字，还刻囧啊槑啊等时尚新字和各种表情符号，还刻灰太狼流氓兔骷髅头。他又买了许多风景明信片，上面盖上他刻的像首日封一样的纪念印戳。他还同一个搞石雕的艺人合作，在十二生

鍥而不舍

刻字匠

肖的小雕件上，刻上篆体的生肖属相和人名。慢慢地，刻字的生意好了起来，他便单独租了个小门面。

能养活自己了，罗明晖便把更多的精力投入了篆刻。每天雷打不动的是，晚上两小时临帖练刀，早上一小时读书。上了书法家协会办的篆刻班，认识了不少书画家，主办方还给他们结对拜了老师。考虑到罗明晖的手脚不便，给他认的老师，是住在门西的范逸道，书画界人称范一刀，留着齐白石一般的胡子，看上去很有点仙风道骨的一个老头。老人家平常深居简出，却治得一手好印。罗明晖去拜见时，范一刀并不很待见，大约对如今的社会还有年轻人静下心来钻这个，颇有疑惑。对罗明晖的情况和几方印，只是虚着眼睛听了瞄了，未置可否。然后给罗明晖看了几方印，分别是"苦瓜滋味""搜尽奇峰打草稿""废画三千""往往醉后"，罗明晖居然报得出张大千、石涛、李可染和傅抱石的名字。范一刀又问了看过什么书，罗明晖说了《学山堂印存》《汉印分韵合编》、邓散木的《篆刻学》几本。范一刀就觉得这个年轻人有点意思了,对带他来的人说,先看看再说吧。最后,布置了两方印的作业,一是"一本正经",一是"顺其自然"。

没两天,罗明晖就完成了作业,拿连史纸的本子,工工整整地钤上,呈给老师。范一刀看了之后,二话没说,就批了"杂乱无章"四字。罗明晖也二话没说,收了本子拿了印章回了头,用心把旧印磨去,从头再来。这样,罗明晖刻了五回,范一刀批了五次,有如下一些批语:"胸中无印""章非章印非印""天马行空空非空""量小非君子"等等,均是蝇头小楷,极其工整,只看批字就是一种享受。罗明晖对着印反反复复地揣摩,若有所悟,又参不深透,愈发觉得篆刻与中国文化的博大精深,也愈发觉得奥妙无穷快乐无边。在最后定稿的作业上,范一刀亲自操刀改了几处,说还可以继续深造。范一刀是走王福庵一派的,刀法爽健,结构精巧。罗明晖便亦步亦趋,用心模仿。同时,他又悄悄钻研与王福庵同属表现文人雅意流派的陈巨来,在作品中又融进了陈的舒和雍容、篆法纯粹的风格。两年之后，范一刀从头到尾细细检阅了罗明晖的本子上留下的一百五十多方印，感叹不已，高兴地留罗明晖在家里喝了一顿酒，说你在外面可以说是范一刀的学生了。罗明晖遂磕头谢恩。同时，奉给恩师一方印，用的是田黄中的熟栗黄，印文曰"一劳永逸"。师徒俩便相视一笑。

以后，范一刀常常将罗明晖引荐给求他治印的书画家，有时也让罗明晖试着刻一枚两枚的，竟有些崭露头角的意思，渐渐地被书画家们认可了。难得的是，罗明晖还能够根据书画家治印时的背景情境，帮他们仔细琢磨印文的文字，深得书画家的赏识喜爱。比如他为擅写小楷的书法家刻了"精微"；为专攻佛教题材的画家刻了"会心不远"，画家因此特地将画室更名叫"会心斋"；为去莫高窟临了两年壁画的画家刻了"脱胎换骨"，画家认为是说出了自己的心声，高兴地赠送给罗明晖一幅敦煌壁画风格的飞天反弹琵琶图，题款为"操千曲而知音"，罗明晖受宠若惊，视为至宝。

日子就这样不紧不慢地过着，简单而实在。每有心得，罗明晖便刻上一方印，如同记笔记一般。比如，他根据自己一腿残疾的情况刻了"一步一个脚印""重新格式化"。有回，罗明晖在街头看到一个患小儿麻痹症的男子，匍匐在小木车上，用彩色粉笔写了满满一人行道的美术字，全是一色的老宋体，他想起来自己以前也如醉如痴地写这种老宋体，只是写的是反字，他在男子的罐头盒里放了一叠钱。回去以后，便刻了"反正都一样"。一天，一个年轻的女子怒气冲冲地来找罗明晖，说是给她老父亲私章刻错了，害得她帮父亲办医保报销办不了了。他看了私章，记起了是有位老先生来刻过章，他找出业务记录的本子，仔细对了一下，说没错啊。女子说你识不识字啊？细问之下，他才发现确实刻错了。老先生名叫陈巳隅，一九四一年农历辛巳年四月生人，恰好又是临近中午出生，大小时刻均记为巳，而巳时古代称为隅中。据此，家人给起名叫陈巳隅。罗明晖刻的时候不够专心，误将"巳"刻成了"己"，一个封口，一个开口。医保中心的审核人员也是心细，这么细小的笔画差别竟然能看出来。开了的口子，不足部分已经补不了了，罗明晖现场给重新刻了，又退了钱，以表歉意。据此，罗明晖刻了一枚印，曰"常念己之不足"，其实，也还有与自己腿部残疾相关的意思。

罗明晖将这些印拿了给人看，大家不光称赞他技艺精进，更对文字大加称道，说富于哲学意味和文化韵味。就有人花大价钱买他的这些作品，当然，他们并不知道其中的来历和心思。因为都是为自己刻的，罗明晖本不想卖，卖了自己便不好再用了。后又想，有人觉得好便好，自怜自爱究竟还是一己私情。

父亲几次催他去配假肢，终于定做好了，试了感觉很好，罗明晖正懊悔当初怎么把左脚的鞋子都给扔了呢，父亲说都给你留着呢，你妈给收得好好的，洗得干干净净，还偷偷地拿出去晒太阳呢。罗明晖戴上假肢，穿上一双鞋子，猛一看还真看不出有什么毛病来，跟平常人一样。

私房錢

柳惠敏藏私房钱和别人不一样。私者，密也。一般，私房钱都会被藏在破棉絮鞋旮旯里，不让家里人发现，才觉得私密安全。柳惠敏不，她是当着丈夫的面，打开梳妆台左面的抽屉，拿出一个装巧克力的铁盒子，钱就放在里面。盒子上贴了张纸，上面写着"小敏的私房钱，不准乱动！"后面还有个潦草的柳惠敏的花式签名和一个心形的笑脸符号。

私房钱的来源，无非就是柳惠敏公司里发的小奖金，加班费，过生日收的份子钱，爸妈给的补贴等等，平常数量也就在三五千块，柳惠敏就拿它买些小零小碎的东西。过后，再有收入，又补进去。家里的经济大账全是丈夫在管着，大到家用电器，小到吃喝拉撒，也都由丈夫安排，柳惠敏才懒得管呢。丈夫曾经让她管过两三个月，虽然新婚不久，家庭事务还不复杂，她就直喊头疼烦死啦，于是拱手让权。她只管叫丈夫给她办美容卡健身卡，往她的信用卡里充钱，好花就行。平时用的碎银子就在这私房钱里支了。

有补充收入的时候或者突然兴起的时候,柳惠敏会把私房钱全部倒出来,再一张一张地数,很夸张地蘸着口水,嘴里念念叨叨地计着数,像是做着一个好玩的游戏。关于数钱,还数出许多有趣的故事来。

有时候她正聚精会神地数着,丈夫就也跟着数,但总是会故意地加两个数字或者把某个数字重复报两遍,这样,柳惠敏顺着他的声音,不知不觉地就被带进沟里了,数到最后,不是多了,就是少了,又要从头再来。

丈夫会笑她,跟老葛朗台似的,把数钱当成人生最动听的音乐和最大的享受了。说她,你那几个钱颠过来掉过去地数,能生出新钱来么?她就挤着鼻尖说,那可不一定,女人的钱也就跟女人似的,说不定就会生呢。丈夫说,生?你跟谁生啊?说着,就从身上摸出个一元的硬币,当啷一声放进铁盒子,说没有我你怎么生啊?嘴里说着,手就伸过来,抱起柳惠敏往床上一扔,柳惠敏就嗔骂,呸呸呸!不要脸!

* 341

还有一回，柳惠敏的私房钱增加到四千八百块了，非缠着丈夫，要他添两百块，凑成个整数。丈夫就好笑，这从左口袋到右口袋还不是羊毛出在羊身上啊？柳惠敏把丈夫给的两百块钱夹进了那一叠子钱里，说那可不一样哦。她在一张纸条上写了五千元，放进铁盒子。丈夫把纸条拿过来，在后面添了个"0"，说这下就成了富婆了。柳惠敏就说，你不把这个0补齐，看我怎么收拾你！

突然，有一天，柳惠敏在电话里慌里慌张地告诉丈夫，说铁盒子里的五千块钱不见了！会不会是家里遭贼了啊？要不要报警啊？丈夫说，千万别报警，等我回来再说。回到家一对，原来一个朋友急着要买装潢材料，手头没有现钱，丈夫就动了她的私房钱，朋友说好第二天就还，他打算再悄悄放进铁盒子里，神不知鬼不觉地把好人给做了。柳惠敏就很生气，眼泪都下来了。她说，你怎么乱动人家的钱啊？然后就赌气。第二天，朋友按时把钱还了回来，丈夫又添两百块，作为利息，柳惠敏才阳光灿烂起来。她说。老公我请你吃烧烤，不过，下次不能再犯

私房錢圖

了！丈夫说，再也不敢了！但最好，再加两瓶啤酒。

有时候，许多事情真的是说不准，柳惠敏的私房钱还真的就给她生钱了。丈夫添的那个0，还就弄假成真了，她真的就成了个小小富婆了。那天，她和闺蜜两人逛街逛累了，便说去买彩票撞大运玩。可巧，她买的竟然中了个五万块！她开心地说我的私房钱暴涨啦！赶紧掏出手机要告诉丈夫。闺蜜对柳惠敏的私房钱种种全都知道，她一把夺过柳惠敏的手机，说小敏你傻呀？这五万块可不能让他知道，不然，怎么做私房钱啊？而且，这笔钱也不能放在你那个铁盒子里，得单独放才行，你忘了上次的失窃事件啦？她被闺蜜说得一愣一愣的不知道怎么办才好。闺蜜说，你听我的没错。闺蜜就陪着她跟做贼似的领了奖，又陪着她去银行存了卡。柜面小姐提醒说，最好不要用自己的身份证号码做密码，柳惠敏便用了丈夫的生日做了密码。然后，柳惠敏就请闺蜜去吃肯德基。但吃的时候，柳惠敏觉得鸡腿没有平时的好吃，心里老是想着包里的那张五万块的卡。她就又问闺蜜，瞒着老公好么？

闺蜜吃着鸡腿头也不抬,说,那是必须的!

回到家,丈夫兴高采烈地告诉柳惠敏,说公司老板看我工作业绩好,要给我升职啦!升了职就要涨钱啦!涨了钱我们不久就可以实现买车的梦想啦!柳惠敏心不在焉地附和着。丈夫觉出了她的异样,问怎么啦?她说,不舒服头疼。丈夫就兑了温开水,叫她喝点水早点休息。平时进了门就随手扔的手包,她特地放在了枕边。一晚上,她就没怎么睡踏实,老是在想要不要告诉丈夫和卡到底放在哪里,有几次,话到嘴边,见丈夫睡得正香,又咽下了,直到迷迷糊糊地睡去。

第二天早上,柳惠敏的头真的疼了。丈夫头靠头地给她试体温时,她差点哭了。待丈夫走后,她拿出卡,放进梳妆盒里,她又觉得不保险;改放到一个鞋盒里,又怕被丈夫翻到;她又站在凳子上,踮着脚好不容易放在了大衣橱的顶上,也觉得不安全。最后,她把卡放在大衣橱自己抽屉的一叠内衣里,心想丈夫总不会动女人的这些东西吧。虽是这么想,但她一整天都心烦意乱的。一会儿是担心被发现,一会儿又想万一发现了不是反而说不清么?一会儿又心想,这中奖应该是个欢天喜地的事情,怎么弄得这么烦恼了呢?下班回到家,进了门的状况,把她吓得不轻。丈夫正在翻大衣橱呢,她问丈夫在干吗时,说话都结巴了。丈夫说明天要出差,理衣服呢。她心里扑腾扑腾地跳,问我那抽屉你没动吧?丈夫说我动你那抽屉干吗呀?穿你那些衣服,变态啊?

丈夫出差的几天里,柳惠敏又把卡转移了几次,但仍然不放心,摆在自己包里,又怕叫人给偷了。折腾了几天,最后精疲力竭地倒在沙发上,心想这是何苦呢!

丈夫回来了。给她带了一个精致的钱包,说私房钱不要放在铁盒子里了。他又问,我不在家的时候,是不是还天天数钱啊?柳惠敏一听,眼泪就下来了。她把卡拿了出来,说这里面有五万块钱,密码就是你的生日。丈夫惊奇地问她怎么回事,她就把买彩票中奖的事说了,但其他情节没有说。丈夫上来就亲她,说这是喜事啊,怎么还哭呢?她说我这是高兴呢!又说,这钱你拿去买车吧。丈夫说,还是你留着做私房钱吧,买车的钱慢慢再挣。她就把钱和卡放进了丈夫新买的钱包里。

丈夫又说,不行,一定得庆祝庆祝,而且动静要搞大一些!就抱起了柳惠敏,柳惠敏就捶着丈夫的肩头,说,今天整个儿就是个二姑娘倒贴,我亏死了!

魏大妈的辛福生活

魏大妈不是一般的家庭妇女，而是一位老师，名叫魏玉华，在城南的一所中学里教初中地理。"魏大妈"是学生给起的，因为她四十大几的年纪，还因为说起话来有点儿婆妈细碎。地理是一门副科，初一初二有地理课，到了初三便结束了。因此，它不及数理化主课那般重要。但是，教地理的魏老师在学校里的地位却是很重要的。不夸张地说，校长都离不开她。

这所学校本来就是个三流学校，生源不怎么好。在不怎么好的生源里，又有那么一些差生，成绩不行，习惯亦不好。每一届都要把这拨学生收编成一个班，老师们称之为"总政直属部队"。砸碎玻璃、损坏门窗什么的，总务处经常找上门来；调皮捣蛋、惹事打架，那又是政教处管的范畴，所以叫这么个"总政直属部队"。这样一个班让谁做班主任？首选的就是魏玉华。但她有个要求，校长不答应也得答应，就是班级排序上，要排成一班。她就有这个本事，三年下来，刺毛的，给抹平了；成绩呢，多多少少都上去了。冷不丁哪一门课或者小发明什么的还会弄出个市区竞赛奖来。

尽管如此,魏老师一直就是一个上上下下有争议的老师。

接初一新生的时候,魏玉华不喜欢开全班的家长会,她会根据小学的综合评价和家庭状况等等,跟每一个家长个别谈话。但有的话是共同的,她说,我会把你们的孩子当成自己亲生的孩子,放心不放心?家长觉得老师这样贴心窝子,真是少见,心头一动,都忙不迭地说,放心,放心!她又说,既然是自家的孩子,那我管得严,卡得紧,可不要心疼哦!家长是求之不得,正为管不住孩子犯愁呢。有家长当下就表决心说,孩子要是不听话,魏老师只管打!她就接着话茬说,那是,我是不会手下留情的。只要你们不要心疼,不要去告我。家长以为也就是这么一说而已,没当回事。谁知道,魏玉华还真的打学生,用可以伸缩的教鞭打手心,同学们把她这个经典动作称为"魏武挥鞭"。男同学打左手,女同学打右手,说是男左女右,有讲究有说道的。究竟什么讲究说道,她也说不出个所以然来。但左也好，右也好，人手都是肉长的，几鞭下来，就是几条红印子，画外音是嗷嗷直叫。也怪，盐卤点豆腐，一物降一物。头上长角身上长刺散漫惯了的几个同学，虽然长得五大三粗，也还就吃这一套，服她打服她管。家长倒也高兴，乐观其成。但也有人将她打学生的事反映到教育局，教育局便派人下来调查，找学生，问家长。结果，没有一个人说她打学生。逼急了，就说是魏老师跟同学们开玩笑呢。魏玉华打学生的事情，就算不了了之。

不光是打，还有罚呢。除了罚背书罚抄书罚跑步罚俯卧撑等传统项目以外，她还罚犯了错误的同学，去街上捡易拉罐饮料瓶。并且规定，每次不得少于两个。学校门前一条街上，有时看到穿校服的学生在翻废物箱，那就是魏老师班上的。捡回来的易拉罐饮料瓶，集多了，就去卖了，把钱充作班费。这个班的同学过生日、搞活动，就有了经济基础，弄得一校的学生都羡慕嫉妒恨。钱的保管使用也很简单，大钱都交由魏老师收着，留着大用。小钱就放在讲台抽屉里的一个旧文具盒里,谁没来得及吃早饭,谁掉了一支笔,哪位女同学"好朋友"来了忘带东西了等等,都可以拿了用。还不还无所谓,只要在一张纸上记个账就行。有一回,生活委员把账一看,居然少了十块钱,这可是一笔大额资金,就在班上惊惊乍乍地审问。魏老师当着全班的面说,不用问了,那位同学肯定是急用,没来得及记账,过两天肯定会还回来的。过了两天,果然就还回来了。钱聚多了,魏老师就让同学们亲手把钱汇给他们的友好对子——西藏墨竹工卡县的一所小学校,并附上每一位同学写给他们的信。

有许多人会问魏老师管理班级的秘笈,她也总结不出什么。其实,就是两条:一是唠叨,二是人盯人。没课的时候,她也要到班上转转,或者干脆就坐在教室里听别的老师的课。一来是看看学生的学习情况,二来是帮年轻的老师压压阵。过去,曾发生过学生把年轻女老师从课堂上气哭气走的事情。她坐在那儿,就起个稻草人吓麻雀的作用。有作业就顺便改作业,没作业就把上班路

魏大妈的幸福生活图

上买的一把韭菜芦蒿什么的,就手给择了。经常弄得满教室都是菜味。一次化学课,老师费了半天劲,把 A 液体和 B 液体混合,又加了催化剂,很神秘地说会产生类似柠檬香的味道,要学生用鼻子嗅气体验一下。结果,异口同声的答案是:芦蒿香!

魏老师经常会做些意外之举。比如,有个男生很调皮,还自以为是常有理,魏老师就说我们打个赌:如果老师赢了,以后就乖乖听话;如果老师输了,再也不管你了。男生挺来劲地说,行啊。魏老师说,你让班上的同学写你的优点,我在办公室写你的缺点,看哪个写得多,多的赢。结果男同学的手上胳膊上写满了优点之后去找老师,最后还是垂头丧气地回来了。再比如,暑假前,她一本正经地布置暑假作业,同学们辛辛苦苦密密麻麻写了一本。结果,一开学她把作业收上来,连看都不看就转手卖给废品收购站,说是为班级"搞创收"。还比如,叫学生集体从学校步行到江宁汤山,搞现场教学,带同学们看汤山猿人生长的地理环境,看阳山碑材的山体结构,还不许家长跟着，即使路上遇着大雨有两个女生晕倒，她照样面无表情地按计划进行。她被同学们称之为"变态狂""母夜叉"，大家对她咬牙切齿，恨之入骨。

终于，同学们再也不能对她"恨之入骨"了。在临近毕业前夕，魏老师突然就住进了医院，说是得了一个妇女的什么病。有同学就叫家长煮了魏老师最喜欢吃的大肉面，送到医院去，但魏老师已经没有胃口了。

毕业考时，同学们都记着魏老师的嘱托，使出了吃奶的劲，考出了高于全区平均分四点五分的惊人成绩。最后一门一考完，他们就相约去看望魏老师。当女生们捧着一玻璃瓶的千纸鹤走进病房的时候，竟被眼前的情景惊呆了。病房四周，挂满了历届同学写给魏老师的贺卡，花花绿绿，足有几百张。还有两张 A4 纸上，画着两个心形图案。一张写着：幸福；一张写着：谢谢你们！细心的女生发现，魏老师好像还破天荒地化了柔柔的淡妆，眼神里充满了亲切慈祥。但从眼角到耳朵，却闪着两条光影。当下，她们就哭成了一团。

* 355

魏老师后来出院了，但伤了元气，身体就飘忽柔弱了许多。"魏武"就再也没有"挥鞭"了。

诸葛亮

诸葛亮其实是个皮匠，修鞋的。因为"三个臭皮匠——凑成一个诸葛亮"那句著名的谚语，街坊邻居便喊他诸葛亮。久而久之，他的真名王四保倒没人记得了。那次，社区主任为换发第二代居民身份证的事来找他，叫了声"王四保！"，连他自己也都一时没想起喊的是他，等到回过神来，慌忙"哎"了一声，差点没把嘴上叼的鞋钉给吃了下去。

诸葛亮干上皮匠，并不是祖传，却是个意外。他早先在高楼门的一家拉丝厂工作，拉丝厂有个鞋钉车间，他干的就是把铁丝经过截断、撞压然后做成鞋钉的活。虽然整天守在"嘎哒嘎哒"的机器旁，枯燥乏味，但对左腿因小儿麻痹落下残疾的他来说，毕竟是份挺不错的工作。谁知，后来厂子经过兼并、拓路几下折腾，竟然没了，他便下了岗。正一筹莫展的时候，他碰到了经常到他们厂里买鞋钉的皮匠老吴师傅。吴师傅在羊皮巷摆了个鞋摊，收入还不低呢！吴师傅已经六十岁了，儿女都做别的工作，正为手艺没人传下去而烦恼呢，便极力鼓动诸葛亮跟他学。诸葛亮想想闲也是闲着,先学着吧,孬好也是门手艺。

谁知一学,就学上瘾了。从挑担子、打水送饭等杂活干起,又学着帮师傅拆旧鞋、给麻丝打蜡;然后,学着切大料、磨旋刀;再后来,便是钉鞋掌、绱鞋底。一样一样地学,学得津津有味。三年后,师傅说他可以出师了。一天中午时分,师傅在鞋摊前打盹,打着打着,人就走了。诸葛亮连夜赶做了一双千层底的布鞋,让师傅穿着;又糊了六十三双纸鞋,磕着头跟师傅说:一路走好!

诸葛亮接过了师傅的摊子,回到了城北,把担子改做成了推车,在自家门口摆了起来。他的鞋摊生意一直很好。那是因为一是他人缘好,街坊邻居小修小补的,从来都不收钱,大活儿也就收个半价;二是他有两个绝活:鞋码小改大和自制布鞋。鞋子大了往小里改,好改,小里往大改,就难了,一般师傅都做不好。比如皮鞋,他把鞋帮拆下之后,接一圈皮子,而这一圈皮子在重新绱底的时候，正好压在线底，既放大了一点尺寸，又看不出来接头。再用鞋楦固定整形，跟新买的一模一样，这就是本事。还有，他自制的平底布鞋也很有名气，那可是百缝千纳纯手工的制作。鞋底是拿碎布用糨糊一层一层糊贴起来的，上下再贴上棉布，做成八到十个薄的鞋底，然后，叠在一起一针一针地用粗线由外至里一圈一圈地纳，纳出来的针脚都疏密均等，一行行针脚如一圈圈涟漪荡漾开去，规整有型，一丝不苟。纳好的鞋底经过捶打，纠正一下高低不平，就成型了。鞋帮一般是白色棉布衬里，面料随顾客的意思，任意五色棉布缎料都行。鞋帮的看点除了平整伏贴以外，还在掩口包边、宽窄如一、不皱不折，看上去如行云流水，和欣赏现代高级轿车流线型的感觉异曲同工。这样，缂起来的鞋子，帮底可谓珠联璧合。穿上去合形合脚，透气透汗，非常舒适，和北京步云轩的放一起，一点也不输给名牌。不但许多老同志老干部，喜欢穿他做的布鞋，就连一些时髦姑娘小资女人也都排着队来定做，有的新娘子还非要穿着他做的绣花鞋入洞房呢。

诸葛虎翼

说到女人,街坊邻居都说诸葛亮这家伙有福气。那天,一个拾荒的年轻女子打他的鞋摊前走过,诸葛亮出于职业的习惯,并没在意她的模样,却注意到她的脚上穿了一双旧球鞋,已经是"前头卖生姜,后头卖鸭蛋"的模样了,不禁心生一分怜意。当时就叫住了她,从平时收来的旧鞋中找了一双给了她。谁知,那女子立马就哭了起来,弄得诸葛亮不知所措。穿上鞋子,那女子竟然不走了,一直坐在鞋摊边上,有一搭没一搭地和诸葛亮说着话。这样,诸葛亮知道了她是四川人,被人拐到了苏北农村给一个傻子做老婆,她寻机逃了出来,流落到南京。身无分文的她,没有办法回老家,只好在南京拾荒。饿了,就在小饭店捡点剩饭;困了,就在车站码头靠靠,常常被小流氓欺负。诸葛亮被她说得心里酸酸的。大哥,我帮你干干活吧!我会纳鞋底。诸葛亮一愣,他一个修鞋摊,还要专门雇一个小工?开玩笑嘛!但是,一愣之后是心里一动。当时,年届四十的他,由于身体残疾,仍然是个光棍。那女子一会儿递针,一会儿拿线,让诸葛亮有一种前所未有的异样感觉。傍晚时分,那女子跟着他回家时,他居然没说什么,俨然是两口子了。

后来,有人提醒诸葛亮,那女子说不定是个"放鸽子"的,不要弄得人财两空哦。他笑笑说,我是个修鞋的,看人怎么走路,还是有数的。同样是光棍的卖烤羊肉串的杨二酸溜溜地说,给这家伙拾了个皮夹子!真是呆有呆福。这话被在中学教历史的许老师接了去。那天,诸葛亮在"小安徽"开的"好再来"小饭店里摆了两桌,请街坊邻居吃饭,许老师便把"呆有呆福"修改了一下,又加了一句,成了一副对子:好心好报,保有保福。这就把诸葛亮的本名放进去了,大家都说好。退休干部老苏又凑了个横批:良缘。大家又都说好。媳妇也争气,第二年就给他生了个大胖小子,一转眼都上高中了。一个小鞋摊,养活了一家人。虽然穷苦了点,但诸葛亮觉得很幸福。每天收工之后,他总会就着老婆烧的可口饭菜,喝上一口小酒,虽然那只是几块钱一斤的散装白酒。

但是,最近诸葛亮很郁闷。街道城管说他在

路口的鞋摊影响市容,要他花几千块钱租一间街道统一建的门面房,他哪有那么多钱啊?儿子上学还背了债呢!再说,他弄不懂的是,自己怎么就影响市容了呢?城管就不穿鞋走路了?

杨二给他出主意:你准备两条好烟,我给你去找人,肯定搞定!但是,诸葛亮不相信杨二的话。

小白菜

赵斌真是个苦孩子。

"小白菜,泪汪汪,从小没有爹和娘。"这好像是哪一部电视剧里的插曲,他记不得了。但是,他觉得这两句歌词,好像就是写他的。他就是一棵小白菜。

赵斌四岁那年,父亲押运一批货物去浙江嘉善,在盘山道上车子打急弯的时候,翻了下去。回南京时,壮壮实实的一个人已经变成了一盒子灰了。单位是一家小公司,车子也没什么保险,只赔了四万块钱。赵斌的母亲——用爷爷的称呼,叫作"妖精"——勉强守了大半年的寡,就卷了已经所剩无几的抚恤金,跟着一个做建材生意的老板跑了。十几年里,再也没有音讯。

一家人短暂的幸福,在赵斌的脑海里只留下了一丝遥远而模糊的记忆。所幸的是,还有几张那时候的照片。赵斌有时候会对着照片,用许多想象来补充,使影像活动起来。但每当这个时候,爷爷的那张布满皱纹的脸,便阴沉下来。赵斌便赶紧把照片收起来。

好在,赵斌还有爷爷。爷爷,就是他背靠的一棵大树。

赵斌的名字,是爷爷给起的。爷爷过去在一家工厂做保管员,也算是识文断字的。他认为,一个人要在社会上立足,就三条:一文一武一胆。因此,他就用这个理念教育赵斌。

在文的方面,爷爷从赵斌四岁起,就开始教他背《三字经》和《百家姓》。一次,爷爷带他到厂里,遇见一个同事,一下子记不清对方叫什么了,就对他说,你看看,到底人老了,记性越来越差,你叫赵什么啊?赵斌抢过话,说,爷爷,我知道,他叫赵钱孙李!说得大伙哈哈大笑,都说这孩子聪明。除了背诵诗文之外,爷爷还教他写大字。买不起毛边纸,就用城墙边上捡来的一块大城砖,磨平了,画上九宫格,蘸了水写字。写了一会儿就干了,干了再写。由于启蒙得早,等到一年级的课本拿到,他居然能八九不离十地读下去了。在督促赵斌学习上,爷爷的方法不但简单,而且实用。就是背不了书或者作业完不成的,就不给饭吃。什么时候完成了,什么时候再给吃的。爷爷还说这能锻炼赵斌将来忍饥挨饿的精神。因此,赵斌打小就落下了个胃疼的毛病。以此作为代价,换来了他从小学到高中,一直就是在班上前五名的好成绩。这,也是爷爷人前人后最值得炫耀的事情。

与背《三字经》《百家姓》同步,爷爷还训练赵斌习武。实际上,也算不得真正的习武。虽然爷爷过去是下关一代非常有名的民间武术家杨小辫子的徒弟,但并没有教赵斌什么成套的拳脚路数。主要是怕他真的习了武,有点功夫了,万一出手伤人,那麻烦可就大了。因此,只教他压脚、劈叉、举杠铃、打沙袋之类,强强筋骨而已。但就这样,他掰手腕子,在学校也是无人能比,"孤独求败"了。

爷爷其实更注重的是对他胆量的训练。训练

的方法也比较特别。比如，不问春夏秋冬，下再大的雨再大的雪，哪怕是下刀子，也不准穿雨衣打伞。遇到水洼子，不准绕道走，跳过去蹚过去还是拿东西垫着过去那是他自己的事情。弄成落汤鸡小泥猴那是常事，不过，他倒是很少受凉感冒。再比如，爷爷会经常叫他晚上一个人拿只手电筒去很远的一家小店，买一包烟一瓶酒。因为那家小店的老板是爷爷的朋友，可以赊账。路上必得要穿过一条很窄很暗的小巷，头两回是爷爷带着，然后就是他自己走了。他曾经吓得尿过裤子，后来每次去就大声唱歌，大声背课文。次数多了，才慢慢地习惯了下来。上高中的时候，学校搞军训，要安排夜里站岗，别人吓得小腿肚子转筋，只有他根本就无所谓，吹着口哨听着耳机就去了。很小的时候，赵斌就敢从一两米高的台阶上往下跳，敢爬到很高的树上摘白果，敢把毛毛虫放在手心里盘着玩，敢拎着菜花蛇的尾巴摇来摇去。

转眼高考临近。爷爷不担心赵斌的成绩，而是担心在饮食起居上照顾不好，影响他考试。平时，爷孙俩怎么糊弄都可以，但这个关键时刻不能马虎。爷爷便特地从苏北老家请来一个远房亲戚五婶来，帮助家里料理家务，给赵斌做好吃喝做好后勤服务，让他安心地复习迎考。

五婶的到来，使这个缺少女人的家立刻改变了许多。杂乱的家什归齐了，三餐的饭菜可口了，爷俩的衣着熨帖了。每天，赵斌复习功课到深夜，五婶会变着花样给他煮一些绿豆汤啊莲子羹啊，赵斌吃得滋溜滋溜的。夜里，五婶还会给赵斌熄掉床头的台灯，给他披披被子。早晨起床，牛奶鸡蛋已经放在桌子上了。赵斌心里，常常会升起一种异样的感觉。觉得五婶既像妈妈，又像奶奶。但，这反而把他的心弄得乱了。复习时，老是会分心走神，脑袋里杂乱无章的。

学校要搞一个十八岁的成人仪式，整天在考试里忙得焦头烂额的同学们都异常兴奋，早早地就开始了一系列的活动。出海报，排节目，给父母写一封信，给国家总理提一个建议等等，生动活泼，丰富多彩。但赵斌好

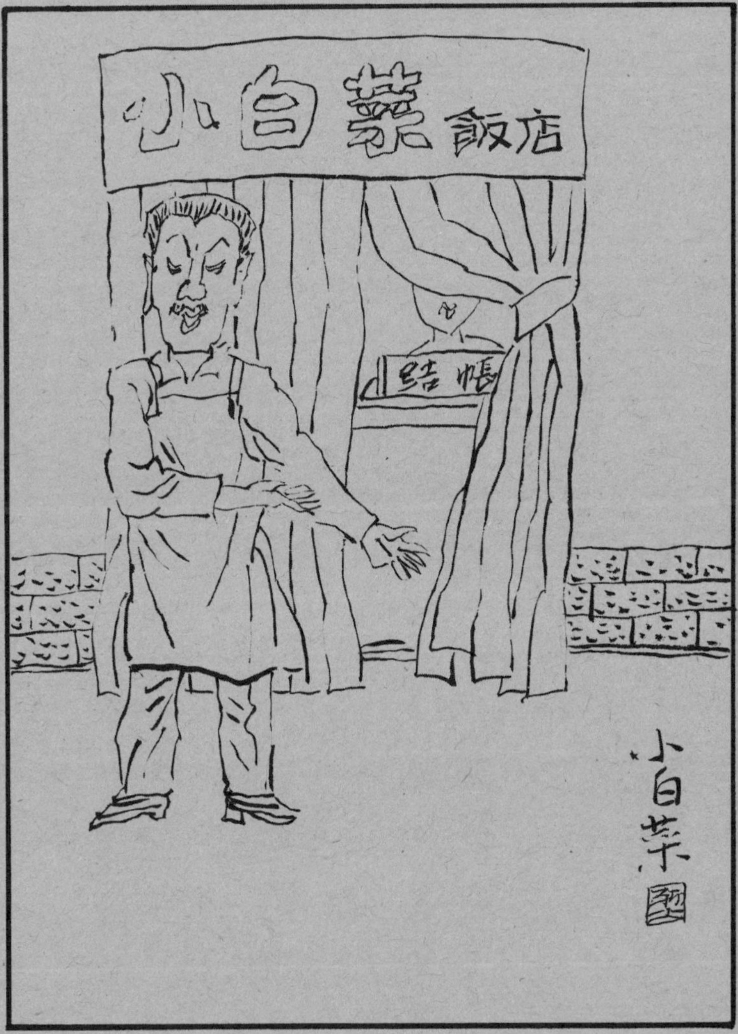
小白菜飯店
结帳
小白菜

像觉得这些跟自己都没有什么关系，也没有什么意思，还不如回家吃五婶包的饺子来得实在，因此懒得去参与。但到了成人宣誓那天，他握着拳头，跟在团委书记后面一句一句地念着誓词的时候，好像忽然就激动了起来。

"责任"啊，"担当"啊，这些平平常常的词，竟然强烈地冲击着他。宣誓完毕，他没有参加照相，一个人跑到图书馆后门的小树林里，大哭了一场。他问自己：我这就成人了么？童年少年这就算过去了么？我要"担当"了，担当什么呢？爷爷一天天老了，腰越来越佝偻，气喘得越来越短促了。正想着，突然有人拍了一下他的头，说，哟！躲在这儿干吗？失恋了啊？原来是王新利。他最烦这家伙了，学习不怎么样，但他老爸是个大老板，天天坐小车上学，在同学里神气活现的。他气不打一处来，回了一句：失你妈个头！结果，两人便打了起来。赵斌三拳两脚便把王新利打倒在地，长长地出了一口气，头也不回地走了。谁知道，那小子竟不经打，过后就喊肚子疼，到了医院一检查，说是脾脏破了，立马就动了手术给切除了。这事儿闹大了，犯了罪了，叫故意伤害，还是个重伤。结果他被判了一年半的刑，还是从轻处罚。

爷爷从此一病不起。

在里面，他在劳动之余，就做三件事：一是想爷爷和五婶，二是学习法律，三是在心里追问自己为什么会走到监狱里来。他把能够记事起所有的经历与生活场景，都反反复复地在头脑里放电影。

出狱那天，五婶给他包了韭菜馅儿饺子，说这是有讲究的。饺子弯弯的，叫"万万顺"，小灾过后，将来一切都会顺利；韭菜，那是割了一茬又长一茬的，长得旺呢。他一口气吃了四十个。

在家睡了几天之后，赵斌开始了他的一个计划。爷爷看他整天往外跑，怕他跟了坏人学坏。他说，爷爷你放心。

他要去找一个人。

终于，在一个高档小区里找到了。门开了，他见到的是一个中年妇人，保养得很好，风韵犹存。她问，你找谁？他从钱包的夹层里取出一张泛黄的照片，上面是一个女子抱着一个孩子。那女人接过照片，立时愣在那里，好大一会儿，都没动弹。以至于他从她手上把照片拿回来的时候，都没有什么反应。直到有个男人走出来，问是谁啊，她才醒过来。嗯嗯啊啊的，欲言又止。他却声音很高地喊了声"妈"！轮到那个男人愣在那儿了。这工夫，里间又跑出一个一脸诧异的小女孩。女人对孩子说你赶快回房间写作业去！又对男人说我和他单独说点事情，男人便走开了。那女人想说什么，被他止住了。他说，刚才我喊你一声"妈"，不是我想喊你，我叫不着妈已经快二十年了，也过来了。说这话时，他喉头一阵热。又接着说，我喊你，是为了确认一下我和你之间曾经有过的关系，你要对这个关系负责。他还说，我坐过一年半的牢，刚出来。她听了一脸的紧张，说你想怎么样？他说，你别怕，

* 374

我在里面学了法律，我懂。他递给她一张纸条。她接过一看，上面写着：400元 ×12月 ×15年 = 72000元。他说这是我从四岁到十八岁的抚养费，你把我爸的抚恤金拿走了，我就不跟你计较了，但是你把我丢下不管，这是犯了遗弃罪。按照《刑法》第二百六十一条规定，要判处五年以下有期徒刑、拘役或者管制，是要吃官司坐牢的，坐牢的滋味不好受。我准备一个星期后到派出所报案，你看着办。

后来，赵斌拿到了钱，租了一个小门面，开了一家餐馆。注册的时候，他把经营者的名字写成了"倪翠莲"，那是五婶的大名。他对五婶说，你就留在这里吧。五婶还真就留了下来。爷爷的身体也好起来了，在小餐馆里前后照应照应，没事的时候，就和邻居炒个菜喝两盅。对了，这个小餐馆的名字就叫"小白菜"。

重案六組

对，就是看了电视剧《重案六组》之后，才这样称呼六组的，还挺合适。

在搬家公司，六组是专门负责重要客户的。像单位要搬重要的文件、档案、易爆易碎品、保险箱啦，有身份的领导、有钱的老板要搬家啦等等，都是派六组去，这也算是"重案"了。把"重案"交给六组，那是有缘由的。一是体力好。六组清一色的行伍出身，体格健壮。三门大衣橱，拿绳子拴住橱腿，往肩上一挎，喊一声"起"，后背一挺，橱子就跟着起来了。还一溜小跑，都不兴东倒西歪磕磕碰碰的。二是整齐利索。从打包、搬运，到摆放、码齐，那是规规整整井然有序，件件有交代。没掉过一根针，没摔坏过一只碗。这都是部队直线加方块的纪律作风给训练出来的。三是嘴巴紧。干活时，主家叫干啥就干啥，没有一句多话。干完活，出了门，在主家看到任何东西知道任何事情，都烂在肚里，牙齿不会漏风的。在服务过的对象中，有不少还给他们介绍过业务。因为是"重案"，公司挣钱也多。老板给他们的薪水也比别的组要高些。

老黄是"重案六组"的头儿。六合横梁人,四十四岁,属虎,长得也是虎背熊腰。高中毕业没考上大学,就回乡务农。家里东烧香西磕头,把他弄到部队里,以为从此就跳了农门。谁知,闷罐子车把他运到浙西山区,还和在家乡一样,种了几年水稻。除了抗洪抢险时在火线入了党和立了个三等功外,什么技术也没学到。从部队下来后,他就进城打工,做过工厂保安,给商场拖过货,给快餐公司送过外卖。进搬家公司已经两年了,在六组享有很高威望。最特别的是,他每天都带着六组的弟兄出早操,成了搬家公司一道独特的风景。公司老板很是赏识他。

但是,老板还是下决心辞了老黄。

那天,六组接了个活,是一个局长家要乔迁。本来的房子是一百二十多平方米,如今又要搬进一处两百多平方米的大宅子。老板特别交代,这一家的活要认真细致，倍加小心。搬家的过程也没什么特别，和别的活差不多。但有两样给老黄的印象比较深。一是这家有只保险柜，这是一般人家不多见的。很沉，虽然有电梯，但四个人抬起来，头靠着头，半弯着腰，还是挺吃力的。二是这家坛坛罐罐特别多，足足装了半卡车。有的是用包装箱装好的，有的则拿毯子包裹好，挺小心的样子。老黄觉得那些毯子可惜了，被剪得大大小小的。这些都让老黄好奇，但也仅仅是好奇而已，即使闪过一些朦胧的联想，老黄也立马打住，没有往深里去想人家。按老板的交代，把活干好就行。局长还挺客气，给了他们一人一瓶矿泉水。但他家太太让人感觉不大爽，跟前跟后咋咋呼呼的，一会说抬热带鱼缸要小心，热带鱼要是死了一条，你们搬家的一个月工资也赔不起；一会又把几个旅行包拉杆箱锁上锁贴上封条签上字，还吩咐保姆跟车看着，生怕谁偷偷动了。

就在结了账准备离开时，局长太太突然气急败坏地拦住他们，说对不起，谁拿了一只玉镯子？早点拿出来，道个歉，我也就算了。不然，就别怪我不客气了！

六组的人都面面相觑，弄不明白是怎么回事。她就更加动气，说少给我装，刚才我还放在桌子上的，飞啦？老黄这时候站了出来。大姐，你再找找看，是不是忘记搁哪儿了？我的弟兄不会随便拿东西的。两三年了，也没人投诉过这样的事。她瞪着眼说再找找看？是你说的啊！那好，我要找就在你们身上找！你们把身上的口袋都掏给我看！老黄说，这恐怕不行！那女人越发认定自己的判断，说你们不同意，那就是心里有鬼！老黄点了支烟，说要是查了没有你要找的东西呢？那女人说，那就证明你们是清白的呗。老黄说，我们原来就是清白的，不用证明！女人说不证明，怎么就是清白的呢？老黄指指天花板说，头上三尺有神灵，如果拿了什么，就遭天打五雷劈！女人冷笑道你就是十雷劈，也没用！老黄把烟狠狠地给掐了，说，话说到这份上，那你就报警吧！那女人当真就报了警，局长拦都没拦住。

警察来了之后，那女人又喋喋不休地重复着她的断定与愤然。警察听完后，就跟老黄商量，说我肯定

重案六組圖

相信你们，不会拿什么镯子的。不过，既然都没拿，那就给她看看，也就算了，该干什么就干什么去。老黄很不理解，问，警察同志，你也这样说？警察摊摊手，那你说怎么办呢？老黄说：要我说，我觉得我们就可以走人了。警察就有点不高兴了，说，这样恐怕不行吧？老黄整整搬东西时弄得有点凌乱的衣服，说，警察同志，难不成你也要搜一下？没有搜查证怕也不行吧？警察脸上就有点挂不住。这时，局长突然走上来，把警察与老黄隔开，说，不过是件小东西，不值什么钱。刚才找到了，找到了！他这一说，老黄也就不跟他们理论，丢了一张十块钱在桌上，说这是矿泉水的钱，谢谢啊！说完，把手一挥，六组的人全跟在后面，直着腰出了门。

出得门来，六组的弟兄都很敬佩地说老黄是条汉子，不仅治了那女人，还把警察都给镇住了。不然，岂不是黄泥巴落在裤裆里——不是屎也是屎了？但有人又有疑问，那局长突然说找到了，怎么没见他拿出来呢？不过，大家已然都觉得有种扬眉吐气的感觉。晚上收了工，就　＊382

在街边的大排档，一人吃了串烧烤，吹了一瓶金陵干，冲冲霉气。

没隔几天，检察院反贪局的人来找老黄，谈了大半天。老板等反贪局的人走了后，对老黄说：兄弟，你真的弄出个重案啦？这样不就把我的生意给搅了么！不过，我不怨你，但我也不留你了。晚上我请你们六组的人喝酒。

老板的酒并没人去喝。第二天，六组的人出了早操，便全体辞了职。

顶上
功夫

杨顺的理发店和别处的就是不一样。

首先，在他店里的墙上，除了贴着各种发型的大头照外，还挂着一副对联："虽是毫末技艺，却是顶上功夫。"他说这是他的扬州师傅告诉他的，过去的剃头店里都挂这个。其次，就是贵。像他这样只摆了三四张椅子的小理发店，要是在别处，理个头也就是五块钱。而他这里，一口价，二十。吹拉焗染烫，价格也都比别处高些。你要是嫌贵，他也不挽留，劝你上别处去。第三，剪头限量。每天早上九点钟开门，到晚上十点钟打烊，也就理十个头左右。中间，最多穿插两三个烫头发的。多了，不理。到点了，下班。第四，耗时。在他的店里剪头，平均要一个半小时。你要说，今天我有事，杨师傅能不能快点。他说，我靠这个养家糊口呢，我都不急，你着什么急？这一说，你当然就不好意思了。第五，得预约。像看专家门诊一样，到他的店里剪头，一般都是电话预约。差不多到时间了，他会提前半小时通知你。错过了，得等下一个。隔日作废，明天再约。

但是，从他店出来的人，不论男女老少，都说，值。因此，老杨的小理发店生意一直很好。从早到晚，除了中午短暂的吃饭时间外，从来就没闲下来过。

老杨常说，人的一头一脚最重要了。你就是穿套两千块钱的西装，但要是头发乱糟糟的，那也至多就是个包工头。你要是穿一套不一定高档的工作服，但头发整整齐齐，根根有交代，脚上再蹬一双煞亮的皮鞋，那是绝对有风度。老杨常常会讲起跟头有关的种种趣闻逸事。比如，早先的儿歌："小分头，二两油；找对象，不犯愁。""新剃头打三巴，不生疖子不害疤。"比如，南京的民俗"男头女腰"不能随便摸。

别的理发师傅，家伙很多。大剪刀、小剪刀、打薄剪、削发器、卷发筒、电吹风等等，一摆几十件。而老杨呢，不管平头、分头，还是其他发型，基本上靠一把剪刀，推子、剃刀都是辅助的。想当初，他在扬州跟师傅后面学徒，三年里，他在洗头扫地的间隙，远远地

顶上功夫图

瞄着师傅的一举一动，悄悄地"偷手艺"。晚上，就用扫起来的头发，对着镜子，练剪法，练手腕。练得吃饭时，手都抓不起来筷子，从指头一直疼到肩头。但他还是咬牙练，一天听不到剪刀的"嚓嚓"声，就像害病一样难过。后来，他离开师傅，拎了个理发箱，专门到乡下给人剪头，练手艺。二十年前，在江宁的横溪、陆郎、方山等许多村子，经常可以看见一个年轻人骑着自行车，车上绑个理发箱和一把折叠椅，到处给人理发。到了村头，椅子一撑，镜子往树上一挂，一理就是大半天。那时的头也好剪。老人"光葫芦"，年轻人"马桶盖"，小孩"一撮毛"。村民们有钱的就给几个，没钱的给二斤米、招待顿饭，都行。有时碰上个给满月婴儿剪胎毛的活儿，还能吃到大肉红鸡蛋。等到用坏四把剪刀的时候，他决定要开个店，自己做师傅了。

老杨剪头的姿势很是潇洒。左手捏一把梳子，不停地梳理；右手拿一把剪刀，梳子梳到哪儿，剪刀就剪到哪儿。右手的小指像女人似的跷着，其余四指飞快地运动着,在如音乐般的"嚓嚓"声中,发型就渐渐出来了。后面就进入精雕细刻的阶段,老杨剪头时间长,也就是长在这一段。最经典的姿势是,头稍稍右侧,两眼微虚,对着镜子里的形象,仔细地端详。往镜子里看一回,动两剪子;再看一回,再动两剪子。最后,眉眼都舒展了,脸上露出自信的微笑,这才算彻底大功告成。头一回进店的,老杨会问:您以前是在哪家剪的?顾客便说出哪家哪家。他会得意地说,你比比看。

龙泉寺有个和尚,隔个十天半月的,就大老远地跑到老杨的店里剪头。

给和尚剪头,一般人会以为很容易,不就是推光头么。其实不然,这里面可是有道道的。一是要讲规矩。剪头不能叫剪头,而是叫"落发"。而且,"前僧后道俗半边",给和尚剪头得从前往后推,一次剃通,叫作"开天门"。二是得有技巧。和尚头上有戒疤,由于结痂的原因而高低不平,皮肤紧绷而缺少弹性让劲,下剃刀时要用巧劲，因势利导，顺水推舟。不然，会破皮出血，出家人是很忌讳的。因为老杨的手艺好，这个会书法的和尚，有一日给他带了一幅字来，还给他裱好了。那幅字写的是：一发而不可收。老杨觉得好像有点贬义，但又说不出口。便说："师傅，请指点。"和尚笑笑，双手合十，给他深深地鞠了一躬。老杨忙不迭地还了个不僧不俗的礼。看着和尚走远，他好像有点明白，但又没怎么太明白。

老杨的店虽然生意很好，但他并不想扩张。有大美发店想高薪聘请他去，他也不去。带着一个伙计，守着一爿小店，他觉着很惬意。但他也有遗憾的事情，有时候他会感叹：手艺再好，我也不能给自己剪个头。

顺便说一句，老杨的理发店就在江宁的街上。

* 390

科則

那天,秦利芬在给儿子洗内裤时,看到内裤上有一块暗白色的斑渍,竟失声哭了出来。她几乎要去亲吻那块斑渍了。洗的时候,她放慢了速度,轻轻地搓,缓缓地揉,仿佛在侍弄一件精美的艺术品。她想,那个谋划很久的计划终于可以实施了。

她洗了脸,还细细地擦了护肤霜,在丈夫的遗像前燃了三炷香,鞠了三个躬。氤氲的香雾给凝重的气氛增添了几分神秘与庄重,使得秦利芬更加觉得有种使命感。她用腹语跟丈夫叙说着她的计划,祈祷丈夫能保佑她支持她。

秦利芬与樊彪是地地道道的青梅竹马。两人从小住在鼓楼保泰街附近的一个大院子,而且是隔壁隔,秦利芬小樊彪两岁。当她还在妈妈肚子里的时候,两家大人就约定,生下女儿就做亲家。果不其然,两家就都把两个孩子当成自己的孩子养。两人从光屁股穿开裆裤就黏在一起,还经常这个到樊爸爸家住两天,那个到秦爸爸家住两天,一起吃饭,一起睡觉,一起做作业,一起逛公园,直到五年级前后，才逐渐拉开了距离，不头靠头一起睡觉了，上下学也是一前一后地走，开始各自有男生女生的好朋友了。但是，毕竟是隔壁邻居，像吃饭啦活动啦假日外出啦，还是见天在一起。瘦小的秦利芬被人欺负了，还是找高大的嘴上已经长茸毛的樊彪，樊彪在其他事情上还是晓得规矩礼节的，但在秦利芬向他告状这件事情上，可以不必经过调查研究甚至不分青红皂白，为秦利芬伸张正义。后来，两人分别上了大学，樊彪学的是建筑，秦利芬学的是管理。毕业后，一个到了建筑设计院，一个在大企业搞劳资。

恋爱谈不谈，爱人都在那里。很自然的，没两年，两人就结婚了。有人道喜送了一幅字，叫"浑然天成"。第二年，秦利芬生了个大胖小子，两家老人乐得都合不拢嘴。

幸福的家庭总是相似的，不幸的家庭各有各的不幸。

后来，秦利芬经常扪心自问，我有没有做错什么?造过什么孽?自答是没有做错什么啊,但是,为什么老天对我这么不公呢?

先是儿子,他们给他起名叫大伟,有所期望。但大伟成长的过程,一天一天地冲击着秦利芬做母亲的幸福感。跟同龄孩子相比,该说话的时候,他三缄其口;该走路的时候,他还摸爬滚打。虽然,后来都慢慢会了,但那已经是迟了好几年了,而且走路动作迟缓,说话表达不顺。到医院一诊断,说是智障,还是中度的。问原因,医生说是基因问题,就是再生,怕还是和头胎一样。医生也实话实说地告诉他们,不要花冤枉钱,这病主要靠后天调教,在智能上长一点是一点,不能奢望。

秦利芬天天默默地以泪洗面。那天,趁丈夫不在家,她躲在厨房里,放开了哭,把泪哭干以后,说了声"乖乖,妈妈对不起你",就拧开了煤气,嘶嘶的气流声中,她仿佛慢慢升腾了起来。猛然间,传来了打门的声音,她看见大伟在玻璃门外,使劲地拍打着,嘴里在说着什么，凭口型，她判断出是"妈妈，饿，饭饭"，她像是被电击了一般，居然从昏昏沉沉中一下子清醒了许多，跌跌碰碰地打开了厨房门，一把抱起大伟，说，乖乖，饿了吧？妈妈给你做饭。

大概一次把泪都哭干了，以后的日子里，秦利芬就再没有哭过。就连樊彪出事，她居然也没哭。

一次，樊彪带着图纸，跟项目经理到施工现场，谈结构调整的事情。谁知，四楼有个脚手架扣件，不知怎么就落了下来，掉在一根斜拉钢管上，一个反弹，打到了他的胸口，人倒了地就没再爬起来。秦利芬赶到医院，看着蒙了被单的樊彪，大叫一声，就一声，喉咙瞬间就彻底嘶哑了。她拼着力气用沙哑的声音喊着：樊彪，你怎么这么狠心，把我们娘儿俩扔下不管了啊？！说完，就昏厥了过去。

之后，秦利芬就辞了工作，从樊彪的抚恤金里拿出一部分在家门口开了个杂货铺，一边做点小生意，一边照顾大伟。每天，她都给他讲《格林童话》《孙悟空大闹天宫》。

虽然，大伟的智力没有多少进步，但在秦利芬的精心照料下，还是一天天地长大了。慢慢地，吃喝拉撒都能自己做了，也能自己睡觉了，还能做一点拿个东西传个简单的话这样的事情，但其他事情还是基本不会。大伟能够做些一般孩子看来很随意自然的事情，已经让秦利芬感觉到了成就感。当然，她也为此付出了沉重的代价，才四十几岁，头发几乎白了大半。

随着大伟的长大和自己的变老，秦利芬开始越来越紧迫地考虑两件事：一是自己走了，将来谁照顾大伟？二是樊家从此就绝后了么？而要解决这两个问题的关键，就是给大伟找个老婆。

她这样想了，又觉得可笑，谁愿意嫁给大伟这

计划

样的傻子呢?除非她也是个傻子。秦利芬就想,哪怕是找个其他方面有残疾的,两人相依为命,也行啊。

但不久,身为女人的她,发现了一个重要的问题:大伟,有没有男人的能力啊?因为她从来就没有发现大伟有男女方面的感觉与表现。她去问医生,医生说智障人士这方面功能丧失的几率不是很高,但可能发育会非常缓慢。因为智力的原因,对社会生活中的这类知识的理解和反应基本没有,完全是靠生理功能。秦利芬观察了许久,在帮大伟洗澡的时候盖被子的时候,会故意刺激刺激,好像也没有什么反应。甚至,有几回,她洗澡的时候故意不关门,让大伟贸然闯进,但每次大伟也都没什么反应,傻傻地撒了泡尿就走了。

就在秦利芬心都快凉了的时候,她居然在洗衣服的时候,获得了意外的惊喜。

当中间人把那个叫小萍的贵州姑娘领到她跟

前时,即便明显地看出来小儿麻痹后遗症,左手和左腿都不便,走路一冲一冲的,她还是一阵欣喜。虽然花了五万块,她也觉得是值的。特别是她看到一向不肯见陌生人的大伟,破天荒地冲小萍呵呵直笑,笑得小萍脸都红了。她连连说,缘分,缘分。

晚上,她搂着小萍聊了大半宿。知道小萍是从贵州的大山里被人拐出来的,比大伟还大两岁,只读到小学三年级。她的境遇也很让人同情,妈妈在她六岁时就去世了,下面还有两个弟弟,生活很苦,家里没有钱给她治病,就落下了残疾。秦利芬就给她擦眼泪,说,我来做你的妈妈,好不好?小萍就很乖巧地就叫,妈。秦利芬就颤颤地应着,然后找了自己以前穿的衣服,叫小萍换上,说过两天再给你买新的。她把大伟的情况也跟小萍说了,当然,说的比较轻。又跟小萍说,你要是真心到我们家来,你答应我几句话。小萍说,妈,你说吧,我答应你。秦利芬说,第一,你真心来,就不能再走,待会儿把身份证给我保管;第二,别人问起来,千万不能说是花钱的,是你自愿的；第三，大伟你要和他好好处，耐着性子，慢慢就适应了。医生说，生下的孩子不一定会是那样的呢。你要答应我这几条，我也跟你直说，这房子、店铺，还有存款，都是你们的，你弟弟读书我也可以资助。小萍说，妈，你能收留我就行，我不求什么，你放心，我妈妈走得早，两个弟弟都是我带大的，我会待大伟好，守着他。

不久，秦利芬就到民政局给大伟和小萍办了结婚登记。民政局一胖一瘦两个大姐，就有点好奇。瘦的问小萍，你知不知道樊大伟有病？她说，我知道。又问，那你是自愿跟他结婚么？她说我是自愿的，我会照顾他一辈子。胖子和瘦子就对望着唏嘘了一番，既然你情我愿，她们也就没什么说的了。但末了，那胖的又说，以后你们生了孩子会……话还没说完，就被瘦子拦了过去，瘦子说，是啊，以后你们生了孩子会不会送喜糖给我们吃啊？秦利芬就连声应着，会的，会的，你们是大媒呢！但她的心头还是掠过一丝不安。

拍结婚照的时候，你还别说，大伟穿了西装，很是英俊帅气，小萍穿了婚纱，小鸟般依在大伟的右边，看上去，两人都没什么不正常，秦利芬在一旁默默地为他们祈祷。

结婚以后，秦利芬特别关心两人的生活，见天都会问小萍，问得小萍满脸通红，说，大伟有股子蛮劲哩。秦利芬就爱怜地抚摸着小萍，说，好啊，好啊，生了孩子包给我啦！

谁知，这话还没说几天呢，小萍就出现了恶心呕吐的状况，这也太快了吧？好像不大对头。秦利芬就审问小萍，是不是有别的男人？小萍扑通往地上一跪，说被人贩子给糟蹋了一次，没想到就有了。除此以外，再也没有别的男人。又说，妈，你怎么处罚我都行，就是不要赶我走，明天你就带我去把孩子拿掉。

秦利芬在床上翻烧饼翻了一夜，想想小萍这孩子看样子是真心的。其实，她也是个受害者。又想，肚里的孩子应该是正常的吧。想着想着,许久不流的眼泪,居然顺着脸颊,哗哗地往下淌,洇湿了枕头。

第二天,小萍的眼泡肿肿的,端坐在客厅里,等候秦利芬的发落。大伟却兴冲冲地要小萍带他出去玩。

秦利芬看上去很平静,说,小萍,你带大伟出去玩玩吧,就在小区里走走,你不认识路,不要走丢了。另外,你也不要爬高上低的,你肚子里还怀着大伟的孩子呢。

小萍眼里含着泪答应说,妈,我知道了。

计算

邵老师在一所有名的中学里教数学，是个代课老师。这个"代"字，已经冠名好些年了，因为她的人事关系还在安徽老家，在原单位办了病退。

原本，她在家乡的中学里做着稳定的公办教师，"因为爱情，简单的生长，依然随时可以为你疯狂"，为了初恋，竟然只身一人跑到男友服役的南京。后来，家也就安在了南京。

学数学的，计算是特长。

上小学的时候，家里日子过得结结巴巴的。村口有两棵大杏树，到"麦子黄，杏子熟"的时候，除了孩子们和鸟儿吃的，其他果子都自熟自落，也没人管。她就在树下铺了稻草，等杏子落下，捡了拿到集市上去卖，得些碎钱补贴家用，还能给自己买些铅笔本子。

刚到南京的那两年，是租房子住。后来，听

说晓庄附近有套房子要卖，房主急着要变现他用，她那时做做家教，也存了些钱，就跟老公商量，让公婆支持一些把房子买下来。但是，遭到全家人反对，说那地方就是农村，离城区那么远，头脑不够用啊？但她坚持要买。跟房主七谈八谈的，近100平米26万就买下了，当然是贷了款。之后，就把房子租了出去，用房租还贷。结果，那地段拆迁，给了一百多万的补偿，不但又买了房子，还买了车子。有车子，每周就可以回趟老家看望父母了。这个故事成了家里和朋友圈不朽的传奇。

家里的家务杂活都是婆婆一手包办，邵老师乐得做甩手掌柜。老公有时候看不过去，会数落她，她颇不以为然，反过来教导老公，说劳动力价值不同啊，我做一小时家教和做一小时家务，你算算账哪个效益大啊？婆婆教育孙子的时候，就会说你要好好读书啊！书读不好就像奶奶，累死累活劳碌命；书读好了就像你妈，吃了睡睡了吃逍遥自在。一家人就说邵老师是头猪，笑成一团。

但是，邵老师许多时候却是粗针大麻线的模样。

她是那种比较漂亮的长相，如果再用行头一衬托，就更显姿色了。但她总不如其他女子精细，人家款式花色装饰搭配讲究得很，而她基本上就是大红大绿休闲装，直奔主题，缺少婉约韵致。老公常笑她生活潦草品位不高，但她永远自我感觉良好，会追着人问，这样穿漂亮吧？直到人家说漂亮，便哼着小调上课去了。

她是自来熟，握着别人的手就不打算放下来，跟谁都掏心掏肺，不晓得有个防备。像婆媳为琐事斗嘴、哥嫂吵架闹离婚、老公转业找人打点、藏私房钱贴补父母等等，都拿到办公室嚷嚷，恨不得全世界都知道。一个同事买房缺钱，找她借钱，说等现在住的房子卖掉，几个月就还。她就想起自己买房的难处，一口就答应借10万块，说我们家我管财务我做主！同事郑重其事要打借条给利息，她说我放高利贷你借么？都是同事，还讲究这个！

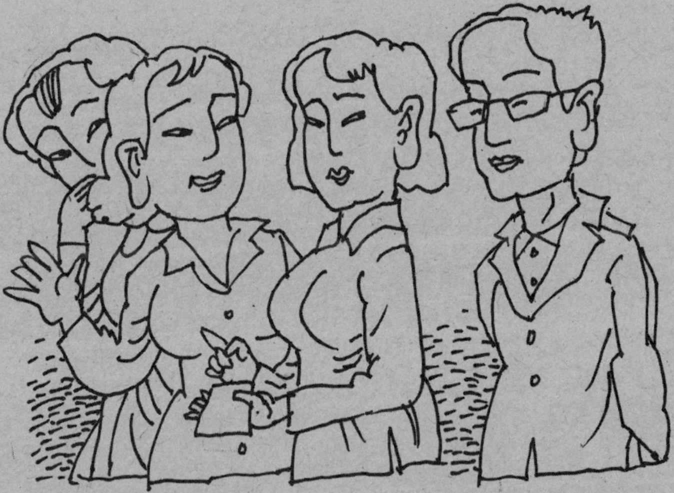

最近，她把几个闲钱放进了股市，几天之后，就四处报喜，赚啦赚啦！赚了2000多块！然后，就自作主张给公婆订了去北京的旅游团，说平时照料家里蛮辛苦的，也出去夕阳红一把。结果，还没等他们回来呢，那支股票就跌得眼睛都绿了，不但团费赔了进去，还倒贴几百块。有人就逗她说，你不是教数学的么？怎么没计算准啊？她就呵呵直笑，说十个数学老师也算不过中国股市啊！反正也是肥水没流外人田，买个高兴，值！

"计算"反过来也是一个词，那意思就大不相同了。

木匠太爷爷

太爷爷午睡后起来，脚下一崴，跌了个跟头，倒在地上半天没爬起来。等家人发现时，已经是三个钟头之后了。送到医院一检查，还有气息，有的救，还真就救下了。医生就感叹：真是奇迹！

一般的老人，突发中风，若不及时抢救，都会有性命之虞，更何况是在水泥地上躺了半晌，又更何况还是个九十三岁老人！不是奇迹么？但村里人却说这是命大福大造化大。

太爷爷的身体一向还是比较健朗的。其他不说，单是看他一顿吃两大碗米饭还时不时地要吃大肉，看他骑个电动车在村里走东串西风来云去，就不一般。过去，是骑辆有年头的二八大杠，车座上面装个木箱子，两边还挂着铁皮斗子，里面放着各色各样的木工家伙事，现在又都转移到电动车上了。因为，太爷爷从十四岁学徒开始，就是个木匠。

太爷爷的木匠活，在江宁上坊一带，是出了名的。三乡四里几代人结婚的家具,大多都出自他的手。还别说,用他打的家具,夫妻就没有半道上散伙的,人丁都兴旺。因此,找他打家具,不光是认他手艺好,还图个长长久久的吉利。

城里有个生意人,喜好收藏明清家具。有一回,收了张黄花梨方桌,美中不足的是一根霸王枨断了,找家具厂师傅想复制一个配上,竟然没人敢揽这瓷器活。为什么?因为这霸王枨是连接桌腿与桌面的一根斜撑,S形构造,做得一模一样已属不易。更难为的是榫卯。桌腿上的榫眼必须是下小上大,榫头呢,要做成半个元宝形状。现在做家具都靠螺丝拧胶水粘,很少有人会这个了。不知怎么的,七转八转地找到了太爷爷。太爷爷到现场眯着眼端详了一会,拿着料子就回家了。第二天,把复制品往榫眼里一投,严丝合缝,面面俱到,跟原配一般。老板连说几十个谢字,又当场给他一叠大钞。他把钱存到了自己的存折上。

这回,太爷爷出院后,怕自己再有意外,就把存折拿了出来，给了儿媳妇，虽然她也已经是快七十的人了，但在这十几口的大家庭里，柴米油盐还是她管。把木匠家伙给了儿子，说家传的手艺不能丢，儿子也会木匠手艺，但现在在村里开了个厂子，只能业余地做做票友了。最后，又把电动车给了次孙小二子，那是他的最爱，小二子聪明伶俐，在区里工作，经常要往乡镇跑。

太爷爷虽然郑重其事，但一家人都没当回事，因为这样遗嘱加托付已经有好几回了，都是前脚才说了，后脚身体好了，又会把分掉的东西一件一件要回头。自然，都由着他了。不过，肯定不能再让他一个人待在家里或者四处跑了。就跟太爷爷商量，要不去敬老院？太爷爷也痛快，一口就答应了。他也是不想给一家人添担心。

出人意料的是，敬老院不肯收。原因是担心老爷子年岁太高，怕有个三长两短不好交待。太爷爷拍着胸脯说，我留个字据，不管出多大的纰漏，不要你们负责！当下就叫儿子立了个字据，敬老院这才收下。

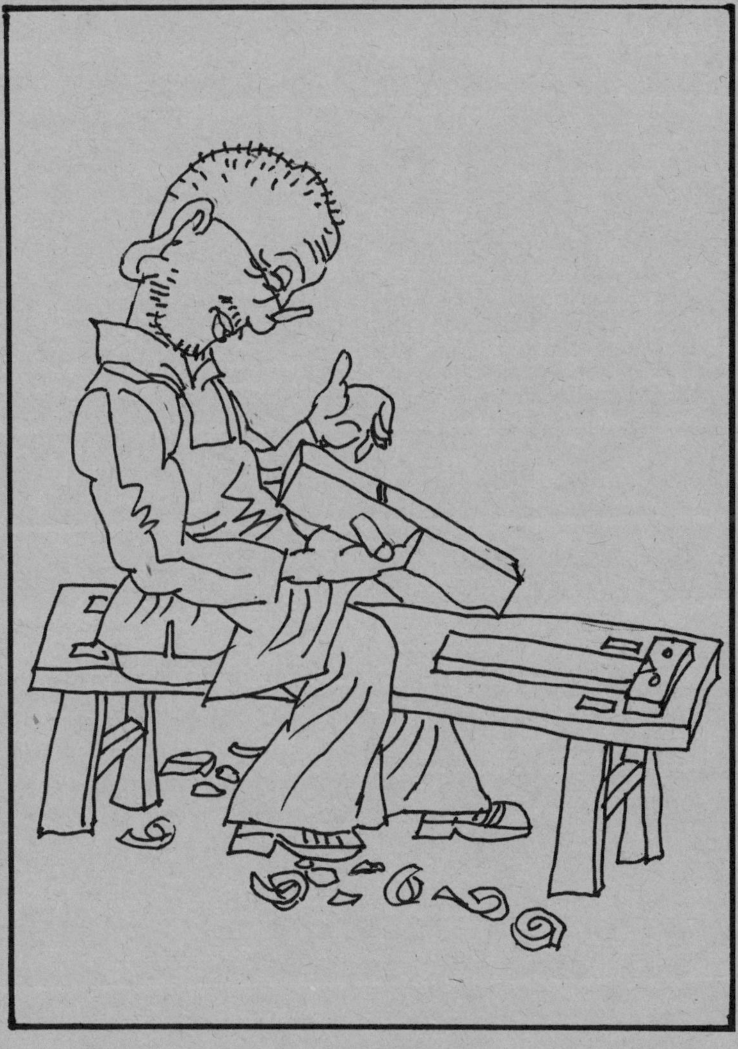

谁知，没过多久，他又闹着要回家，说在敬老院闷得慌，不能到处跑，又不能见老朋友，没有毛病也要憋出病来，哪有在家自在，不好玩。这下，倒是敬老院舍不得放了。院长说太爷爷是他们院里的宝，去了之后，把坏了的门窗桌椅都修好了，用下脚料还做了二十张小板凳和两根擀面杖；他又是院里年纪最大的，区里镇上领导逢年过节来慰问时，都要隆重推出，为院里争了不少面子和慰问金呢！临了，院长说太爷爷你先玩几年再来，到时候，敬老院给你办百岁大寿！

太爷爷又骑着电动车走村串户了，有活儿就干干，没活儿就溜达聊天。当然，有时候他也会琢磨，百岁大寿哪能在敬老院办呢？要办就在家里办，四世同堂几十口子，多热闹！

他像吊墨线一样眯着眼睛，计算着，这寿碗恐怕要烧上三五百个才行。

亲家母,你坐下

评剧《朝阳沟》里唱道：亲家母，你坐下，咱们说说知心话。岑老师最爱听了。但是，与现实中的亲家母，根本就坐不下来，更别提说知心话了。

根由就在亲家母的洁癖上。

结亲之前，因为都在中学做老师，就有耳闻。比如戴手套写板书啊，食堂的饭菜要用酒精炉重新加热啊，坐公交要用手帕垫在屁股底下啊，也就当稀奇听听，没怎么在意。谁知她的女儿竟做了岑老师的儿媳妇！这儿媳妇也是青出于蓝，光五颜六色的护袖就十几副，分伏案的做饭的洗衣服的养花草的，不能混用；闺房里满屋子都是来苏尔味道，弄得跟医院似的。

一结婚，儿子就搬到丈母娘家了，理由是靠小两口单位近，其实岑老师心里明白。不过她担心儿子受不了这对奇葩母女的行为举止，未曾想那臭小子竟然如龙归大海，说现在衣食住行井井有条清清爽爽真是享受，连

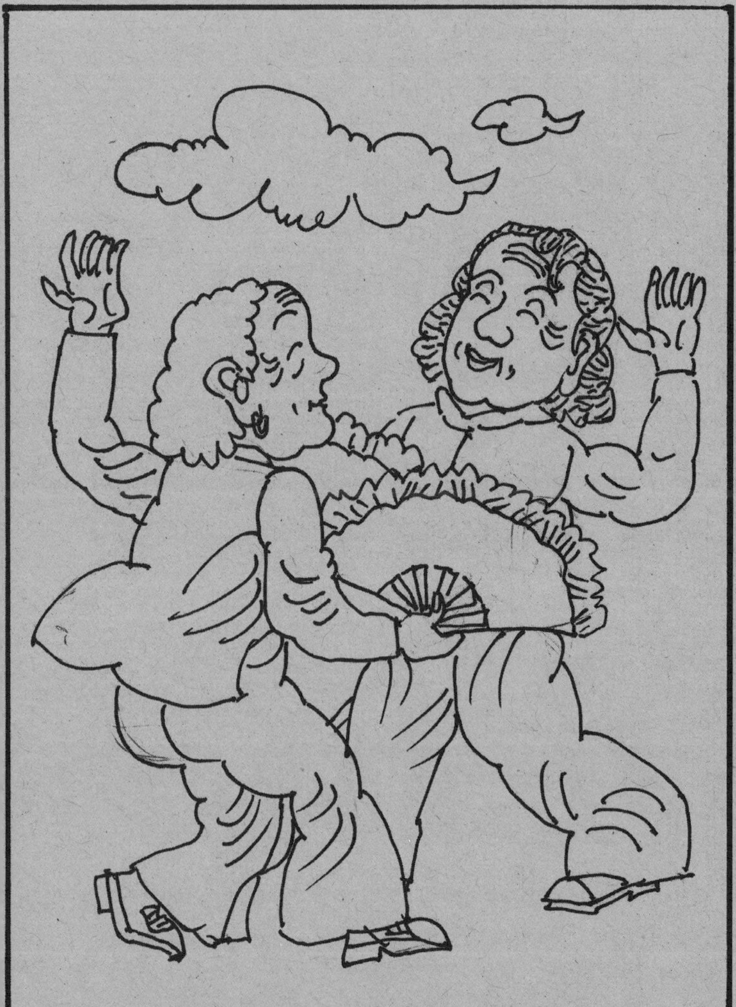

打小就有的哮喘病都不大犯了。听听，这意思过去二十八年都是在乱乱糟糟水深火热中度过的？这不是被爱情冲昏头脑么？这不是娶了媳妇忘了娘么？不过，也无所谓，反正老两口和女儿小外孙一起过，也热闹得很。只要儿子小两口过得好就行，周瑜黄盖，适者生存。老不问少事，乐得个清闲。

但是，少事可以不问，少少的事不能不问。一问，又问出许多故事来。孙女润儿出生后，除了在医院保温箱里见了两回，便被亲家母雪藏起来了。爷爷奶奶想去看看，那程序复杂了。要打电话预约，以便他们做好准备；只能坐在专门的凳子上，一米开外隔着帐子看，说婴儿抵抗力弱，怕感染；后来大了点，要抱抱玩玩，必须把手反复洗了才行，还不许嘴巴亲；带去的玩具要阳光曝晒消过毒才可给孩子玩。那场景，好像亲家母是正宗的奶奶，自己就是个隔壁老太。想想，岑老师的眼泪就下来了。老伴就劝她，说这是心病，由不得自己的。有个主持人不也得过抑郁症么？整宿整宿睡不着，谁愿意这样折腾呢？岑老师听了这话，倒对亲家母生出些心疼怜惜了。换一种心境看，心口好像不那么堵了。

转眼间，润儿三岁了，为着以后到好学区上学，亲家一大家子把房子换到了岑老师这个小区，还是同一栋楼。亲缘大约是阻隔不了的事情，润儿见天要到奶奶家玩，跟哥哥小满常常是满地打滚跟泥猴子似的，有时候小满会从口袋里掏出餐巾纸裹着的几片小动物饼干，跟妹妹你一口我一口地分着吃，直到最后还吮吮手指。外婆和妈妈开始还说说，见孩子开心，也就睁只眼闭只眼了。岑老师自然是偷着乐呵。

忽然，亲家母的肺上长个瘤子，住进了医院，生活步骤就乱了。而岑老师倒是到了冷静显身手的时候，她调度两家指挥若定：儿子媳妇上班远，润儿和小满上幼儿园就由姑姑电动车前头一个后头一个送；老伴负责买菜，吃饭都到自己这边家里，不用再起炉灶；亲家母那头照料由岑老师亲自上阵，亲家公出入女人病房也不方便；润儿想留宿就

* 419

由着她，爷爷奶奶姑姑小满，想跟谁睡看她乐意。

亲家母开始还很别扭，但是，自己躺在床上动弹不得，想讲究也讲究不起来，只能走到哪山说哪山话了。而且，岑老师毕竟比护工要体贴细心，家里家外的也能说到一起。再后来，对岑老师做的饭菜还真有点喜欢上了。隔三差五又把两个小宝宝带来，逗她乐，她自然开心，身体恢复得很快。

出院后，岑老师在家烧了一大桌子菜，庆贺亲家母康复。四个爷们吱溜吱溜地喝着酒，四个女人议论着孩子厨艺柴米油盐，两个孩子满屋子追逐嬉闹，好大一个家，自然温馨。

等亲家母休养了一段时间，岑老师试探着问，我们去跳广场舞吧？对身体好呢！那位居然一口答应。于是，每到晚间，两个大妈便加入到广场舞的队伍中，一边跳还一边哼唱：你是我天边最美的云彩，让我用心把你留下来……

慰藉

方颖一退二线，就把家从武汉搬回南京。为了学业工作爱情，在外漂泊了三十多年，亏欠父母太多了。前两年，母亲突发脑溢血，她连最后一眼都没看到，肠子都悔青了。父亲一个人孤单地生活，大哥身体也不大好，照顾不多，自己只偶尔在电话里问候几句；虽说找了个阿姨照应，但毕竟不是亲人。八十五岁的老人，还能有几天啊？随着自己的头发不断变白和儿子去外地工作，要回家和父亲朝夕相处给他最后慰藉的念头，无时无刻不萦绕心头。

让方颖欣慰的是，父亲的身体比预想的要好，就是耳朵背一点，说话跟不上节奏。头脸衣着都收拾得比较齐整，那种老派知识分子的气息还在，耄耋之年没有老年痴呆，也是一家的福分。

到家头一天，方颖让阿姨打下手，自己亲自下厨。让她窘然的是，已经不知道父亲曾经和现在都喜欢吃些什么了，还是阿姨如数家珍，粉蒸肉、炒虾仁、烧豆腐、糖芋苗、荠菜饺子，一一报来。炒菜时手也有点生，油盐酱醋都不知道放多少,阿姨就告诉她什么菜要清淡一些,什么菜要放点糖。后来,阿姨就干脆把围裙抢到自己身上,方颖倒做了下手。

吃饭的时候,父亲尝了菜,说不错不错,小颖炒菜对我的胃口,方颖脸上就有点发热。她让丈夫陪父亲喝点红酒,刚喝了一小盅,阿姨就把酒杯给拿走了,说方老师你不能多喝啊!父亲居然很乖很听话,说好好好听你的!吃了饭方颖和父亲说了一会话,多是先前旧事,但父亲大多记不清楚了。还想跟父亲多聊聊呢,阿姨却过来催睡觉。阿姨手脚麻利地在父亲的床边支了一张折叠床,给父亲擦了手脸洗了脚,安顿睡下,又在枕头边放了一叠餐巾纸。自己也收拾了之后,就穿着睡衣睡裤在折叠床上躺下了,说你们也早点休息吧,方老师习惯早睡早起呢。方颖觉得自己像个贸然闯进的外人,心里说不出的怅惘。

方颖跟丈夫说,这个阿姨不简单呢!

第二天一早，方颖起床后，阿姨已经陪着父亲散完步回来了，正在吃早餐。两人大声地说着什么，父亲好像问四栋的张老要办八十大寿，我们要不要去热闹热闹？阿姨说你比他大，要是来请，我们就去。说话的用词是"我们"，让方颖颇觉意外。吃完饭，阿姨把阳台上的躺椅支好，扶父亲半躺着，盖了条毯子，然后拿出一本书，翻到夹着书签的地方，连同放大镜递给父亲，又泡了一壶茶，还点了一支檀香。这才回过来抱歉地说，要把方老师安排好，才能顾得上你们，快点吃早餐吧。我一会去给方老师报销医药费，就不陪你们了，午饭我回来烧。阿姨五十多岁吧，还是风风火火的。

方颖从父亲嘴里知道了，现在这个家都是阿姨在操持，父亲的工资卡银行卡存款都在阿姨那里，她隐隐地觉得不安，想到那几起名人与保姆之间剪不断理还乱的身后官司，沸沸扬扬满城风雨。就问父亲，你把财产都交给阿姨处理，放心么？父亲就奇怪，有什么不放心的呢？她要贪钱，早就卷跑了，还等这些年么？

* 424

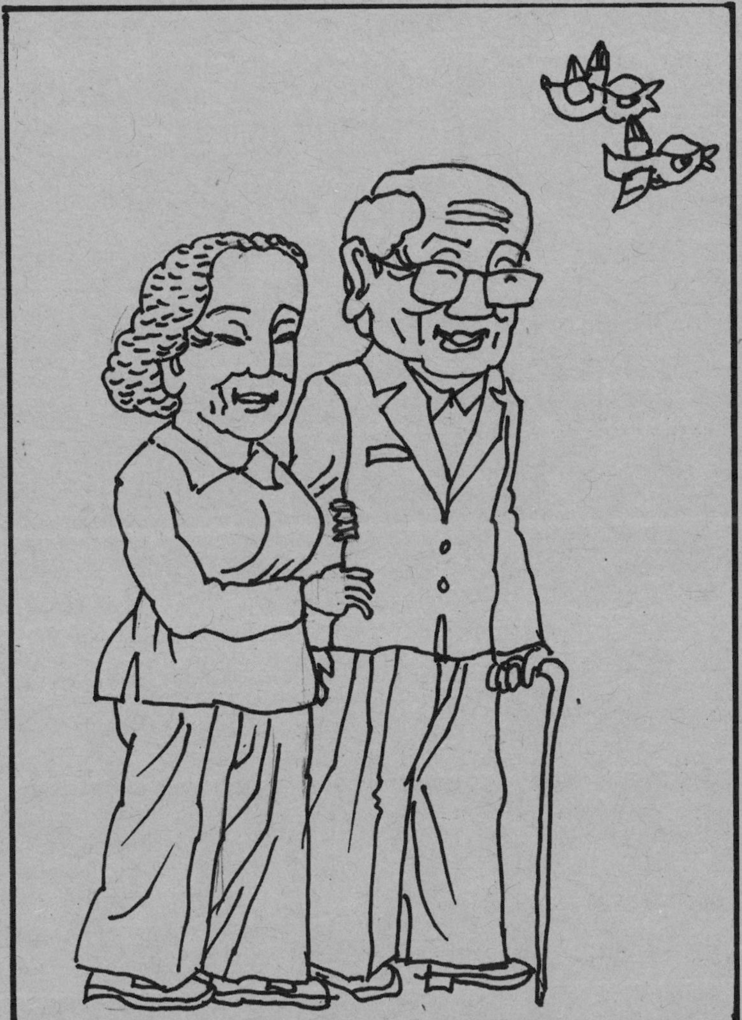

吃晚饭时，父亲把面汤弄洒了，前襟全是污渍。方颖就说爸给你洗个澡吧？父亲扭捏着不肯，方颖以为是怕自己给他洗觉着别扭，其实，到了这个年纪，性别已经不重要了。但她还是叫丈夫给他洗，父亲仍然不愿意。阿姨看看父亲，说还是我来吧，父亲点了点头。这也是方颖没有想到的。

一切安排停当之后，阿姨到方颖他们这边房间，拿着一个布包，说这些都是方老师的存折银行卡还有现金，我还识点字，一笔一笔都记着呢！现在交给你们。方颖和丈夫怔在那儿，拿也不是不拿也不是，方颖觉得把人想得太复杂了。半晌，说还是跟父亲商量商量吧。

其实，不用商量了，维持现状可能是最好的。方颖发觉，虽然是亲生女儿，但相隔三十多年，并没有真正走进父亲的内心和生活的深处，物质上形式上的尽孝，并不是最好的慰藉。而阿姨已经成了父亲的大脑手臂腿脚，她从父亲的一个动作一个眼神就知道父亲想什么做什么需要什么，比亲人之间还要默契自然，伸手可及。

嘘吹
嘘吹

产检结果，医生说是双胞胎。爸爸妈妈高兴坏了，商量给孩子起名。要是两个都是小子，大名就叫山山、川川；两个都是闺女，就叫虹虹、霓霓。小名呢？随口一点。男孩必定是调皮尚武，就叫嘿嘿、哈哈；女孩喜欢说说叨叨，就叫吱吱、喳喳。结果，用了虹霓和吱吱喳喳。

和大多数的家庭一样，对于本来已经如拷贝一般的孪生孩子，还要在外部包装上强化这种同一性，尤其是女孩子。虽然，父母靠脸上有没有酒窝某处有没有痣头顶上有几个旋等等细微的差别去辨识孩子，已经很困难了，但是依然乐此不疲。这种高度统一，不光是一视同仁的公平，更重要的是让他们在别人的惊叹羡慕与笑话百出中，体验感受那种一般人所没有的快乐幸福。

吱吱与喳喳，当然肯定必须是一样的。先是婴儿时的襁褓围嘴小肚兜儿毛线袜子，然后是各色各样的小裙子小皮鞋小手套蝴蝶结，上学后的小书包文具盒喝水杯子，自然还包括发式头型，都是一样一样的。

* **428**

但是，吱吱与喳喳，从来都是不一样的，因为她们是两个人。

吱吱是姐姐，早出来半个小时。喳喳是妹妹，就多吸收了妈妈半个小时的营养。不知道是不是这个缘故，吱吱的体质好像就比喳喳弱一些，成长的每一个环节都比喳喳要慢一拍。秋凉了，吱吱和喳喳穿的秋装是一模一样的，但是，吱吱里面会多一件薄背心和秋裤。再冷，还会多一些。

吱吱比较听话，穿着打扮都按妈妈的要求做。喳喳虽然也和姐姐保持一致，但总会自作主张，搞出些个性的动作。比如，一样别在马尾辫上的蝴蝶结，她会挪到头顶上去；一样的运动鞋，她会在鞋带头上打个结；一样的文具盒，她会贴上自己喜欢的动画片大头贴；一样的书包，她会在拉链上系一个绒毛玩具。到了小学高年级，喳喳的身体首先发生了变化，便有了自己的小衣服。

再后来，初中高中，放学回来换下校服，两人就各穿各的，不那么统一了。留刘海，别发卡，涂指甲，化淡妆,更自行其是了。

除了外在的模样,姐妹俩的性格也越来越不一样了。许是两人小名的读音的缘故,吱吱比较内敛沉静,温温和和;喳喳比较外向泼辣,风风火火。读大学的时候,吱吱选的专业是学前教育,喳喳却选的是能源与动力。爸爸妈妈都说看不懂,但是,不管懂不懂,这时候都得尊重孩子的自主选择。不过,毕业后,一个进了幼儿园,一个进了研究所,爸爸妈妈也还是蛮满意的。

到了谈婚论嫁的时候了,爸爸说,这回要听我的,姐妹俩的婚礼要一起办,那样多热闹喜庆,更体现出孪生姐妹的与众不同。吱吱未婚夫在部队上,要等下半年转业,爸爸说就定在国庆节吧,也查黄历了,国庆节是黄道吉日。但是,这回妈妈没有听爸爸的,她知道,喳喳等不了个把月就要显怀了。于是,喳喳在"五一"劳动节就先把婚事给办了。到参加吱吱的婚礼时,她已经大腹便便,快足月了。

岐岐与喳喳

总之，随着孩子一天天长大成人，那种孪生姐妹的一模一样，只存在爸爸妈妈的记忆里了。不过，爸爸妈妈也想得开，一样不一样，孩子们开心就好。当初给两人起个不一样的名字，也不就是为了辨认为了区别么？

婚后，爱情事业，柴米油盐，各忙各的。一个月见不上一次面。但是，孪生姐妹那种天然基因的联系，却是有着冥冥感应的。一个有什么状况，好的，坏的，对方很快就会知道。即不使见面、但电话、QQ、微信，24小时畅通，悄悄话永远也说不完。

有时，相约一起逛街，买衣服的时候，会回想起小时候的一模一样，多少次被人认错的许多趣事。追忆似水年华的时候，不约而同地说，我们再回到从前吧。于是，两人看到好的衣服款式，都会给对方也买一件。

两人穿着打扮一模一样的，走在大街上，相识不相识的都会眼前一亮，惊喜地问，你们是双胞胎啊？哎呀,真是一个模子倒出来的哦!她们就很自得。

回家看父母的时候,父母很是奇怪,现在怎么又一模一样了呢?不过,看她们在一起吱吱喳喳开心得很,他们也很开心。

图书在版编目（CIP）数据

金陵小巷人物志 / 谷以成著. —— 南京：江苏凤凰文艺出版社, 2016（2023.7重印）
ISBN 978-7-5399-9433-8

Ⅰ.①金… Ⅱ.①谷… Ⅲ.①杂文集-中国-当代 Ⅳ.①I267.1

中国版本图书馆CIP数据核字（2016）第156615号

书　　名	金陵小巷人物志
著　　者	谷以成
策　　划	赵阳
责任编辑	傅一岑　姚丽
责任校对	张松寿
责任监制	刘巍　江伟明
插　　画	王烈
书籍设计	周伟伟
出版发行	凤凰出版传媒股份有限公司
	江苏凤凰文艺出版社
出版社地址	南京市中央路165号，邮编：210009
出版社网址	http://www.jswenyi.com
印　　刷	苏州市越洋印刷有限公司
开　　本	787毫米×1092毫米 1/32
印　　张	15 1/8
字　　数	120千字
版　　次	2016年7月第1版　2023年7月第3次印刷
标准书号	ISBN 978-7-5399-9433-8
定　　价	48.00元

（江苏凤凰文艺版图书凡印刷、装订错误，可向出版社调换，联系电话 025-83280257）

不搨鬼
对子糊
笚雺鬼
子蹀溫

還嚇多
裡人大非
還巴啦啊
瓜啦

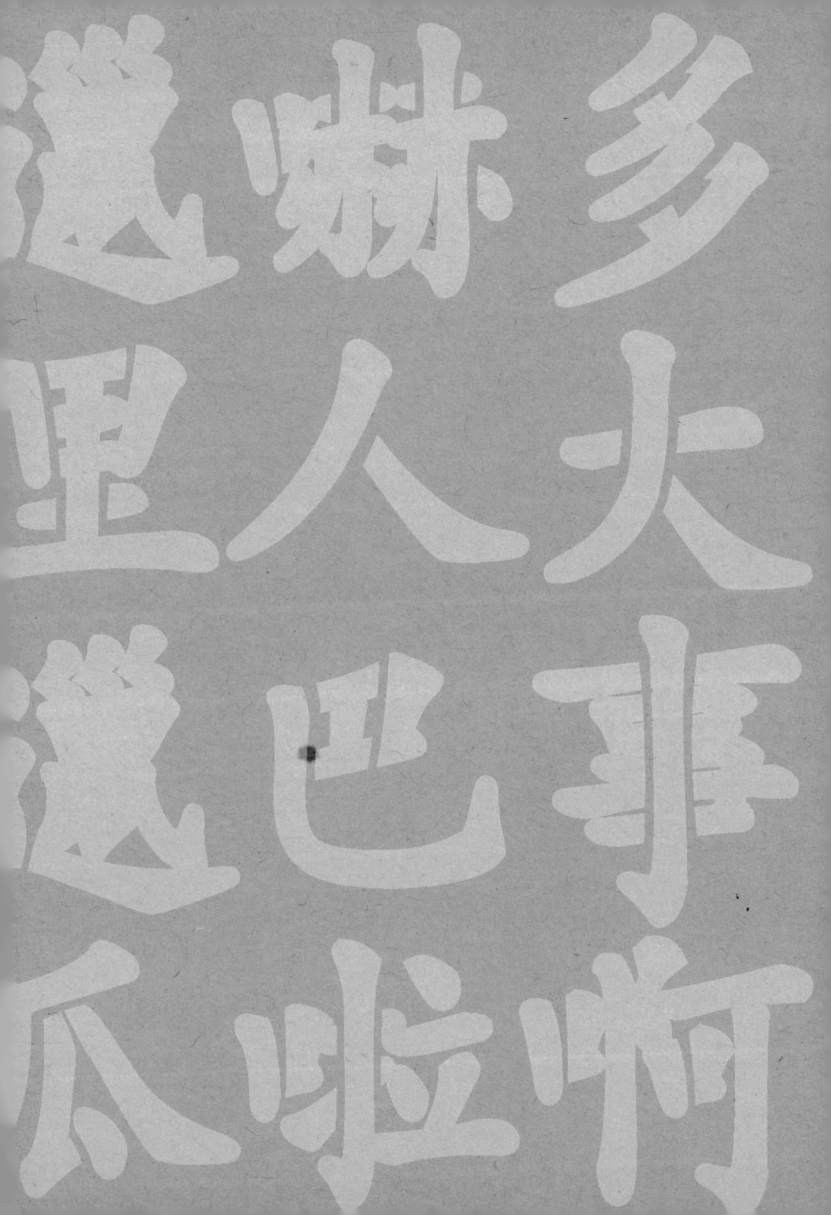

假俐倰
嘛到的
假跐犯
嘛咊嫌

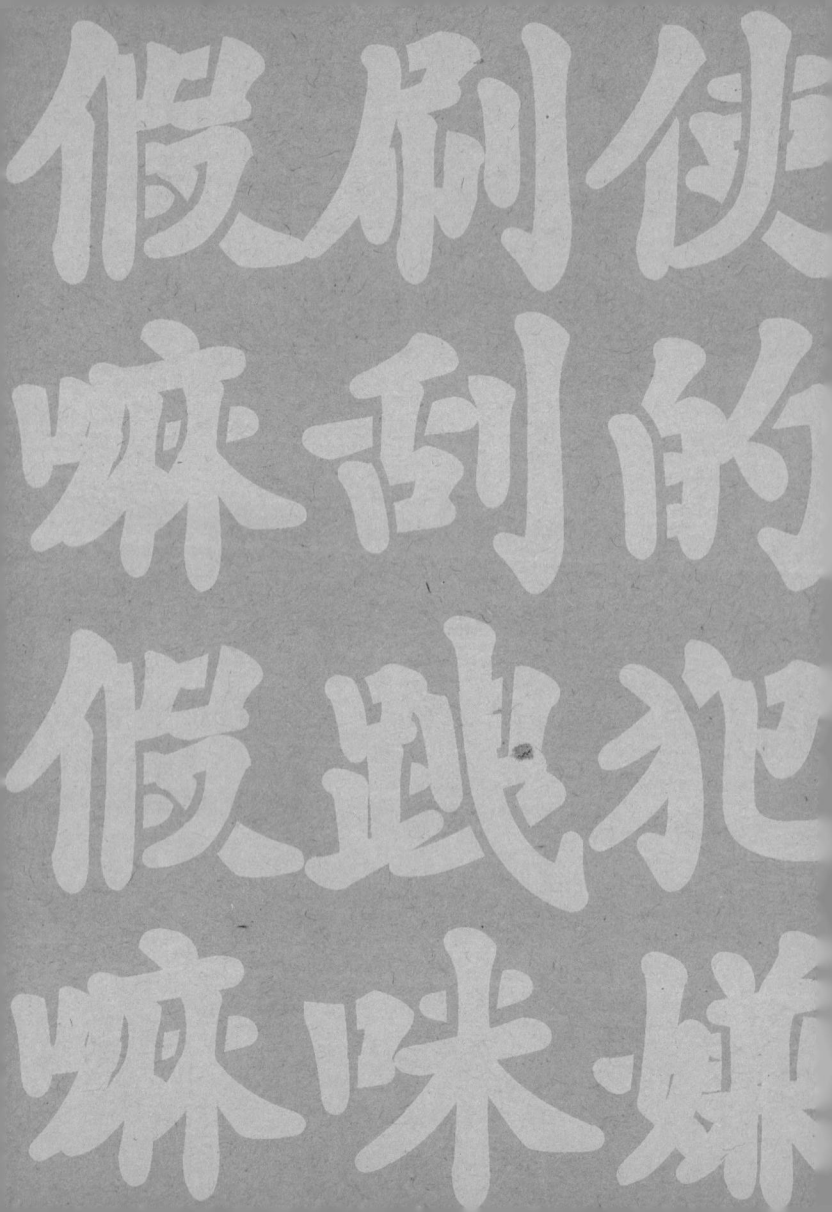

阿是啊
得不韶
欸得了
得了
了可

挺胎㾗
尸气怪
作洋䨓
怪乎堆

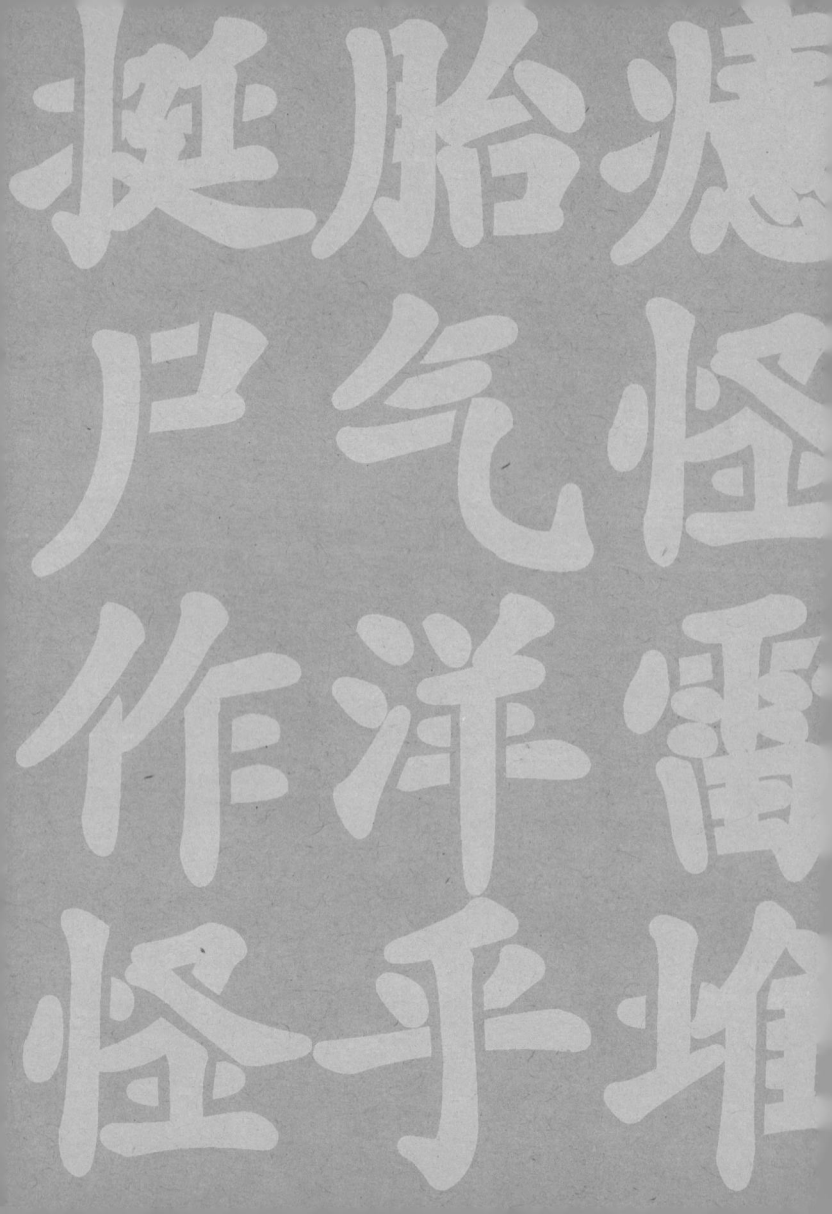

骏	人	五
不	五	二
㐬	人	歹
儿	六	鬼

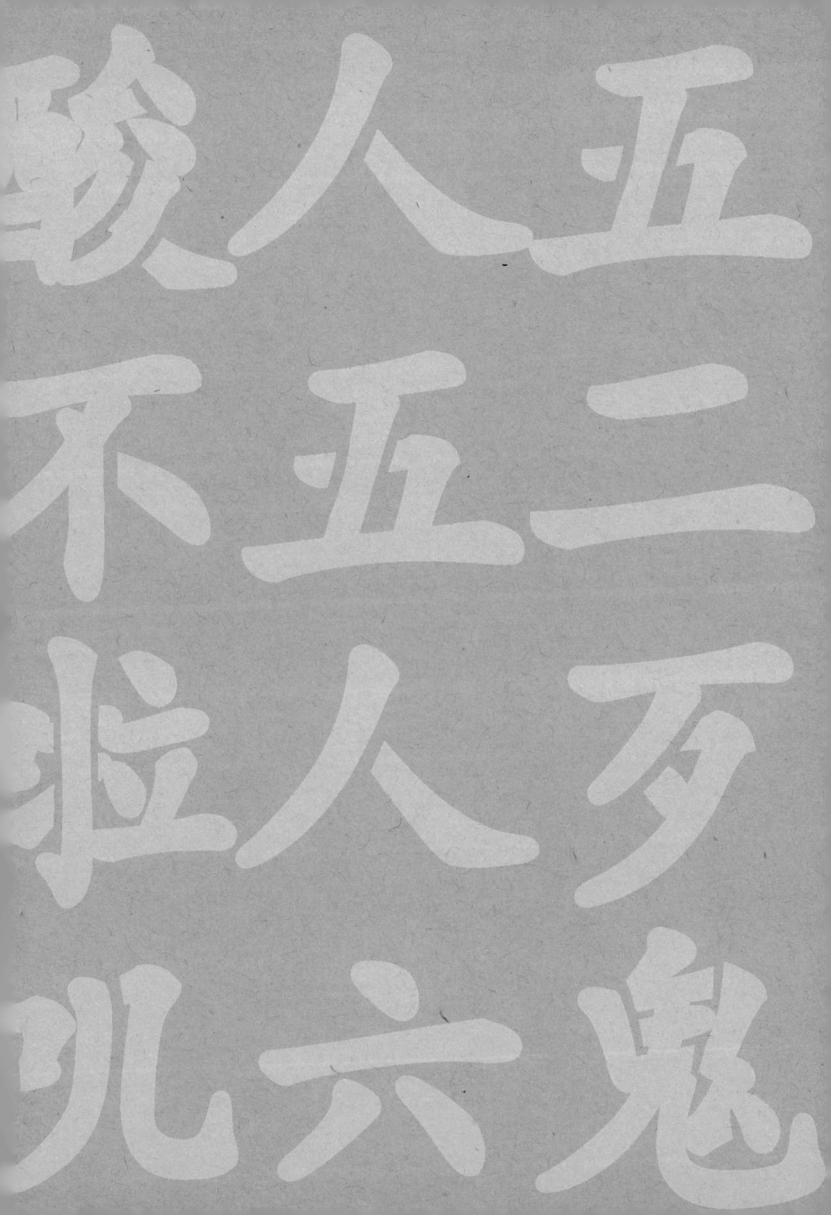

不 杆 刮
能 子 刮
怠 邪 叫
了 头 小

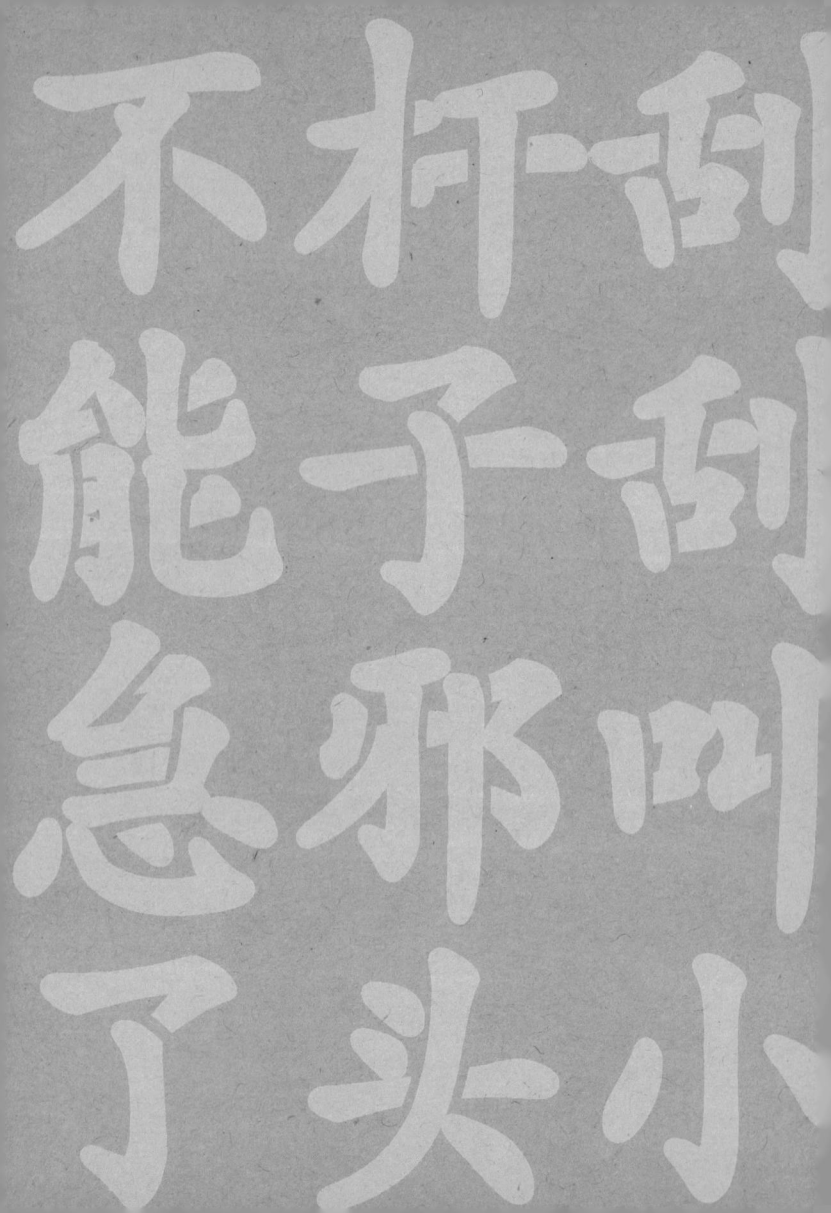

痨不恩
人上正
烧路活
包子丑

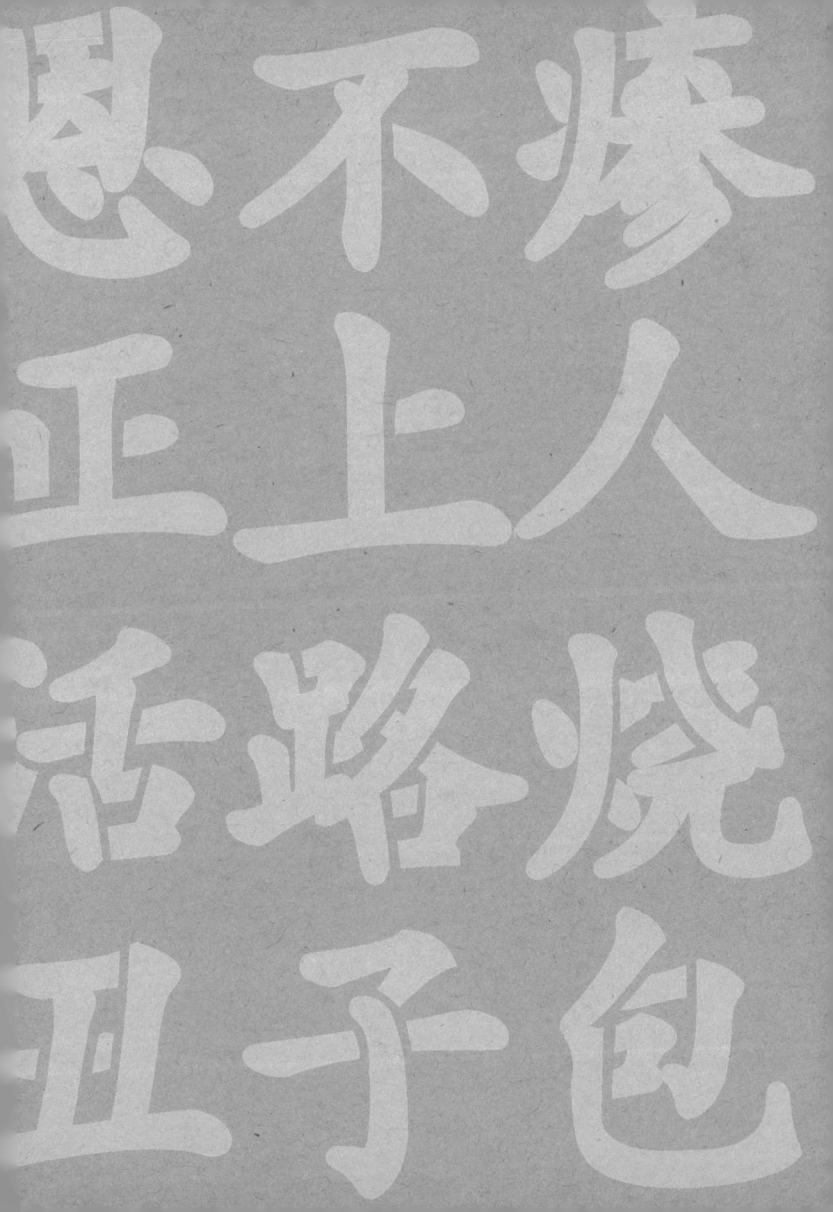

夹生饭子
一下子甩
胡里八涂
什么非啊

摆的二米斯
的五死
一郎走
腿当

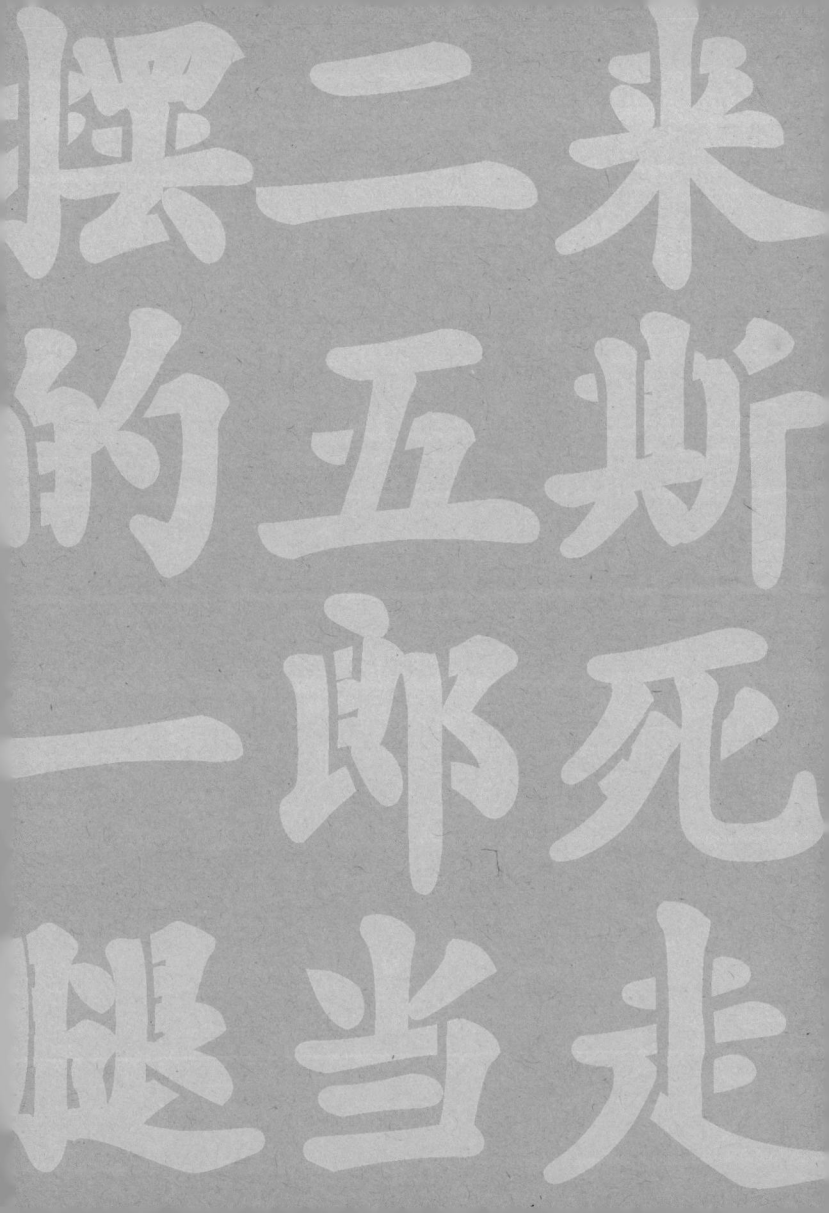

毛抖黑
里抖漆
毛啊嘛
糙啊鸟

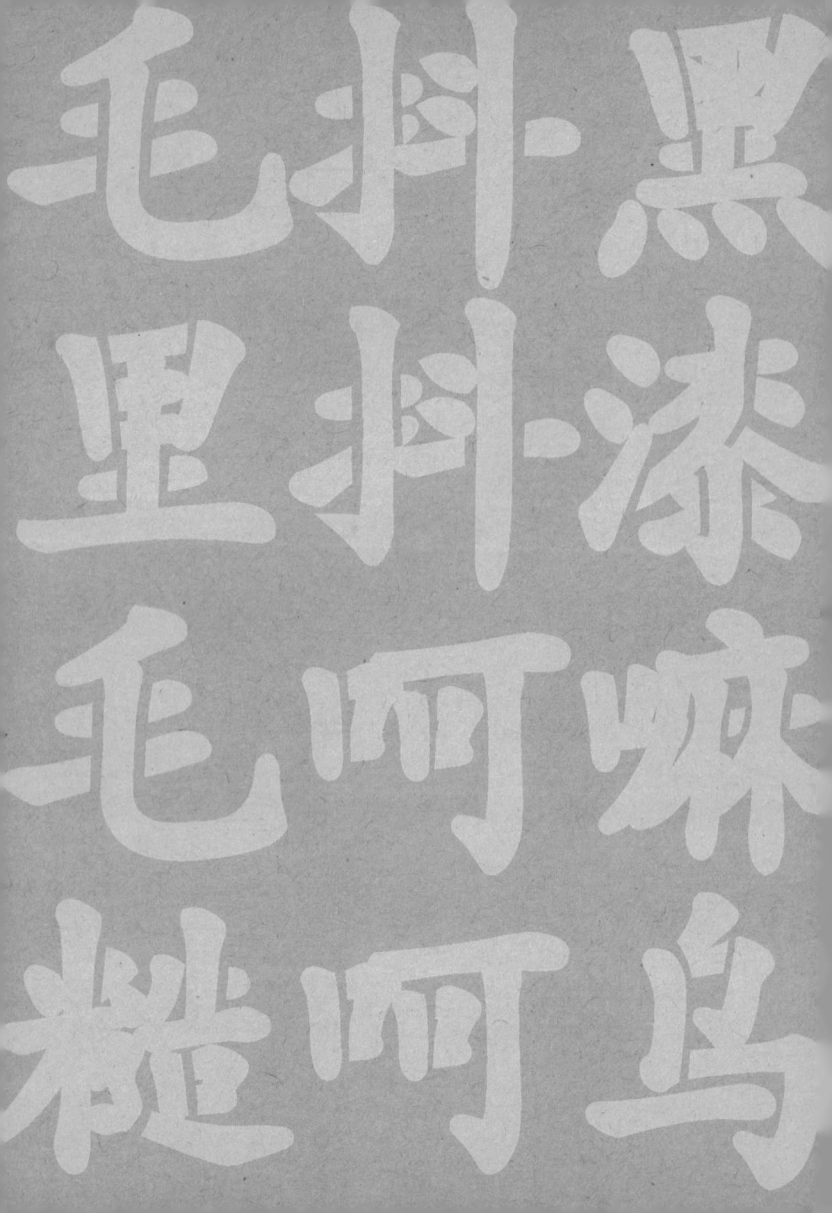

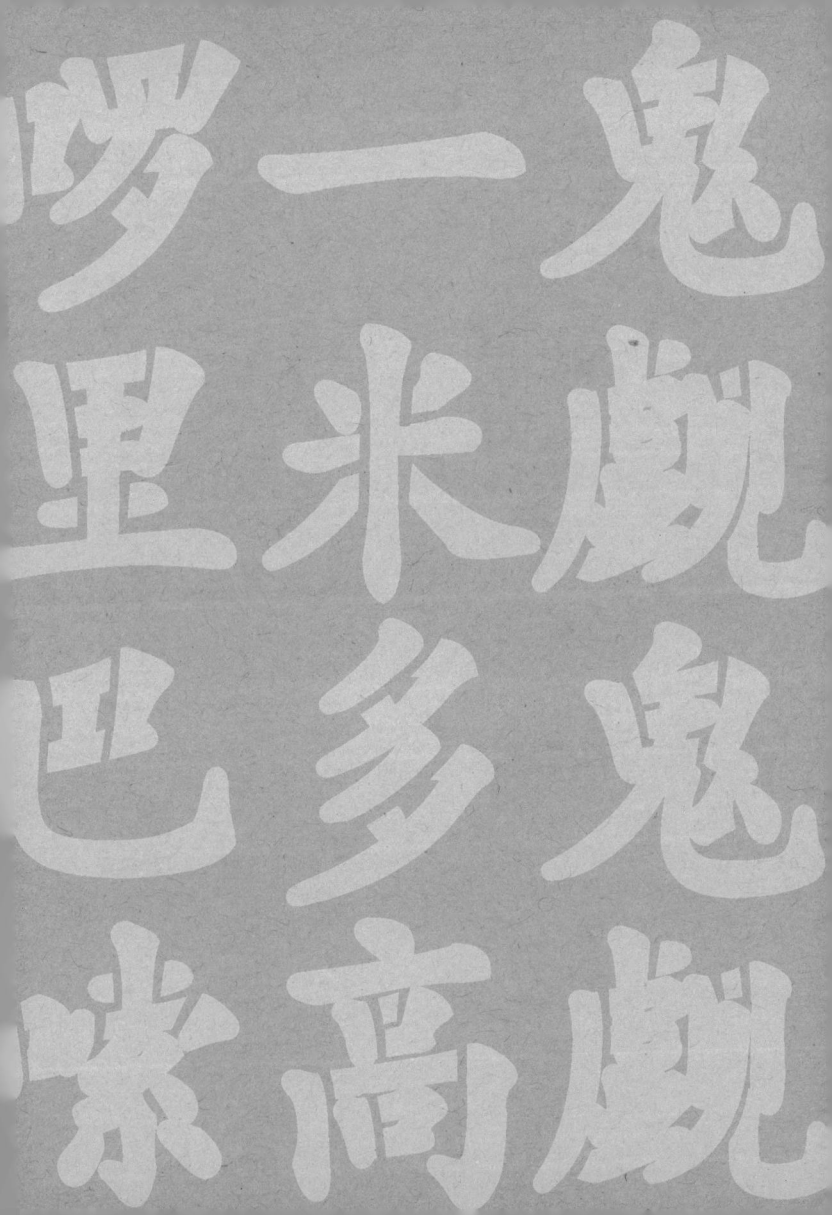

鬼魃一魑
鬼魃米䍜
鬼魃多里
　魃高祟巴